新潮文庫

正岡子規

ドナルド・キーン
角地幸男訳

新潮社版

11615

正岡子規*目次

正岡子規

五世鶴澤淺造に

第一章　士族の子

——幼少期は「弱味噌《よわみそ》の泣味噌」

正岡子規《まさおかしき》が生まれたのは慶応《けいおう》三年（一八六七）、日本人の生活を一変させることになる明治《めいじ》維新《いしん》の前年である。武士階級に属する正岡家が何代にもわたって仕えてきた大名《だいみょう》（久松《ひさまつ》・松平氏《まつだいらうじ》）の所領、四国・伊予《いよ》の松山《まつやま》は、子規の誕生当時は人口約二万五千の町だった。[1] 子規の父は身分の低い武士だったが、一家は松山藩《はん》から支給される俸禄《ほうろく》でまずまずの生活を送ることができた。[2] 武士は、それぞれ藩士としての身分に応じて割り当てられた石高《こくだか》で暮しを立てていた。中には日々の暮しに事欠く武士もいたが、総じて彼らは日本の社会の大半を占める百姓、職人、商人より上位の階級に属しているという意識の下に暮していた。

徳川《とくがわ》時代は平和が長く続き、武士の多くは戦闘で刀を使う機会がなかった。仮に好戦的な人間でなくても、武士は自分の刀を大切なものと考えていたが、それはすでに身分を表わす装飾品でしかなかった。維新の改革で武士は俸禄を剥奪《はくだつ》され士族《しぞく》となり、中には零落した者もあった。しかし多くは、士族の体面だけは維持した。

子規は、祖先のことを玄祖父《やしわおおじ》（曾祖父《そうそふ》の父。高祖父《こう》）にさかのぼって簡潔に記している。玄祖父の正岡一甫《いっぽ》は、「お茶坊主《ぼうず》」として殿様に仕えた松山藩士だった。子規の聞いたところでは茶道《ちゃどう》を究めた風雅な人物で、しゃれた諸道具もかなり揃《そろ》えていた。しかし明治二年（一八六九）に正岡の家を全焼させた火事で、その諸道具もほとんど失われた。残ったのは有名な茶道の家元《いえもと》（千宗室《せんそうしつ》）からもらった手紙十数通と、一甫が七十歳の古稀《こき》の祝いにもらった二枚屏風《びょうぶ》だけだった。子規によれば、一甫翁《おう》は毎年の年賀の際には必ず一枝の寒梅を袖《そで》に携えて、「のどかな春でございます」と挨拶《あいさつ》してまわったという。また木炭で風呂《ふろ》を沸かし、その湯に入っては「薪《まき》にてわかせしとは入り心地が違う」と言ったという風流な人物であったらしい(3)。

玄祖父について子規が記しているのはこれだけだが、二人は一つの経験を共有している――玄祖父の茶道具を焼いてしまった火事である。火事の起きた当日、まだ二歳だった子規は、母に連れられて親戚《しんせき》の家を訪ねていた。夜中に「火事よ火事よ」と叫ぶ声が我が家の方角から聞こえて来た。心配した母は子規を抱いて家へ急いだが、まさに火事は我が家だった。のちに子規は、ともに酒好きだった曾祖母と父のせいで火事が起きたのだと書いている。おそらく二人は酒を飲んだまま熟睡し、台所の火の始末を怠ったに違いなかった。子規の回想（というよりむしろ、のちに子規が母から聞いた話）によれば、子規は火事を見てそれがたくさんの提灯《ちょうちん》の明かりと思って笑い興じたという。しかし新調したばかりの赤い鼻緒の下駄《げた》が火事で焼けたことを知ると、子規は大いに悲しんだ。数年後、「頑是《ぐわんぜ》なき子供心とはいふもの丶余《よ》が心中已《すで》に一点の煩悩《ぼんなう》を起せり」と子規は書き、続けて「安政《あんせい》の地震にあひし人は通例の小地震を恐怖するを見て書生抔《など》は笑ひゐること多きが。余の家人《かじん》は此《この》災難以後一《ひと》しほ火事を恐れるに至れり　Burnt boys fear fire の理ならん」と記している。[4]

祖先の話は曾祖父のことに移る。こちらは風雅の人だった玄祖父と違って棒術や鎖《くさり》鎌《がま》を得意とし、若い者たちに武術を教えていた。この曾祖父もまた酒好きだった。子規には父方の祖父がいなくて、それは子規の父が一世代を飛び越して曾祖父の養子になったからだった。その父常尚《つねなお》について書いた子規の記述は、客観的で素っ気ないほどである。（原文には段落がないが、読みやすいように適宜段落をつけた）

> 我《わが》父にておはせし人は（中略）明治五年即《すなは》ち余《よ》が六歳[5]の時　四十歳を一期《いちご》として空《むな》しくなり給《たま》ひしかば余は少しもその性質挙動を知らず。只《ただ》その大酒家《たいしゆか》なりしこと

は誰もいふ処《ところ》にて　毎日〳〵一升《しよう》位の酒を傾け給ひ、それが為《ため》に身体の衰弱を来《きた》し　終《つひ》に世を早うし給へり。某《なにがし》の話に死後暫時《ざんじ》にして皮膚 尽《ことごと》く黒色を呈せしとかいへば　脂肪変化(6)にはあらざりしかと疑はる。

其頃《そのころ》余が家の近所に一人の漢医ありて　余が家にも常に出入りせしが　我父の病み給ひし時も来りて診察せり、初めの内はさしたる病気にはあらず　二三日にて癒《い》ゆべしといひしが　一週間許《ばか》り経ていえざるのみか、容体《ようだい》いとあしきさま也《なり》、二三日を過すにますます弱り給ふけしきなれば　驚き給ひて外《ほか》の医師をも招きしが　最《も》早《はや》手おくれとなりて療治を施すにすべなく　一二日過ぎてはかなくなり給ひしと。

余十余歳にて此《この》話を聞き、かの漢医をにくき者に思ひ、道にて面《つら》をあはす毎《ごと》に胸もはりさくるが如《ごと》くくやしく　昔ならば父の敵《カタキ》を討つべきものをとて歯がみせり。されど一昨年の頃、脂肪変化ならんと思ひしより　迚《とて》も治すべからざるの病と悟りしかば、さほどに恨みを抱くこともなかりき。

父の病《やま》ひつのりたまひし頃、余は見舞の人の多きを喜びて狂ひおどりければ　病のさまたげにもなり　又母の介抱し給ふにも手ざわりなれば　余は外戚大原《おほはら》氏(7)のもとに預けられぬ、折しも陰暦三月七日の夜の事なりき　余は外祖母《ぐわいそぼ》と幼き叔父と共に巨燵《こたつ》にて遊びゐしに　忽《たちま》ち余の家より使《つかひ》来りて余の父のみまかり給ひたるを告げぬ、余は何か事なるや少しも分らず　只直様《すぐさま》彼の使の男に負はれて家に帰れば十人許りも座敷に集りゐれど　しんとして話し声もせず、いといぶかしく思ふ折柄《をりから》、我母の余を抱き給ふ顔《かほ》ばせ見れば　両の目を泣きはらし給ふ故《ゆゑ》ます〳〵あやしみたり。

　余は引き寄せらるゝまゝ母の膝《ひざ》に腰かくれば　母は泣き給ひながら父の枕元《まくらもと》にある茶碗《ちやわん》の水に余の指をひたし　自分の手をそへて父の唇をぬらし給ひしが　余はその何の故たるを知らず、葬式すみて後、四十九の中陰《ちゆういん》(8)まで毎日笠《かさ》をかぶりて墓参せしが　一度もかなしいと思ひたることとなし。余は此頃《このごろ》六歳位の子供を見るに　父の何たる死の何たるを知らぬものはあらず　然《しか》るに余が当時の所行《しよぎやう》、げにあさましかりき〈と〉思はぬはなき程也　いかにおろかなりけん　恥かしきことにこそ。

　父は武術にもたけ給はず。さりとて学問とてもし給はざりし如く見ゆ。余が家に天元《てんげん》の書(9)、一部と　竹を黒白に染めわけたる算木《さんぎ》、百本許り残りゐしが、こは花火とか何とかのために少し学ばれたりとか聞きたり。

　父は高慢にして強情に　しかも意地わるきかたなりしと　そのみまかり給ふ前にも非常の発達《ママ》の為に苦《くるし》まれしが　便所に行かんといひ給へり　医者も「動きたまふ宜《よろ》しからず、そこにて取り給へ」とすゝむるに聴き給はず　終に母によりかゝり給ひて便処《べんじよ》へ行き給ひしと、後にて医者が「余程の御難症におはせど御気分はたしか也」といひしとかや、余は父のまだながらへ給ふ折に手習《てならひ》を教えられしことあり。(10)（わが父でいらした人は〔中略〕明治五年、すなわち私が六歳のときに四十歳で一生を終えられたので、その性質挙動を私はまったく知らない。ただ大酒飲みであったとは誰もが言うところで、毎日一升ほどの酒を飲まれて、そのために身体が衰弱し、ついに早く世を去られた。誰かの話によると、死後まもなく全身の皮膚が黒くなったというから、死因は脂肪変性ではなかったかと推測する。

その当時、家の近所に一人の漢方医《かんぽう》がいて、わが家にもいつも出入りしていたが、わが父が病気になられた時も家に来て診察した。初めのうちは大した病気でないから二、三日で治るだろうと言っていたが、一週間ほど経《た》っても治るどころか容態は大層悪くなった。さらに二、三日経つとますます弱られた様子なので、驚いてほかの医師に往診してもらったが、もはや手遅れで治療をほどこす術《すべ》もなく、それから一、二日して亡《な》くなられたという。

私は十歳あまりの時にこの話を聞き、その漢方医を憎い奴《やつ》と思い、道で顔を合わせるたびに胸が張り裂けるように悔しく、昔であれば父の敵《かたき》を討ってやるのにと歯《は》嚙《が》みしたものだった。しかし一昨年頃、脂肪変性だったのだろうと思ったことで、とうてい治せる病気ではなかったと悟り、それほど恨みにも思わぬようになった。

父が重病となられた頃、私が見舞いの人の多いのを喜んで踊り狂ったため、それでは病気の妨げにもなり、また母の介抱の邪魔にもなるので、私は母方の親戚の大《おお》原《はら》氏のもとに預けられた。折りしも陰暦三月七日の夜のことだった。私は外祖母と幼い叔父とともに炬燵《こたつ》で遊んでいたのだが、突然わが家から使いが来て、わが父が亡くなられたことを告げた。私は何が起きたのかも全く分からず、ただすぐさま使いの男に背負われて家に帰ると、十人ばかりが座敷に集まっていたが、しんとして話し声もない。たいそう不審に思って、私を抱いてくれる母の顔を見ると両方の目を泣きはらしておられたので、ますます変だと思った。

私は引き寄せられるままに母の膝に腰かけていると、母は泣きながら父の枕元にある茶碗の水に私の指をひたし、ご自分の手を添えて父の唇を濡《ぬ》らしたが、私は何のためにそうするのかわからなかった。葬式が済んだ後、死後四十九日の中陰まで毎日笠をかぶって墓参したが、一度も悲しいと思うことはなかった。近頃、六歳くらいの子供を見ると、父とはなにか、死とはなにかを知らない子供などいない。それにひきかえ当時の私の行いは、実に浅ましかったと思わずにはいられないほどである。いかに愚かであったか。恥ずかしいことであった。

父は武術にも優れず、かといって学問もなさらなかったようである。自分の家に天元術の書一部と、竹を黒白に染め分けた算木が百本ばかり残っていたが、これは花火か何かのために少し学ばれたと聞いた。

父は高慢にして強情、しかも意地の悪い方であったという。その亡くなる前も突然の発作《ほっさ》のために苦しいのに、便所に行くと言い張られた。医者も「動くのはよくない、その場でお取りになるように」と勧めたがお聴き入れにならない。ついには母に寄りかかって便所に行かれたという。あとで医者が「かなりの重病であったのに、気はしっかりしておられた」と言ったという。私は父がまだ生きておられる頃、習字を教えてもらったことがある）

もし最後の一節に書かれていることが本当なら、手習いは父が自ら進んで子規に教えた唯一《ゆいいつ》のことであったかもしれない。子規は人生の落伍者《らくごしゃ》としての父を描くにあたって手厳しいにもかかわらず、父の些細《ささい》な挙措にいたるまですべてに注意深く敬語を使っている。子規がこの話を『筆《ふで》まかせ』――明治十七年から二十五年の間に書かれた短い文章を集めた随筆集で、表記は場合によって「筆まか勢」「筆任せ」「筆任勢」などとなっている――に書いた頃までは、両親を敬う気持を儒教《じゅきょう》教育がしっかりと子規に植え付けていた。

父の死後、家族は子規と母の八重《やえ》（一八四五―一九二七）、妹の律《りつ》（一八七〇―一九四一）の三人となった。(11) 母八重は教養ある家庭の出身（父は儒学者）だが、その談話に記録されている八重の言葉には学識をうかがわせるような素地はほとんど見られない。士族にふさわしく子供を育てることに専心した平凡な女だったようである。八重は、士族の体面を保つのに苦労した。明治四年（一八七一）の廃藩で士族には俸禄の代わりに一時金が支給されたが、大抵はすぐに使い果たされた。士族の多くは、商売の才覚がなかった。

子規の母は夫の死後、士族の子女に裁縫を教えることで得たわずかな収入と針仕事で一家を養った。妹律は、母八重のことを「何事にも驚かない、泰然自若《たいぜんじじゃく》とした人でした」と述べている。(12) 子規の死に到《いた》る長い病床生活の間、八重は身を捨てて息子の看病に尽した。しかし、自分の息子が偉大な歌人《かじん》で多くの弟子《でし》から崇敬される人物であることに八重は気づいていなかったようだ。

子規の思い出を語る八重の談話(13)は、子規がひどく「見苦しい顔」の子供だったという話から始まっている。とりわけ鼻が低い妙な顔で、それが人並みの顔になったのは子規十八歳の頃であったという。子供時代の子規は背が低く太りぎみで、腕力では同い年の子供たちにかなわなかった。八重の言葉によれば、子規は「弱味噌《よわみそ》」（弱虫）

だった。また物言いを覚えるのが他の子供より遅く、ハルという女中を呼ぶのに、正しい発音ができなくてアブと呼んでいた。八重の談話はこうした思い出話に終始するばかりで、発音不明瞭《ふめいりょう》だった自分の息子――しかも酒飲みの父とまったく面白味のない母との間に生まれた息子――が、のちに意外にも言葉を自在に駆使する日本語の大《たい》家《か》になったという事実を知っていた様子は窺《うかが》えない。

妹律の談話が母の談話より面白いというわけでもない。子規研究家は律について、二度結婚して二度とも離婚したということ以外ほとんど何も語っていない(14)。子規の弟子である河東碧梧桐《かわひがしへきごとう》（一八七三―一九三七）のインタビューに答える律の話は、母の話と似たようなものである。兄が泣き虫であった話から始まり、「どうかして表へ出ると、泣かされて帰る、と言つた風でした(15)」と語っている。兄は弱虫であり、律とは学問的な話などほとんどしなかった。明治二十二年に喀血《かっけつ》してからは、スッポンの生き血を毎日飲み、飲むときに別に嫌な顔もしなかった。スイカが好きで、桃を葡萄酒《ぶどうしゅ》で煮て食べるのも好きだった。夏でもフランネルのシャツを着ていて、どんなに暑くても脱いだことがなかった。また普段使っていた硯《すずり》、筆、墨の類《たぐい》は、近時の小学生でももっと気の利《き》いたものを持っているくらい「まことにお恥しい安物でした」と律は述べている(16)。

こうした知識の断片は、子規を理解する上でたいして役に立たない。談話から受ける印象では、母も妹も子規について記憶するに値するようなことはほとんど知らなかったようで、二人は野球に対する子規の情熱のことさえ知らなかった。子規の最後の病気について、二人は何も語っていない。子規のことをよりよく知るための個人的な情報については、友人や弟子に聞くほかなさそうである。子規の死後間もなく、弟子の五百木《いおき》飄亭《ひょうてい》（一八七一―一九三七）は書いている。

彼の顔貌《がんばう》は寧《むし》ろ温和なゆつたりとしたそうして幾分か陰気らしい方で、其《その》特徴ともいふべき点は顔の上半部に現れて居た、即《すなは》ち彼の大きいあまり濃くない眉《まゆ》と横長な少し目尻《めじり》が垂《たれ》て居るかと思ふやうな小《ちひさ》からぬ一皮目《ひとかはめ》（ひとえまぶた）とが、共に左右に広く隔《へだた》つて居て、其の格外な眉間《みけん》の間隔が、彼れの広き額を更に広く見せるかの趣《おもむ》きがあつた、目下《もくか》巴里《パリ》に遊学中の画家（中村《なかむら》）不折《ふせつ》が、常に同人《どうじん》間のポンチ的似顔を描いて笑はして居たが、彼れが子規の肖像をかく時はいつも此《こ》の特徴を極端に発揮して丁度《ちゃうど》比目魚《ひらめ》のそれの如《ごと》く、思ひ切《きつ》て左右の目と目とを放して描いたものである[17]。

河東碧梧桐は、七、八歳の時に初めて子規を見たことを覚えている。子規は自分より六歳年長だった。碧梧桐は子規が醜い顔だと言われたことを知っていたが、子規の美しさについて次のように書く。

……顔面全体として破調的の醜さも、不権衡《ふけんかう》な滑稽《こつけい》さも、見出《みいだ》されなかつた。広く豊かな額、反歯《そつぱ》を包むやうにした――其実《そのじつ》反歯では無かつた――上唇の膨れ上つたへの字なりに結んだ口と相俟《あひま》つて、燃ゆる情熱と、透徹した判断力と、狃《な》れ難《がた》い厳格さとを漲《みなぎ》らしてゐた。子規の死面《しめん》でもとつて置けば、顔面美容学などはすぐ覆《くつが》へされてしまふのだつた。(18)

五百木飄亭は、「(子規の)背丈は普通よりもすこし高い位で其の骨格は大きい、どちらかといへば岩丈《がんぢやう》な方であつた、(19)併《しか》し彼の皮膚の寧ろ蒼白《さうはく》に且《か》つ滑らかに其指尖《ゆびさき》などは殆《ほとん》どスキ透《とほ》るやうであつた」と述べている。(20)顔の青白さは子規の容貌について語る誰もが書き留めていることだが、碧梧桐は、久しぶりに床屋《とこや》へ行ってきた子規の「透きとほるやうな色白の顔が、私にも貴公子のやうに美しく見えた。(中略)胡坐《あぐら》をかいたぼろ〳〵の袴《はかま》が、綺麗《きれい》な頭と対照して、ランプの燈《ひ》の下にぱァとのさばつた」

と記している。[21] 弟子たちの心を捉《とら》えたのは、なによりも子規の眼だった。碧梧桐の回想には「一言に尽せば、其の眼光の下《もと》に浄化されて来たと言ひ得るであらう[22]」とある。

子規と同時代人で特に子規のように若くして死んだ他の作家たちと比べると、子規には生涯を通じて驚くほどの数の写真やスケッチが残されている。[23] 子規が笑っている写真は一枚もない（明治時代の士族は、写真師の前で笑わなかった）。五百木は、子規の少し長かった首の具合は明らかに結核的素質を示していたと書き、しかし子規の胃腸はすこぶる丈夫だったと付け加えている。病褥《びょうじょく》にあって床《とこ》の上で身体《からだ》の位置を動かすことさえできないほど痛みがひどい時でも、子規の健啖《けんたん》ぶりは衰えなかった。五百木によれば、「七八ケ年の長日月を、病牀《びやうしやう》六尺の内にたて籠《こも》つて、残忍暴虐《ぼうぎやく》殆んど比類なき所の大病魔と健闘して屈しなかつ」た非凡な精力を子規に与えたのは、子規の胃腸の力にほかならなかった。[24]

若い頃から周辺の人々は、子規が十分に男らしくないことを気にかけていたようだ。母方の祖父大原観山《おおはらかんざん》は、士族の子供は能《のう》に親しむべきだと考えて、娘である八重に子規を能に連れて行かせた。しかし子規が太鼓《たいこ》の音にひどく驚いたので、八重は早々に引き上げて来ざるを得なかった。[25] 士族の母親として、八重はこうした臆病《おくびょう》な息子を持ったことに当惑したに違いない。子供の頃の子規が雛祭《ひなまつ》りを喜んで祝っていたのを見て、八重がどのような反応を示したかは想像するに難くない。家が全焼し、わずかに門だけが残った当時を回想して、子規は書いている。

……さなくとも貧しき小侍《こざむらひ》の内には我をして美を感ぜしむる者何一つあらざりき。七八つの頃には人の詩稿に朱《しゆ》もて直しあるを見て朱の色のうつくしさに堪《た》へず、吾《われ》も早く年とりてあゝいふ事をしたしと思ひし事もあり、ある友が水盤《すいばん》といふものゝ桃色なるを持ちしを見ては其《その》うつくしさにめでゝ、彼は善き家に生れたるよと幼心に羨《うらや》みし事もありき。こればかり焼け残りたりといふ内裏雛《だいりびな》(26)一対、紙雛一対、見にくゝ大きなる婢子様《ばふこさま》(27)一つを赤き毛氈《もうせん》の上に飾りて三日を祝ふ時、五色《ごしき》の色紙を短冊《たんざく》に切り、芋《いも》の露を硯《すずり》に磨《す》りて庭先に七夕《たなばた》(28)を祭る時、此等《これら》は一年の内にてもつとも楽しく嬉《うれ》しき遊びなりき。いもうとのすなる餅花《もちばな》(29)とて正月には柳の枝に手毬《てまり》つけて飾るなり、それさへもいと嬉しく自ら針を取りて手毬をかゞりし事さへあり。昔より女らしき遊びを好みたるなり。(30)

（……そうでなくても貧しい小禄《しょうろく》の武士の家には、私に美を感じさせるものなど何一つなかった。七つ、八つの頃には、人の詩稿に朱墨《しゅずみ》で直しを入れてあるのを見て、朱の色の美しさに感じ入って、自分も早く年をとって、ああいうことをしたいと思ったこともある。ある友人が水盤〔生け花用の器〕の桃色のものを持っているのを見ては、その美しさに感嘆し、友人はよい家に生まれたものよと幼心に羨んだこともあった。これだけが焼け残ったという内裏雛一対、紙雛一対、みにくく大きな婢《ぼう》子《こ》〔子供のお守りとした人形〕一つを、赤い毛氈の敷物の上に飾って、三月三日の雛祭りを祝う時、また五色の色紙を短冊に切り、里芋の葉にたまった露で墨を磨って願いごとを書き、庭先に七夕を祭る時、これらは一年の内で最も嬉しい遊びだった。餅花と言って、正月には妹が柳の枝に手毬をつけて飾るのだが、そういうことも実に嬉しく、自ら針をとって手毬をかがったこともあった。昔から、女らしい遊びを好んだのである）

子規は、八重から「おめでとう」と言ってはいけないと教えられた。「おめでたうとは女子の語なり男は只《ただ》めでたうと許《ばか》りいふべし」(31)と。八重はまた、子規が武士として刀を差さなければならないと思っていた。明治四年（一八七一）に散髪脱刀《だっとう》令が出たとき、八重は代わりに脇差《わきざし》を身に付けさせた。子規が脇差を差していたのは明治八年の数えで九歳までで、同時にそれまで結われていた子規の丁髷《ちょんまげ》も西洋風に切られた。明治十四年（一八八一）、数えで十五歳の子規に出会った柳原極堂《やなぎはらきょくどう》（一八六七―一九五七）は、子規の顔色が悪く、蒼白《あおじろ》くてポッテリとふくらんでいたと書いている。肉付きはいいが、筋肉が引き締まっていない。「何となく女の肌合《はだあひ》みたやうな感があり、物静《ものしづか》に取りすまして落ち付き、表情の少い真面目《まじめ》くさつたところは子供らしくなくて余り大人びてゐた感がした(32)」。

子規は学校時代、初めから級友にからかわれていた。最初に嘲笑《ちょうしょう》の的となったのは、あるいは生まれた時に付けられた名前「処之助《ところのすけ》」だったかもしれない。その長い名前は、トコロテンに似ていた。孫に同情した大原観山は、名前を「升《のぼる》」と変えた。子規は終生、友人や弟子からこの名前で呼ばれることになるが(33)、戸籍上の名前は「常規《つねのり》」だった(34)。名前を升と変えても、級友たちのいじめは止まらなかった。のちに子規は書いている。

僕は子供の時から弱味噌の泣《なき》味噌と呼ばれて小学校に往《ゆき》ても度々《たびたび》泣かされて居た。たとへば僕が壁にもたれて居ると右の方に並んで居た友だちがからかひ半分に僕を押して来る、左へよけようとすると左からも他の友が押して来る、僕はもうたまらなくなる、そこで其際《そのさい》足の指を踏まれるとか横腹を稍《やや》強く突かれるとかいふ機会を得て直《ぢき》に泣き出すのである。そんな機会はなくても二三度押されたらもう泣き出す。

それを面白さに時々僕をいぢめる奴があつた。(35)

子規は左利きで、これがまた級友にからかわれる原因となった。母八重によれば、すでに幼児の頃から人に玩具をもらう時、いつも子規は左手を伸ばしたという。最初は文字も左手で書いていたが、右手を使うように直された。武士は左手では書かないというのがその理由だった。子規は左手で食べるのを叱《しか》られ、級友の列の左端に坐《すわ》るように言われた。そうすれば、左手で箸《はし》を使っても隣に坐った者の邪魔にならないからである。

母の談話によれば、息子が他の多くの子供と違っていると考えるようになったのは子規が肉体的に虚弱だったからだ。妹の律は子規と対照的にお転婆《てんば》で、兄がいじめられると石を投げて兄の敵討ちをした。(36)子規はふつうの男子がする遊び、たとえば凧《たこ》を揚げたり独楽《こま》をまわしたりすることが苦手だった。縄跳びや鬼ごっこにも加わることがなく、むしろ家にいて貸本屋から借りた本を読むのが好きだった。十四、五歳の頃から子規は書画会や詩会などを好んでやるようになり、佐伯《さえき》の伯父（政房《まさふさ》）から、今からそんな「テンゴな事」、ふざけたまねをしてはいけないと叱られている。ある日、従兄《いとこ》が男は泳ぎを知らなければいけないと言って、子規を川に連れて行ったが、不器用だった子規は泳げるようにならなかった。

八重によれば、子規は他の子供と違って将来自分は何になるんだといった類のことは一切口にしなかったという。士族の子供の多くは陸軍か海軍の士官になるのが夢だったが、それは子規の夢ではなかった。八重は「しまひは俳人《はいじん》になりましたがこれも病気の為《た》めかも存じません」と語り、これが八重の子規の仕事に対する唯一の認識だった。(37]。俳人および歌人としての子規の輝かしい経歴は、母にとっては何の意味もなかった。武士の妻として正岡八重が、息子の業績を自慢したがらなかったということはあるかもしれない。しかし談話における八重の言葉からは、武士の妻として態度が控えめであったというより、むしろ母として虚弱だった息子を育てるのがいかに厄介なことだったかが忘れられないという印象を強く受ける。

子規の教育は、佐伯の伯父に手習いの指導を受ける形で始まった。子規が小学校に入学したのは明治六年(一八七三)、満六歳の時である。(38) 前年の明治五年、明治天皇は教育の重要性を強調した詔書《しょうしょ》で義務教育計画に関する政府決定を発表した。六歳以上の子供はすべて学校に通うこととなり、それを可能にするために五万三千七百六十の小学校(同時に、さらに上級の学校も)が新設されることになった。この計画は、慶応四年(一八六八)三月(九月に明治と改元)に出された五箇条《ごかじょう》の御誓文《ごせいもん》の「智識《ちしき》ヲ世界ニ求メ大《おほい》ニ皇基《くわうき》ヲ振起《しんき》スベシ」という天皇の誓約を実行に移したものとされた。

子規が入学したのは、寺の境内《けいだい》に仮設された寺子屋《てらこや》式の小学校だった。しかし翌七年末に子規が転校することに決まった小学校は、階級によって生徒を区別することが禁じられていたにもかかわらず、実際には士族の子供だけが選ばれた。この事実は、自分が士族に属しているという子規の意識を強めたと思われる。(39) 場合によって、子規の階級意識は行き過ぎることがあった。のちに友人の夏目《なつめ》漱石《そうせき》(一八六七―一九一六)に送った論文の中で子規は、職人や商人の子供は学校ではいい成績を上げるが卒業するとだめになる、対照的に士族の子弟は学校では振るわないが卒業後には本来の優越性を発揮する、と書いた。漱石はただちに返書を送り、子規の偏見を嘆き、士族の子弟が卒業後に成功するのは、優秀な能力のゆえではなく生れが士族だからで、そのために比較的容易に出世できるのだと述べている。(40)

子規が学校で最も親しかったのは、従兄弟半《いとこはん》(子規の母が従姉《いとこ》)にあたる三並良《みなみはじめ》(一八六五―一九四〇)だった。三並は一人っ子で、子規には男の兄弟がいない。二人が親しくなった理由は、そんなところにもあったかもしれない。三並は、子規がやることは何でもまねした。学校の授業とは別に、数えで七歳の時から二人は子規の祖父大原観山に漢文を習った。毎朝五時、二人の少年は素読《そどく》の指導を受けに観山の家に通った。素読、つまり意味もわからないまま中国の書物を漢文として読み下して暗誦《あんしょう》する。外国語を勉強するにあたって、少年たちには退屈な方法だった。しかし、効果はあった。子規は漢文の簡潔な表現を愛するようになり、数多くの漢詩を作った。次に挙げるのは、十一歳の時に書いた最初の作品「聞子規[41]」、子規《ほととぎす》を聞く、である。

一声孤月下
啼血不堪聞
半夜空欹枕
古郷万里雲

一声《いっせい》 孤月《こげつ》の下
啼血《ていけつ》 聞くに堪えず
半夜《はんや》 空《むな》しく枕を欹《そばだ》つ（枕から頭を上げ、耳を澄ます）
古郷《こきょう》 万里《ばんり》の雲

二人の少年は観山から漢文を学んだだけでなく、当時の西洋一辺倒に対する観山の反骨精神も同時に受け継いだ。三並が覚えているのは、観山の漢詩の一節「終生不読蟹行書」、終生蟹行書《かいこうしょ》を読まず、だった。蟹行書とは、蟹《かに》が横ばいするところから横文字のことを指す。中国と日本が縦書きであるのに対して、横書きの西洋の文章の意味で使われた。しかし西洋嫌いであるにもかかわらず、観山は西洋について無知ではなかった。ある程度の西洋知識は必要だと考えていたらしく、西洋について書かれた書物数冊を自ら筆写している。

観山は、眼に見える形でも少年たちに影響を与えた。観山自身は西洋風に断髪することを外国に対するへつらいと解釈していたようで、従来のまま丁髷を結い、二人の少年にも断髪させなかった。学校で自分たちだけが丁髷をつけていることは、二人を惨《みじ》めな気持にさせた。三並の父親は二人を憐《あわ》れに思い、二人に断髪を許すよう観山に嘆願した。観山も最後には折れた。(42)

日本では伝統的にそうであったように、学校教育では教養人であることを示す重要な証《あかし》として書道に力を入れた。生徒たちは昔ながらの教育である書道と素読に励むことによって、新しい社会の大きな変化と釣り合いを取ったのである。明治八年（一八七五）に観山が死んだ後、子規と三並は漢文の力が衰えることを恐れ、観山と同じく藩の儒者《じゅしゃ》だった土屋三平《つちやさんぺい》の教えを受けた。二人はかなりの数の中国古典を読み漁《あさ》り、小学校の上級に上がるまでには素読ができるだけでなくその内容も理解できるようになった。(43)

同時に二人は数学の個人教授も受け、貸本屋から書物を借りることも覚えた。子規のお気に入りは歴史物語で特に滝沢馬琴《たきざわばきん》に打ち込み、気に入った文章があると写し取った。少し大人びてくると、二人は河東静渓《せいけい》（碧梧桐の父）から儒学の講義を受けた。

静渓の勧めで、二人は詩会や書画会を組織した。三並は次のように書いている。

山水画《さんすいぐわ》を書いて居た吾々《われわれ》は、何時《いつ》もこんな幽静《いうせい》な地に住《すま》いたいものだなど話し合ひ、それを理想にしてゐた。だがそれよりと先づ何処《まどこ》かそんな景色のいゝ山の中へ遊びに行かうではないかと云《い》ふことになり、それでは巌谷《いはや》がよからうと決議した。巌谷といふのは、松山の南方約七里《り》の地点、久万町《くままち》の郊外で、四国八十八ケ所の一霊場のある地である。（中略）

此《こ》れは我々の初旅であつた。何故《なにゆゑ》に此処《ここ》へ来たか。それには理由があつた。景色のいゝことは勿論《もちろん》であるが、梅木《うめき》と云ふ近く我々の仲間に加《くは》はつた少年が、此の地の出であつて、案内をしてくれたからである。（中略）

此の道は半ばは宜《よ》しとして何《な》んでもないが、三坂峠《みさかたうげ》を経なければならんので、茲《ここ》が難所となつて居る。（中略）茲からは道後《だうご》平野を眼下に望み、景色はいゝ。此の時は子規が十五歳で、我々は二歳の年長者であつた。我々はさう苦労ではなかつたが、年少者ではあり、さう頑健でもなかつた子規は中途から、非常につかれてしまつた。我々は交《かは》る〳〵子規を中にして、子規の手を肩にかけ、助けて歩いた。森松《もりまつ》辺に来て、松山城が見える頃には、日も暮れかゝつたが、子規は最早歩けなくなつた。村の人に教へられて、人力車夫を営業とする百姓の家へ行つてやつとのことで頼みを聴いてもらつて、子規を車に乗せることが出来て、我々は安心したのだつた。[44]

子規は、全行程を歩けなかったことで落胆した様子はなかった。数年後、この旅の思い出を記している。

……明治十四年十五の歳《とし》三並太田《おほた》竹村《たけむら》三氏[45]に岩屋《いはや》行を勧められし時は遊志勃然《ぼつぜん》として禁じ難くとても其《その》足では年上の人に従ふことむつかしければと止め給《たま》ひし母上の言葉も聴き入れず草鞋《わらぢ》がけいさましく出立《しゆつたつ》せり　生地《せいち》よりは十里許りも隔たりし久万山《くまやま》岩屋抔《など》見物して面白かりしも一泊して帰りには足労《つか》れて一歩も進まず路傍に倒るゝこと屢《しばしば》なりき[46]

（……明治十四年、十五歳で三並、太田《おおた》、竹村三氏に岩屋《いわや》行きを勧められた時は、なんとしても行きたいという思いを抑えられず、とてもその足では年上の人に付いて行くのは難しいからと止める母上の言葉も聴き入れず、草鞋《わらじ》がけも勇ましく出発した。生地より十里〔約四十キロ〕ほども離れた久万山や岩屋などを見物して面白かったが、一泊しての帰りには足は疲れ、一歩も進めなくなって何度も路傍に倒れ

たものだった)

この旅の惨澹《さんたん》たる結末に、子規を除く誰もが母親の言ったことは正しかった、子規は険しい山歩きには向いていなかったのだと思っても不思議はなかった。しかし子規は、そう簡単に諦《あきら》めるような男ではなかった。

第二章　哲学、詩歌、ベースボール

——実は「英語が苦手」ではなかった学生時代

子規は小学校時代、仲間と語らって回覧の文学雑誌を作っていた。その雑誌に書いた子規の文章は、もとより習作の域を出なかったが、内容は歴史上の人物の評価から日本と外国の犬の比較まで多岐にわたっている。中には極めて儒教的な随筆もあれば国粋的なものもあり、またユーモアに富む文章もあった。これらは、残っている子規の文章として最も古いものである。

子規が愛媛県立松山中学校に入学したのは、明治十三年（一八八〇）だった。明治九年、愛媛県立変則中学校（正規の中学校に準じ、西洋語、医術を教えた。松山中学校の前身）の初代校長に就任した草間時福《くさまときよし》（一八五三―一九三二）は、慶応義塾《けいおうぎじゅく》の卒業生で、福沢諭吉《ふくざわゆきち》に学び、福沢と同じく日本を西洋先進国に並ぶ地位に引き上げることを志していた。他校の校長に比べて草間は遥《はる》かに進んだ政治活動家で、政談演説で自由民権を盛んに説いた。また、生徒たちに時事的な問題について議論することを奨励した。しかし草間は、就任直前に東京の「朝野新聞《ちょうや》」に「圧制政府を顛覆《てんぷく》せよ」という主旨で投稿した論文のせいで、二カ月間の自宅禁錮《きんこ》となり、罰金を科されていた。世間を騒がせるこうした類《たぐい》の言説を、明治政府は黙視できなかったのだ。

政府閣僚は、まだ駆け出しの自由民権運動の脅威に大いに動揺していた。明治十二年の草間の事実上の罷免《ひめん》（草間は任期切れによる契約更新を行わず、満二十六歳の若さで職を辞した）は、広く反政府的言動を抑圧しようとする政府の方針の一環だった。草間は極めて人気があったため、子規が入学するのと入れ替わりに草間が去った後の松山中学では、生徒数が激減したという。しかし三並良《みなみはじめ》によれば、草間の遺風は残った。生徒たちはギゾーの『ヨーロッパ文明史』、ミルの『代議政体論』、ルソーの『民約訳解《みんやくやくかい》』（社会契約論）などを読み続けた。(1)

やはり草間の影響で、生徒たちは演説の稽古《けいこ》をした。三並の回想によれば、教室からはいつも誰かが演説する声が聞こえて来たという。生徒たちは新たに開設された県会の傍聴にも出かけた。

この時期、もはや俸禄《ほうろく》を受けていない士族の中には、自分たちの受けた教育では商人や百姓として成功する見込みがないことに気づき、能楽師《のうがくし》として生計を立てることを考える者も出てきた。松山では能に人気があり、仮に能楽師になっても士族の品位を落とすことにはならなかった。また、特に剣術に優れた者は、観衆の前で撃剣芝居をやった。これが、若き松山士族たちの武術に対する関心を目覚めさせたようだ。三並は、自分が属していた「五友」の仲間たちは「謡曲《えうきよく》の方は別に習いたくもなかつたが、士族の子弟として撃剣は稽古したいと思つた。家にはまだ一切の道具があつた。我々五人の連中は何時《いつ》の間《ま》にか、多くは私の家の中庭へ放課後に集つて打ち合ひ出した。子規も無論熱心にやる方だつた。彼は決して女のやうな男ではなかつた」と回想している。(2)

明治十四年（一八八一）十月、明治天皇は明治二十三年（一八九〇）に国会を開設する旨《むね》の勅諭《ちょくゆ》を発した。この頃、なお草間の影響下にあった子規は、しきりと授業をさぼっては政治集会に参加していた。当時、東京在住の三並に宛《あ》てた手紙で、有名な政治家たちの演説を東京で聴ける三並がうらやましいと子規は書いている。この新しい子規の関心は、それまで夢中になっていた漢詩などから一時的に子規を遠ざける結果となった。明治十五年（一八八二）十月二十二日に三並に宛てた手紙で子規は、西洋に眼を向けようとしない月並みな漢学者を西洋の学者と比較し、洋書を読まない者は偏狭《へんきょう》で頑迷な時代遅れとして斥《しりぞ》けられることになると書いている。(3)

政談演説を聴くだけでなく、子規は自ら演説もした。子規の演説を聴いたことのある友人は、それが「弱々しい低い声で、その云《い》ふことも文学的、感傷的のものであった」と書いている[4]。残っている子規の演説の草稿を見ると、欧米人の自由主義を取り入れるべしとする過激な演説もあるが、全体的に見て内容は刺激に欠け、繰り返しが多い。典型的な演説は、国会開設を見越して明治十六年（一八八三）一月十四日に行われたもので、それには「天将《まさ》ニ黒塊ヲ現ハサントス」という茶番めいた題がついている（「黒塊《こつかい》」は「国会」のこと）[5]。演説それ自体には何らユーモアはないが、ところどころに子規の若々しい声が聞こえてくる。たとえば「恐レ多クモ天帝ノ意思ニ戻《もと》リ黒《こく》塊《くわい》ヲ出《いだ》スノ期限ヲ延バスベシト　豈《あ》ニ悪《にく》ムベキノ悪漢ニ非《あら》ズヤ」といった詠嘆調がそれである。

子規の演説は仲間の学生に向けて行われたもので、一般大衆に向けられたものではなかった。しかし、のちに子規の親友で弟子となる柳原極堂の回想によれば、監督に出ていた教官は子規の「黒塊」演説を中止させ、官憲が政府批判の演説をする人間に目をつけていると警告した。学生は本人のためにも学校のためにも、政治演説をしないよう求められていた[6]。

子規は、ぜひとも東京へ行かなければという思いで頭が一杯になっていた。明治十五年（一八八二）十二月十七日に青年会で行なった演説の中で、子規は聴衆に向かって、英雄豪傑の住むところではない松山の僻地《へきち》を去り、ただちに東京に出ることを勧め、「河流《かりう》ハ鯨鯢《けいげい》ノ泳グ所ニ非《あら》ス」と訴えている。(7)

子規の母方の叔父加藤恒忠《かとうつねただ》(8)（一八五九—一九二三）は、東京に在住していた。子規は加藤に手紙を書き、東京に出たいと言った。当初、加藤は子規に東京に来るなと説得していた。しかし子規は、叔父がついには折れることを見越し、明治十六年（一八八三）五月、東京の中学校に転校するつもりで松山中学校を退学した。ついに六月八日、叔父の加藤から上京の許可を与える手紙が来た。子規は喜び勇み、生まれて以来こんなに嬉《うれ》しかったことはなかったと書いている。

東京へ向けて発《た》つにあたって子規は時間を無駄にしなかった。六月十日に船で松山を離れ、四日後には東京に到着した。一年後に書かれた子規の印象記は、まさに大都会に初めて出て来た田舎《いなか》の少年の反応としてお馴《な》染《じ》みのものだった。船は横浜埠頭《ふとう》に着き、そこから列車で東京へ向かった。まず子規は東京で一人の友人を探さなければならなくて、それは元級友の柳原極堂だった。

去年六月十四日余《よ》ははじめて東京新橋停車場《しんばしていしやぢやう》につきぬ　人力《じんりき》にて日本橋区《にほんばし》浜町《はまちやう》

久松《ひさまつ》邸(9)まで行くに銀座《ぎんざ》の裏を通りしかば　東京はこんなにきたなき処《ところ》かと思へりやしきにつきて後《のち》川向《むか》への梅室《うめむろ》といふ旅宿に至り柳原《やなぎはら》はゐるやと問へば　本郷弓町《ほんがうゆみちやう》一丁目一番地鈴木方へおこしになりしといふ　余は本郷はどこやら知らねど　いゝ加減にいて見んと真真《ママ》に行かんとすれば　宿の女笑ひながらそちらにあらずといふにより　其《その》教えくれし方へ一文字《いちもんじ》に進みたり　時にまだ朝の九時前なりき　それより川にそふて行けば小伝馬町通《こでんまちやうどほ》りに出《い》づ、こゝに鉄道馬車の鉄軌《てつき》しきありけるに余は何とも分らずこれをまたいでもよき者やらどうやら分らねば躊躇《ちうちよ》しゐる内　傍《かたはら》を見ればある人の横ぎりゐければこは〳〵と之《これ》を横ぎりたり　其後ハどこ通りしか覚えねど大方和泉橋《いづみばし》を渡り（眼鏡《めがね》かも知れず）湯嶋《ゆしま》近辺をぶらつき　巡査に道を問ふすべをしらねば店にて道を問ひながらやう〳〵弓町まで来《きた》り(10)

（去年六月十四日、私は初めて東京の新橋停車場に着いた。人力車で日本橋区浜《はま》町《ちょう》の久松邸まで行くのに銀座の裏を通ったので、東京はこんなに汚いところかと思った。屋敷に着いた後、川向こうの梅室屋という旅館へ行き、柳原はいるかと尋ねると、本郷弓町《ほんごうゆみちょう》一丁目一番地の鈴木様方へ行かれましたという。私は、本郷がどこか知らないが、いい加減に行ってみようかと真《ま》っ直《す》ぐに行こうとすると、宿の女が笑いながら、そちらではないというので、その教えてくれた方向へ一直線に進んだ。

まだ朝の九時前だった。そこから川に沿って行くと小伝馬町通り《こでんまちょうどお》に出る。ここに鉄道馬車のレールが敷かれていたが、私はそれが何だかわからず、これをまたいでもいいものか分からずにためらっていると、まわりを見れば人が横切って行くので、恐る恐る横切った。その後はどこを通ったか覚えていないが、たぶん和泉橋《いずみばし》を渡り〔眼鏡橋《めがねばし》だったかも知れない〕、湯島の近辺をぶらつき、警官に道を尋ねることを知らなかったから、店で道を聞きながら、やっとのことで弓町まで来た)

子規が柳原のいるという家を見つけ、「お頼み」と一声二声呼ぶと、「誰ぞい」と玄関に現れたのは旧友の三並良だった。二人とも、ひどく驚いた。まさかこんな形で東京でばったり出会うとは思ってもみなかったのだ。この随筆は、「其時は最早《もはや》十二時近かりしならん　色々の話の中《うち》に柳原も帰り来り　こゝではじめて東京の菓子パンを食ひたり」と終っている。

その翌日、子規と三並は向島《むこうじま》にある木母寺《もくぼじ》を訪ねた。そこで、叔父の加藤恒忠と落ち合うためだった。自分が哲学に興味を抱くようになったのは、ここで叔父と出会ったことがきっかけだったと子規は書いている。叔父は話の中で「墨を白紙にこぼせば紙は黒くなる　実におかしきことなり。又男も女の着物を着け女のまげをいへば女と少しも変ることなし　併《しか》シ矢張《やはり》男は男にて到底女とはいふべからず」云々《うんぬん》と言った。続けて子規は書く。

余の之《これ》を聞きし時の喜びは如何《いか》なりしか　三年の学問も此一場《このいちじやう》の会話に如《し》かずと思へり　然《しか》れども未《いま》だ哲学なる者を知らざるなり　（中略）然らば此時余の目的は何なりしかといへば政治家とならんとの目的也《なり》　叔《しゆく》ハ戯《たはむ》れに余に向《むかひ》て「汝《なんぢ》ハ朝《てう》に在《あり》ては太政《だいじやう》大臣となり野《や》に在りては国会議長となるや」と笑はれしに余ハ半ば微笑しながら半ばまじめに「然り」と笑へたり。

扨何故《さてなにゆゑ》に法律とか政治とかの目的を定めしやといふに　余在郷の頃某氏余に目的を定めよといふ　余もいたく当惑したり　何となれば余の嗜好《しかう》は詩を作り文を草《さう》することにありたれども　余は此時には漢学者の臭気を帯びし故、詩人画師などは一生の目的とすべきものにあらずと思考せり　さればとて他にこれぞと思ふ者もなし　医者は大嫌ひ也　理科学は勿論《もちろん》蛇蝎《だかつ》視《し》したり　それよりは寧《むし》ろ法律か政治かにきめんと思ひて無理にも目的を定めて某氏にいひわけしたり[11]

（私がこれを聞いた時の喜びはどれほどであったか。三年間の学問も、この場での会話には及ばないと思った。しかし、私はまだ哲学というものを知らなかった。

〔中略〕であれば、この時の私の目的は何だったかといえば、政治家になることだった。叔父は戯れに私に向かって、「おまえは朝廷にあっては太政大臣《だいじょう》、民間にあっては国会議長となるのか」と笑われたので、私は、なかば微笑しながら、なかば真面目《まじめ》に「そうです」と笑った。

さて、なぜ法律とか政治とかに生涯の目的を定めたかというと、私が郷里の松山にいたころ、某氏が私に目的を定めよと言った。私はひどく当惑した。なぜなら、私の好みは詩を作り文章を書くことにあったけれども、私はこの時には漢学者のにおいを身にまとっていたので、詩人や画家などは一生の目的にすべきものではないと考えたのだ。かといって、ほかにこれだと思えるものもない。医者は大嫌いである。理科学はもちろん忌《い》み嫌っていた。それよりはむしろ、法律か政治に決めようと思って、無理にも目的を定めて某氏に言い訳したのである）

現象と本質の違いについて述べた叔父の言葉が、なぜ啓示となって子規を感動させ、哲学を勉強せずにいられなくなったのか、よくわからない。また、なぜ子規が自分の一生の仕事の候補として政治を選んだのか、その説明も不可解である。ともあれ、この哲学との出会いが、子規の政治活動の時期に終止符を打った。東京に着いて四カ月後の明治十六年十月、共立学校《きょうりゅう》[12]に入り、そこで初めて『荘子《そうじ》』の講義を聴いた子規は、哲学がこんなに面白いものだとは思ってもみなかったと書き、明治十八年（一八八五）春には哲学者になる決心をしたという。誰が何と言おうとこの決心が揺らぐことはないと思い込んだと子規は書いている。[13]

子規は、英語の教師に恵まれた。共立学校の教師は高橋是清《たかはしこれきよ》[14]（一八五四―一九三六）で、教科書は *Peter Parley's Universal History on the Basis of Geography*（『パーレー万国史』[15]）だった。高橋は優秀な経済学者で、のちに首相にまでなった人物だが、子規は高橋についてほとんど語っていない。その後、明治十七年（一八八四）の夏休みに、子規は本郷の進文学舎《しんぶんがくしゃ》というところに英語を習いに行った。教師は坪内逍遙《つぼうちしょうよう》（一八五九―一九三五）だった。逍遙は翌年、新進気鋭の小説家・批評家として名声を得ることになる。[16]「先生の講義は落語家の話のやうで面白いから聞く時は夢中で聞いて居る、其の代り余等《ら》のやうな初学な者には英語修業の助けにはならなんだ」[17]と子規は評している。

子規は自分に英語の力がないことを繰り返し述べている。子規研究家は一般にこの子規の言葉を事実として受け止めているが、子規の英語力は決して馬鹿《ばか》にしたものではなかった。たとえば明治二十三年（一八九〇）、第一高等中学校[18]時代に英語の授業で書いた子規の答案が保存されている。表題は *The Comparison of the English and Japanese Civilization in 16th Century*（「第十六世紀に於《お》ける英国及び日本の文明の比較」）となっていて、冒頭の一節を読むと子規の英語の力がよくわかる。

Before we start for the description of the English and Japanese Civilization, we must mention that the Emperors of Japan always ascend the throne of a lineal succession unbroken for ages.(19)

（英国と日本の文明について書き始めるにあたって、まず我々は日本の天皇が万世一系の皇統によって受け継がれて来たことを指摘しなければならない）

第一高等中学校で子規を教えた著名な歴史家ジェイムズ・マードック（一八五六—一九二一）が、子規の書いた英文を添削し、たとえば最初のセンテンスにある "for the description of" を "to describe" に直している。マードックの添削は細かく行き届いたものだが、子規が自ら言っているように英語の力が絶望的なことを示すほどあちこちに間違いを指摘したものではない。(20) 二年後の明治二十五年（一八九二）に書かれた *Baseo as a Poet*（「詩人としての芭蕉《ばしょう》」）には、英語の間違いがほとんどない。

子規の英文は、次のように始まっている。

If the rule that best is the simplest holds good in rhetoric, our Japanese "hotsku" (pronounced "hokku") must be best of literature at that point. Hotsku which is composed of 17 syllables, should perhaps be the shortest form of verses in the world.（中略）

We shall try to translate some of Baseo's poems words by words (neglecting the metre & rhyme) to show the Japanese rhetoric as follows:

(It must be understood that in Japanese sentence, especially in "hotsku", personal pronouns and predicate verbs are often omitted).

The old mere!
A frog jumping in,
The sound of water.[21]

（簡潔こそ最上のものであるという通則が修辞学の上で有効ならば、我が日本の「発句《ほっく》」〔「ほっく」と発音する〕はその点では最高の文学と言っていい。十七音節から成る発句は、おそらく詩の形式としては世界で一番短いのではないだろうか。

〔中略〕芭蕉の詩の幾つかを〔韻律《いんりつ》など無視して〕逐語訳し、日本の修辞法の何たるかを次に示してみたい――ただし日本の文章、特に発句では人称代名詞や述語動詞がよく省略されることを予《あらかじ》め承知しておいてもらいたい。

古い池！
蛙《かえる》が飛び込み、
水の音）

自分の英語が目覚しく上達したことに、子規は気づいていなかったようだ。あるいは子規は、群を抜いて英語が優れていた級友の夏目《なつめ》金之助《きんのすけ》（漱石）と自分とを比較していたのかもしれない。しかし、この松尾《まつお》芭蕉（一六四四―九四）のエッセイを書く頃までに子規が原書で読んでいた本を列挙していけばわかるように、子規はかなり難解な作品をも理解する力を持っていた。子規の手紙、とりわけ漱石に宛てた手紙には、自分が特に感動した英国の詩が幾つも引用されている。子規は英語の原書を買い続けた。子規が死んだ時、その蔵書にはミルトン、バイロン、ワーズワースなどの詩の本と並んで哲学、歴史の本があった[22]。子規は、これらの本を持っていただけでなく読んだのだった。三並良は、ゲーテの *Faust*（『ファウスト』）の英訳本を子規に贈ったことがあった。(23)子規はそれを読んで、韻文《いんぶん》と散文が交錯しているのが面白いと言ったという。こうした関心が、子規の小説『曼珠沙華《まんじゅしゃげ》』(24)に影響を与えたかもしれない。

子規は自分が読んだヨーロッパの長篇小説に感動したが、おそらく最も深く感動したのはヴィクトル・ユーゴーの *Les Misérables*（『レ・ミゼラブル』）の英訳だった。この作品に唯一《ゆいいつ》言及している『病牀手記《びょうしょうしゅき》』明治三十年（一八九七）十一月十六日の項で、英訳『レ・ミゼラブル』を読んだことに触れている。弟子の佐藤紅緑《さとうこうろく》（一八七四―一九四九）は、子規の病床に集まる弟子たちと一緒に子規の『レ・ミゼラブル』の講義をたびたび聴いたという。佐藤はまた、不審な者が通り抜けられないように家の裏木戸を閉めてしまおうかと思ったと子規が言ったことに触れて、しかし子規は『レ・ミゼラブル』に出てくるミリエル神父は泥棒を家に泊めたことがあると言って裏木戸はそのままにした、と伝えている。(25)

『レ・ミゼラブル』の第一部第二章から、その一部を訳した子規の草稿が残っている。(26)子規はこの翻訳についてほかでは書いていないので、いつ、どういう理由で翻訳したかを特定することは難しい。(27)また、この大部の長篇をすべて翻訳するつもりでいたのかどうかもわからない。

子規の英語の読解力を示すさらなる証拠として、幼少時に子規の家を全焼させた火事について触れた文章がある。

年長じて後、イギリスの小説（リットンのゴドルフインにやありけん）を読む。読みて将《まさ》に終らんとす、主人公 志《こころざし》を世に得ず失望して故郷に帰る、故郷漸《やうや》く近くして時、夜に入るふと彼方《かなた》を望みて、丘の上に聳《そび》えし宏壮《くわうさう》なる我家の今や猛火に包まれんとするを見る、の一段に到《いた》りて、心臓は忽《たちま》ち鼓動を高め、悲哀は胸に満ち、主人公の末路を憐《あはれ》むと共に、母の昔話を思ひ出《い》ださゞるを得ざりき。(28)

（成長してから、イギリスの小説〔リットンの『ゴドルフィン』であったか〕を読む。まさに終段にさしかかり、主人公が志を成し遂げられずに失望して故郷に帰ってくる。故郷が次第に近くなり、夜に入って、ふと遠くを望むと、丘の上にそびえる広壮な我が家が猛火に包まれようとしているのを見る。この段まで読んで、自分の心臓はたちまち鼓動を高め、悲哀は胸に満ち、主人公の末路を憐れむとともに、母の昔話を思い出さないではいられなかった）

ブルワー゠リットンの仰々しいヴィクトリア朝の散文で書かれた *Godolphin* は、英語が母語である読者でも決して読みやすい小説ではない。しかし子規は、その種の英書を読んだだけでなく、登場人物に共感を抱くまでに原文をよく理解した。子規はまたハーバート・スペンサーの哲学や、エミール・ゾラの小説の英訳本も読んでいる。(29)

子規は、自分が最大の魅力を感じる対象が詩歌《しいか》であることに気づいていたが、同時に小説が文学の最も重要な形式であるとも考えていた。子規は小説を書くことを試みては失敗したが、詩歌への思いは常に小説より強かった。すでに見たように子規が最初に夢中になったのは漢詩で、ほとんど生涯の最後まで漢詩を作ることに熱心だった。子規が和歌を作り始めたのは明治十八年（一八八五）、松山の歌人井手真棹《いでまさお》（一八三七―一九〇九）の指導を受けた時である。俳句《はいく》に対する関心が芽生え、それが次第に強くなったのは再び松山に帰省した明治二十年（一八八七）、著名な俳人大原其戎《おおはらきじゅう》（一八一二―一八八九）に紹介された時だった。其戎は子規が見せた十句から一句を選び、自分が主宰する俳誌「真砂《まさご》の志良辺《しらべ》」に掲載した。これが、子規の俳句が活字になった最初である。

虫の音《ね》を踏《ふみ》わけ行《ゆく》や野の小道(30)

一人の人間が三つの違った形式（漢詩、短歌、俳句）で詩を作るのは極めて異例のことだったが、子規はどれか一つに限定されることを嫌った。子規は、あらゆる詩形《しけい》を含む名称として「詩歌」という言葉を最初に使ったうちの一人だった。(31)

共立学校で過ごした日々を、子規は「余は哲学を志すにも拘《かか》はらず　詩歌を愛すること甚しく　小説なくては夜が明けぬと思ふ位なりき」と随筆に書いている。哲学と詩歌のどちらかに決めかね、哲学は自分の目的で、詩歌は娯楽だと人に語っている。この二つを繫《つな》げるものがあればいいと子規は願ったが、やはり両立しないのではないかと思った。僧侶《そうりょ》は小説を書かなかったし、イギリスの哲学者で日本の自由民権運動に影響を与えたハーバート・スペンサーが詩歌を作ったという話も聞いたことがなかったからだ。

「哲学の発足」と題されたこの随筆は、「其後《そのご》漸《やうや》く審美学なるもののあるを知り　詩歌書画の如《ごと》き美術を哲学的に議論するものなることを知りしより　顔色欣々《がんしよくきんきん》として雀躍《じやくやく》するの思ひを生《な》し　遂《つひ》に余が目的を此方《こなた》にむけり　こはこれ今年のことになんありけるぞかしな」と明るい調子で終っており、最後の自註で「此時《このとき》ハスペンサーヨリ外ニ哲学者ヲ知ラザリシナラン　一笑」と書き加えている。(32)

審美学を発見した子規の喜びは、長続きしなかった。明治二十三年（一八九〇）、子規は叔父加藤恒忠からエドゥアルト・フォン・ハルトマンの *Aesthetik: Philosophie des Schönen*（『美学』）一巻を手に入れた。子規はドイツ語が読めなかったが、のちにドイツ語教授となる旧友の三並良の助けを借りた。夏目漱石によれば、最初、子規は自分が哲学を知っていることを他の学生たちに印象づけようと、ハルトマンの本を子供のように得意になって見せびらかしたという。[33] しかし三並の助けがあったにせよ、自分がまったく知らない言語を読む圧迫感に子規は堪えられず、審美学の勉強は断念した。

それでも当初は、楽天的な気持から自分の専門分野を見つけたことに興奮するあまり、共立学校を規定の年限で卒業する代わりに、途中から東京大学予備門の入学試験を受けることにした。[34] 入学試験の準備が不十分であることを、子規はよく承知していた。子規の英語は（少なくとも子規によれば）特に弱かったが、一つには場慣れするため、また戯れの気持もあって明治十七年（一八八四）九月の試験を受けることにした。もとより不合格は覚悟の上だった。

子規は試験の準備はしなかったが、ほとんどの科目の出題が驚くほどやさしいことがわかった。最大の難関は予想どおり英語だった。試験用紙が配られた時、子規は恐る恐る手に取って見た。一目見ただけで、五問ほどある英語の質問で自分に理解できるものがほとんどないとわかった。のちに子規は書いている。

第一に知らない字（単語）が多いのだから考へやうもこじつけやうも無い。此時《このとき》余の同級生は皆片隅の机に並んで座つて居たが（これは始《はじめ》より互《たがひ》に気脈を通ずる約束があつた為《た》めだ）余の隣の方から問題中のむつかしい字の訳を伝へて来てくれるので、それで少しは目鼻が明《あ》いたやうな心持がして善い加減に答へて置いた。其時《そのとき》或字《あるじ》が分らぬので困つて居ると隣の男はそれを「幇間《はうかん》」と教へてくれた、もつとも隣の男も英語不案内の方で二三人隣の方から順々に伝へて来たのだ、併《しか》しどう考へても幇間では其文の意味がさつぱり分らぬので此の訳は疑はしかつたけれど自分の知らぬ字だから別に仕方もないので幇間と訳して置いた。今になつて考へて見るとそれは「法官《はふくわん》」であつたのであらう、それを口伝へに「ホーカン」といふたのが「幇間」と間違ふたので[35]、法官と幇間の誤《あやまり》などは非常の大滑稽であつた。

それから及落《きふらく》の掲示が出るといふ日になつて、まさかに予備門（一《ひと》ツ橋《ばし》外）迄往《までいつ》て見る程の心頼みは無かつたが同級の男が是非行かうといふので行て見ると意外の又意外に及第して居た。却《かへ》つて余等に英語など教へてくれた男は落第して居て気の毒でたまらなかつた。試験受けた同級生は五六人あつたが及第したのは菊池仙湖《きくちせんこ》（謙二郎《けんじらう》）[36]と余と二人であつた[37]。

子規が試験に及第したのは、仮に「ホーカン」の単語を知らなかったとしても、子規が同級生たちより英語ができたことを示している。自分は英語が苦手だと何度も繰り返す子規の言葉は、眉《まゆ》に唾《つば》して読んだほうがいいかもしれない。

試験の際に不正行為、つまりズルをするのは、当時はごく普通のことだった。子規は入学試験に味をしめ、それからはズルをしても何とも思わなくなった。しかし二年ほどして、他人の力を借りて試験を受けるのは不正であるだけでなく極めて卑劣なことだと思い至り、それ以後、いかなる場合でもズルはしなかった(38)。

無事に予備門に入学したものの、子規は勉強するという気分ではなかったようである。

とにかくに予備門に入学が出来たのだから勉強してやらうといふので英語だけは少し勉強した。もつとも余の勉強といふのは月に一度位徹夜して勉強するので毎日の下読《したよみ》などは殆《ほとん》どして往《ゆ》かない。それで学校から帰つて毎日何をして居るかといふと友と雑談するか春水《しゅんすい》の人情本でも読んで居た(39)。

十七歳の若者が哲学の本よりも人情本に魅力を覚えたとしても意外ではない。しかしむしろ驚いてよいのは、この若者には恋愛感情を抱くことも、恋人を欲する気持になることさえなかったらしいところだ。もちろん、ひどい病気に苦しんでいた晩年は恋愛など問題外である。しかし、まだとりあえず健康であった若い頃でも子規は誰かと恋に落ちることはなかったようだ。子規の恋人の存在を見つけようとする子規研究家たちの努力にもかかわらず、相手は発見されていない。その見込みがあった一人の女性は、子規の友人たちが子規の病気を知らせた時にも二人の関係を認めるような素振りすら見せず、友人たちを落胆させた(40)。子規に色恋沙汰《ざた》があり、少なくとも恋を経験しただろうことは十分に考えられる。しかし、優れた人物ならば自分だけのことにしておきがちな人生の一部分について、子規も謹直な儒教的考えから触れたがらなかったということはありうる。その点、子規の沈黙はほぼ同時代人だった石川啄木《いしかわたくぼく》（一八八六―一九一二）との違いを際立《きわだ》たせていて、啄木の性生活の証拠はふんだんに残されている。子規が最も親しく愛情を抱いた対象は、あるいは天然界（自然）であったかもしれない。自然は、子規の多くの詩歌の主題をなしており、明治三十二年（一八九九）、子規は書いている。

漸《やう》く年とつて一人前の男になる頃、誰でも俗世間に向《むか》つて求むる所があるのだが、余は俗世間に向つて求めたところが己《おのれ》の情慾《じやうよく》を満たす事が出来ないから、矢張《やはり》天然界に向つて求めやうとする。こちらから情を以《もつ》て向ふと、今迄は無心のやうであつた天然界が俄《にはか》に活動しはじめて、総《すべ》ての物が情を以て周囲から余に話しかける、(中略)其《その》美しい現象の最要素は色である、色は百種も千種もあるけれど、概して天然界の色はつやゝかにうつくしく、人間界の色はくすんで曇つて居る、(41)

自然を喜ぶ子規の気持は、勉強に対する子規の無関心と好対照をなしている。哲学は、日本における新しい学問の一分野だった。(42) 明治二十三年(一八九〇)九月に帝国大学文科大学(のちの東京大学文学部)に入学した子規は、哲学を専攻してルートヴィッヒ・ブッセ教授の「哲学総論」を受講した。しかし子規の告白するところによれば、ブッセの講義は少しもわからなかった。困惑した例として子規は、「サブスタンスのレアリテーは有るか無いか」という問題を挙げている。「レアリテー」が何のことかわからないのに、それが「有るか無いか」などわかるわけがない。「哲学といふ者はこんなに分らぬ者なら余は哲学なんかやりたく無いと思ふた。それだから滅多《めつた》に哲学の講義を聞きにも往《ゆ》かない(43)」。

子規は、授業をさぼっても少しも気が咎《とが》めなかったものの、試験は受けないわけにいかなかった。明治二十四年（一八九一）、哲学の試験の三日前に子規は哲学のノートを携えて静かな向島の木母寺へ出かけた。そこは、叔父の加藤との哲学的会話にいたく感激した場所である。茶店のおかみさんは、自宅の二階が空いているから使ってもいいと言った。

それから二階へ上《あが》つて蒟蒻板《こんにやくばん》(44)のノートを読み始めたが何だか霧がかゝつたやうで十分に分らぬ。哲学も分らぬが蒟蒻板も明瞭《めいれう》でない、おまけに頭脳が悪いと来てゐるから分りやうは無い。二十頁《ページ》も読むと最《も》ういやになつて頭がボーとしてしまふから、直《すぐ》に一本の鉛筆と一冊の手帳とを持つて散歩に出る。外へ出ると春の末のうらゝかな天気で、桜は八重《やへ》も散つてしまふて、野道にはげんく（レンゲソウ）が盛りである。何か発句にはなるまいかと思ひながら畦道《あぜみち》などをぶらりくと歩行《ある》いて居ると其《その》愉快さはまたとはない。脳病なんかは影も留《とど》めない。一時間ばかりも散歩すると又二階へ帰る。併《しか》し帰るとくたびれて居るので直に哲学の勉強などに取り掛る気は無い。手帳をひろげて半出来の発句を頻《しき》りに作り直して見たりする。此《この》時は未だ発句などは少しも分らぬ頃であるけれどさういふ時の方が却《かへ》つて興《きよう》が多い。

つまらない一句が出来ると非常の名句のやうに思ふて無暗《むやみ》に嬉しい時代だ。或《あるい》はくだらない短歌などもひねくつて見る。こんな有様《ありさま》で三日の間に紫字のノートをやう〳〵一回半ばかり読む、発句と歌が二三十首《しゅ》出来る。それでも其時の試験はどうか斯《か》うかごまかして済んだ。もつともブツセといふ先生は落第点はつけないさうだから試験がほんたうに出来たのだかどうだか分つた話ぢやない。(45)

子規は気質的に哲学の勉強に向いていなかったし、少なくとも当時の教え方ではだめだった。それでも、落第した幾何《きか》学の試験よりは哲学の試験の方が出来がよかった。子規によれば、数学がわからなかったからではなくて、幾何学の授業では英語しか使わないと先生が決めていたからだった。英語と数学という二つの敵を同時に引き受けなければならないのは、子規にとってたまったものではなかった。子規は幾何学を再履修し、今度は(授業で英語を使わない先生だったので)難なく通った。(46)

時たま、子規は自分より知識が優れている学生に羨望《せんぼう》の気持を抱くことがあった。第一高等中学校(東京大学予備門から改称)に通っていた明治十九年(一八八六)秋、猿《さる》楽町《がくちょう》の子規の下宿に思いがけない来客があった。子規と同じクラスの米山保三郎《よねやまやすさぶろう》という学生で、時々軽く冗談を交わす程度の知り合いだった。米山の印象は薄かったが、数学が得意なことだけは知っていた（父親は有名な数学者だった）。しかしその他の点では、ただ子供っぽいだけのように見えた。なぜ自分を訪ねてきたのかわからないいま、まず、子規は米山を座敷に上げた。

「余《よ》は一驚を喫したり」とあるのは、米山が高等数学の微分積分の話を始めたからだ。子規は続けて書いている。

余は二驚を喫したり　何となれば氏の話は数理より哲理にうつりたればなり、余は氏が哲学を知らんとはこれまた意想外の出来事なりき。余は三驚を喫したり　何となれば氏は已《すで》に哲学書の幾分を読めり、少くもスペンサーの哲学原論㊼を読みたればなり　而《しか》して最後に尤《もっとも》はげしく余は四驚を喫せり。何となれば氏の年齢は余より二歳も若ければなり。余は在郷の時は朋友《ほういう》中尤年若きものにして　此《この》幼年なることが余の尤慢心したる部分なりき（中略）然《しか》るに余の東京へ来るや　共立黌《くわう》に在るも予備門に在るも常に少年者と伍《ご》せり、只《ただ》同学生中、余が郷里に在《あり》て期したる如《ごと》き有為の人を見ざりし故《ゆゑ》安心せり。而して今米山氏は余より幼《えう》にして、しかも其談話する所は余等の夢想にだも知り得ざりし高尚超越の事のみなれば　此時余の心は生来未《いま》だ曾《かつ》て知られざるの刺激を受けたり。此日の晩餐《ばんさん》は氏と共に松本《まつもと》の西洋料理を食

ひ　再び我寓《わがぐう》に来りて夜半まで談話し、余は猶《なほ》未だ君《くん》に別るゝを欲せず「余が家へ一泊し給《たま》はずやといへば　氏はたやすく「泊るべしと答へたり。翌朝氏は帰りたり。此日余ハ上級生とベース、ボールの相手《マッチ》をなす筈《はず》にてありしが　今はこれもいやになりぬ。友の来てすゝむるに已《や》むを得ず　断りの為《ため》学校へ行きしが、幸《さいはひ》にも此日の勝負はやめとなれり。然れども此時の精神の有様《ありやう》ハ二日の生命を有せざりき(48)

（私は二度驚いた。なぜなら、氏の話が数理から哲理へと移ったからである。氏が哲学を知っているとは予想外のことだった。私は三度驚いた、なぜなら、氏はすでに哲学書を少しかじっていて、少なくともスペンサーの哲学原論を読んでいたからである。そして最後に私は最も激しく四度驚いた。なぜなら、氏の年齢が私より二歳も若かったからである。私は郷里にいた時は友人の中で最も年が若く、人よりも幼年であることが私の最も慢心した部分だった。〔中略〕しかし、東京へ来たら、共立学校でも大学予備門でも、常にまわりは自分と同じように若いのである。ただその学生の中に、私が郷里にいた時に東京に行ったらいるだろうと思った有能な人は見当たらなかったので、安心していた。しかし今、米山氏は私より年少でありながら、その話は私などの夢にも思わない高尚かつ観念的なことばかりで、私の心は生まれて以来知らなかった刺激を受けた。この日の夕食は氏とともに松本の西洋料理を食い、ふたたび私の下宿に戻って夜半まで話をし、それでもなお別れるのが惜しくて、ぜひ一泊していかないかと勧めると、よし泊まろう、ということになった。翌朝、氏は帰った。この日、私は上級生とベースボールの試合をするはずだったが、それも今は嫌になっていた。友人が来て勧めるので、やむを得ず断るために学校へ行ったが、幸いにもこの日の勝負は中止となった。しかし、この時の精神の高揚は二日で消えた）

異彩を放つ新しい友人に対する興奮は長続きしなかったが、ベースボールはやがて子規の熱狂の対象となった。ユニフォームを着てバットを持った子規の写真がよく日本人の眼に触れるので、このスポーツを初めて日本に紹介したのは子規だと思われがちである。実際には、明治五年（一八七二）にアメリカ人教授のホレス・ウィルソンが開成《かいせい》学校（当時の名称は第一大学区第一番中学。のちの東京大学）の生徒にベースボールを教えている。明治七、八年頃、開成学校のチームと横浜在住のアメリカ人から成るチームとの試合が行われ、これが日本でのベースボールの始まりと言っていい。思うに子規は、まず大学予備門の友達からこのゲームを教わり、それを自分の弟子の一人である河東碧梧桐に教えたのだろう。碧梧桐は当時を回想して次のように書いている。

当時まだ第一高等学校の生徒位にしか知られてゐなかつたベースボールを、私が習つた先生といふのが子規であつたのだ。私の十六になつた明治二十一年の夏であつたと記憶する。当時東京に出てゐた兄から、ベースボールといふ面白い遊びを、帰省した正岡にきけ、球とバットを依託《いたく》したから、と言つて来た。子規と私とを親しく結びつけたものは、偶然にも詩でも文学でもない野球であつたのだ。それで松山のやうな田舎にゐて、早く野球を輸入した、松山の野球開山《かいさん》、と言つた妙な誇りをも持つてゐるのだ。

球が高く来た時にはかうする、低く来た時にはかうする、と物理学見たやうな野球初歩の第一リーズンの説明をされたのが、恐らく子規と私とが、話らしい応対をした最初であつたであらう。兄とは違つた、何処《どこ》か粋《いき》な口のきゝやうから、暖かなやさしみを持つた態度の前に、私は始終はにかみながら、もぢ〳〵してゐた。（中略）

子規の家を始めて尋ねたのも、野球の一般法則を聴く約束があつたからだ。当時はまだ今日のやうに適当な訳語もなかつた。さうして聴く私には、英語の力が薄弱だった。[49]

そこで子規はベースボール用語の翻訳をやり、その中の幾つかは今日なお使われている。[50] 子規のベースボールに対する興味は本物だったが、その何が子規をそれほど魅了したのかを理解するのは難しい。子規はベースボールが優れている説明として、もともと日本固有のスポーツが少ないことを挙げていて、その中の幾つかはたとえば蹴《け》鞠《まり》のように貴族だけに限られた遊びだった。西洋にはもっと多くのスポーツがあるが、中でもベースボールが最高なのは、選手たちに素晴らしい運動をさせるだけでなくてそれが戦術の訓練にもなるからだった。子規のベースボールに対する思いは、明治二十三年（一八九〇）四月七日に作った俳句から伝わってくる。

春風やまりを投げたき草の原

子規が愛弟子《まなでし》の高浜虚子《たかはまきょし》（一八七四—一九五九）と初めて出会ったのも、松山城の北にあるベースボールのグラウンドに見立てた練兵場だった。当時中学校の生徒だった虚子たちがバッティングの練習をしていると、東京帰りのいなせな感じで裾《すそ》をはしょって脛《すね》を出した書生数名が姿を現わした。彼らは虚子たちにバットとボールを貸してくれと言い、その中で比較的風采《ふうさい》の上がらない恰好《かっこう》をした書生がボールを打った。ボールは、虚子の近くに落ちた。虚子がボールを投げ返すと、その書生は「失敬」と言ってボールを受け取った。その書生こそが子規であったことを、虚子はあとで知った。(51)

子規のベースボールに対する熱中ぶりが本物だったのは明らかだが、それまでスポーツに一切興味がなかったことから考えると意外なものがある。明治二十二年（一八八九）に書かれた『水戸紀行《みときこう》』は、「余《よ》は生れてより身体弱く外出は一切嫌ひにて只部屋の内にのみ閉ぢこもり詩語《しご》粋金《すいきん》などにかぢりつく方《はう》なりしが(52)」と始まっていて、運動というものに対する子規の姿勢が窺《うかが》える。かつて松山中学時代の友人たちとの一晩泊まりの山歩きでは、子規は憔悴《しょうすい》し、歩き続けることができなかったが、旅を断念しはしなかった。水戸の旅では悪天候や食えたものではない食事、不愉快な宿の主人など、数々の災難に見舞われた。

子規は、自ら進んで苦難を受け入れようとしていた。それについて、こう書いている。

余は元来痩我慢《やせがまん》の男にて身体の弱き割合には不規則に過劇なる運動をなすことあ

れども苦しきのみにて何とも思はず着物も着たらぬぐことは大きらひぬいだら着ることは猶《なほ》きらひ、烈寒の時もさむがりの癖に薄着にて表へ出ること多し　されば此《この》旅も綿入《わたいれ》一枚に白金巾《しろかなきん》のシャツ一枚許《ばか》りにて着がへも持たねばひた震《ふる》ひに震ひしかどもそれはたゞ寒いのみなりと達摩《だるま》の如《ごと》く悟りこんでゐてこれが為《ため》にわるいとかよいとかいふ考《かんがへ》はなかりしのみならず、こんな目にあふて櫛風沐雨《しっぷうもくう》の稽古をすればこそ体も丈夫になり心も練磨するなれと思ひしるこそうたてのわさなれ　此船中の震《しん》慄《りつ》が一ヶ月の後に余に子規の名を与へんとは神ならぬ身の知るよしもなけれど(53)（後略）

（私は元々、痩せ我慢の男で、身体が弱い割には不規則に度を越えた運動をすることがあるけれど、苦しいだけで何とも思わず、着物も着たら脱ぐのは大嫌い、脱いだら着るのはなお嫌いで、極寒の時でも、寒がりのくせに薄着で外へ出ることが多い。だから、この旅も綿入れ一枚に薄い木綿《もめん》の白シャツ一枚だけで着替えも持たなかったので、常に震えてばかりいたが、それはただ寒いからだと達磨のように悟ったつもりになって、これが身体に悪いとか良いとかは考えなかったばかりか、こういう目にあって櫛風沐雨〔風で髪をすき、雨で体を洗う。苦労のたとえ〕の修業をすれば身体も丈夫になり、心も練磨されると思ったのが情けない結果となった。この船中で震えていたのが、一カ月後に、私に子規〔ホトトギスの異名〕という名を与えることになろうとは、神ではない自分にわかるはずもなかったが〔後略〕

子規は、不必要な苦痛に我が身を晒《さら》すことで常に自分を試し、そうした禁欲的な努力の中で身体の弱さを克服しようとした。野外活動をひどく嫌っていたにもかかわらず、ベースボールに興味を持った。日本のどんな競技とも違う、いわゆるチーム・スポーツに子規が惹《ひ》かれたことは事実である。しかし、そこで子規が味わったのは、楽しみというよりはむしろ自分を痛めつけること――病気の時でもボールを打ち、走り、守備するという緊張に堪えること――であったかもしれない。子規は自己虐待《ぎゃくたい》を、極端なまでに危険な方向へと推し進めた。『水戸紀行』にあるように、凍《い》てつく天候の中で船に乗り、ひどい船酔いの発作を起こし、これに悪寒《おかん》が加わって、一カ月後に喀《かっ》血《けつ》という結果を招いた。少なくとも子規はそう信じていた。

第三章　畏《い》友《ゆう》漱石との交わり

――初めての喀血、能、レトリック論義

明治二十二年（一八八九）五月九日、子規は突然に喀血《かっけつ》した。最初は（以前に一度あったように）咽喉《のど》の傷からの出血だと思った。しかし翌日、診察した医師は原因を肺病（肺結核）と診断した。熱が出やすいからと医師は注意し、身体《からだ》を休めるように勧めた。しかし、子規はその日、どうしても欠かせないと思った集会に出席した。同夜十一時頃、子規は再び喀血した。それから夜中の一時頃までの間に、子規は時鳥《ほととぎす》の題で発句《ほっく》(1)四、五十を作った。ホトトギス——血を吐きながら鳴くといわれた鳥である。その中に次の二句があった。

卯《う》の花をめがけてきたか時鳥《ほととぎす》

卯の花の散るまで鳴くか子規《ほととぎす》

これらの発句をものするにあたって、子規は和語の「ほととぎす」に当たる漢語である「子規《しき》」という号を初めて使った。どちらの句にも「卯《う》の花」（文字どおりには「ウサギの花」。空木《うつぎ》の花）が詠《よ》み込まれているのは、季節は新暦の五月だが、旧暦に換算すると「卯月《うづき》」（ウサギの月。四月）に当たるからだ。また同時に、子規は「卯の年」（ウサギ年）の生まれだった。子規が自分の人生と結びつけて考えた花は、死を歌う鳥に脅《おびや》かされているものとして描かれている。前夜遅くまで俳句を作って疲れ切っていたためか、翌朝、また喀血が始まった。それから一週間、子規の喀血は毎夜続くことになる。(2)

子規は、当初は楽天的だった。五月十一日、叔父の大原恒徳《おおはらつねのり》に宛《あ》てた手紙の中で、自分の病気を右肺の炎症だと言い、医師によれば数日で全快すると報告している。(3)事実は、医師は子規に松山へ帰るよう助言していた。海水に身をひたし、ワインを飲み、新鮮な空気をたっぷり吸うことを医師は勧めていたのである。子規がただちにこの助言に従うことができなかったのは試験があったからで、試験が終ると七月三日に汽車で東京を発《た》ち、途中休み休み神戸《こうべ》へ向かった。(4)神戸から船で三津浜《みつはま》へ渡り、そこからは人力車で、七月七日、松山に到着した。

これらの経緯が語られているのは、『啼血始末《ていけつしまつ》』と題された一風変わった作品である。閻魔《えんま》大王の裁判に召喚され、重病に罹《かか》った罪で被告となった子規の弁明が、終始ユーモアに満ちた文章で綴《つづ》られている。判事の閻魔大王ならびに検事である赤鬼と青鬼が、子規の病気の原因と結果について尋問する。子規の陳述は詳細にわたり、だいたいが事実に基づくもので、身体が弱くて顔色も良くなかったために「泣き虫」と呼ばれていた時代にさかのぼってその経緯が語られる。子規は屋外での運動が嫌いで、いつも避けていた。病気に罹りやすくなったのは、そのせいであったかもしれない。しかし今は、普通の人と一緒に「ベース・ボール」(5)を楽しんでいて、地獄の餓鬼《がき》となった後でもそれを続けるつもりだと述べている。地獄には広く平らな場所があるかどうか子規は尋ね、赤鬼はあると答え、子規が地獄に来たら鬼たちは子規を球にして、鉄棒《かなぼう》で打ってやると約束する。

こうした鬼たちによる尋問の趣向は、子規の作品に散見される初期の病歴を詳しく語らせるためのものだった。東京で最初に喀血した時に医師が言ったことに始まって、子規は次々と経過を報告する。次に、七月に帰郷した時に診断してもらった松山の医師のかなり違った意見も報告し、その後で病気になった確かな原因として水戸への小旅行中にやった船遊びを挙げる。寒さのあまり全身が震え、東京に戻って約一週間後、子規はひどい腹痛となり一晩に三回悪寒《おかん》に襲われた。

赤鬼は、子規が遺伝でもないのに肺病に罹るという大罪を犯したと陳述する。家を興《おこ》して亡父の名を上げることもできない子規は親不孝の罪に当たり、病気のために母親を心配させたことも親不孝な振舞だとされた。赤鬼によれば、(子規が仕事に選んだ)哲学の立場から言っても、子規は宇宙に生まれながら人間としての義務を果すこともなく、哲理を十分窮《きわ》めることもできなかった。仮に窮めたとしても、それを応用することができなかった。また国民としての義務から言えば、子規は兵役に就くこともできず、国の威信を高めることも、殖産興業に貢献することもできない。すなわち禽《きん》獣《じゅう》にも劣る穀潰《ごくつぶ》し、と言わざるを得ない。

これらの由々《ゆゆ》しき罪から見て、地獄へ送られるまで五年から三十年の猶予《ゆうよ》を与えられるところ、今より十年の生命を与えれば十分であると赤鬼は求刑する。最終論告を締めくくるにあたって赤鬼は、子規には焦熱地獄で苦しむことがふさわしいとした。娑婆《しゃば》では常に寒さに苦しんだから、地獄では逆に熱さで苦しめることにすると言うのだ。

最後に子規は、いささかぎこちない陳述で自分の病気を貧困のせいにする。ここで

閻魔大王は閉廷を宣言し、いずれ判決があることを告げる。(6)

この裁判と処罰の茶番めいた話が書かれたのは明治二十二年八月から九月にかけてで、子規がまだ寝たきりの病人だった時である。子規は次第に回復に向かい、松山の昔の友人や教師を訪ねることができるようになった。九月末までに、子規は東京へ帰れるほど気分が良くなったが、この回復が一時的なものだということはわかっていた。

病気に罹った当初から東京や松山の友人たちが子規を見舞い、また子規に手紙を書いた。これが、子規にとっては最大の楽しみだった。子規が受け取った手紙で、夏目漱石からの手紙ほど歓迎したものはなかった。漱石と子規が最初に出会ったのは明治十七年(一八八四)、二人が同時に大学予備門に入った時だった。出会いは偶然だったが、明治時代の最も偉大な小説家と最も偉大な詩人の友情は、明治二十二年以降になって親密となり、子規の死まで続くことになる。しかし学生時代と松山で同居していた比較的短い期間を除いて、二人の交遊はもっぱら手紙によるものだった。

子規と漱石は、異色の組み合わせだった。子規は四国という島の小さな町で育ち、一方、漱石は東京で生まれ育った。子規はたびたび漱石に助言を求めたし、試験のための知識で漱石を頼ったりもしたが、漱石が日々の生活のことに無知なのにはびっくりした。家が建て込んでいない東京郊外を二人が散歩した時のことが、随筆『墨汁一《ぼくじゅういっ》滴《てき》』に書かれている。水田に植え替えられたばかりの苗が、風にそよいでいた。子規がこの光景にひどく魅力を感じたのは、おそらく松山を思い出したからだ。しかし驚いたことに都会育ちの漱石は、これらの苗に日本人が毎日食べている米が実ることを知らなかった。子規は書いている。「都人士《とじんし》の菽麦《しゆくばく》を弁ぜざる事は往々此《こ》の類《たぐひ》である。若《も》し都《みやこ》の人が一疋《ぴき》の人間にならうと云《い》ふのはどうしても一度は鄙住居《ひなずまひ》をせねばならぬ(7)」。都会に住む人間が豆と麦との区別もつかないのは、しばしばこんなものである。都会の人が一人前の人間になるには、どうしても一度は田舎に住む必要がある、と。

まったく異なる境遇のもとに育ったという違いがあったにもかかわらず、漱石と子規は間違いなく友達だった。明治二十二年五月十三日、漱石が子規に宛てたごく初期の手紙の一つは、子規の病気を気遣う文面になっている。子規の病床を見舞った漱石は、帰途、医師のところに立ち寄り意見を求めた。医師によれば子規の病気は深刻でなく、入院も必要ないとのことだった。しかし風邪《かぜ》は万病の素《もと》だと忠告し、十分な休養をとることが極めて大事であると述べた。この医師の診断を心もとなく思った漱石は、子規に手紙を書き、近くの東京帝大附属病院へ行って診断を受け、入院するよう勧めている。そうすれば看護療養も行き届き、十日はおろか五日で本復《ほんぷく》するに違いない、と。漱石は、手紙の最後に英語で“to live is the sole end of man!”（生きることは人間の究極の目的！）と書き添え、次の二句を記している。

帰ろふと泣かずに笑へ時鳥《ほととぎす》
聞かふとて誰も待たぬに時鳥(8)

漱石の手紙の口調には、（もっと後の手紙で展開されるユーモアには欠けるが）何かを予感している気配はみじんもない。漱石にせよ他の友人たちにせよ、子規が命に関《かか》わる病気である結核に罹ったなどとは誰も思っていなかった。子規自身は若くして友人の死に立ち会っている。同じ下宿に住んでいた清水則遠《しみずのりとお》が明治十九年（一八八六）四月、脚気衝心《かっけしょうしん》（脚気による心不全）で死去したのだ。子規は清水の最期《さいご》を看取《みと》り、葬儀の手配一切の面倒を見た。(9) 自分が清水と同じように若くして死ぬかもしれないという恐れについて、子規は何も書いていないが、そうした思いは間違いなく子規を襲ったに違いない。

漱石が二週間後に下宿の子規に宛てて書いた手紙は、子規の病気のことには触れていない。代わりに漱石は、おそらく子規の最も風変わりな文集である『七草集《ななくさしゅう》』について論じている。[10] 定本『子規全集』に収録されている『七草集』の巻頭には、子規が明治二十一年（一八八八）、高等中学の夏休みに訪れた東京市内の魅力的な景色を撮影した十六枚の写真が収載されている。続いて、子規が友人三並良《みなみはじめ》、従弟《いとこ》の藤野古白《ふじのこはく》（一八七一―九五）と隅田川《すみだがわ》沿いを散策し、自然の美を嘆賞して過した楽しい休日の有様が漢文で記されている。さらに続いて優美な場所の記述がやはり漢文で綴《つづ》られ、次に漢詩四十一篇が収められている。[11]

　ここで文章は日本語に変わり、ほとんど散文の域を出ない短歌が立て続けに並ぶ。次に挙げるのは、「友の尋ね来にければ」と題したものである。

まれ人《びと》のけふは来にけり草の戸にちからのかきり《（ぎ）》吹けや川風[12]

　言うまでもなく風は暑中の来客に涼風を送るためで、客を脅して追い払うためではない。別の短歌は、「桜の餅[13]」を商う店主になり代わって詠んだものである。

花の香《か》を若葉にこめてかくはしき桜の餅家《モチヒいへ》つ《（づ）》とにせよ[14]

これらの短歌は面白味に欠けていて、これを読んで子規が近い将来に大歌人になるとは誰も予想できなかったに違いない。ほんの時たま、ある出来事が子規の心を強く捉《とら》えた時だけ、その詩歌は散文的な文章の域を超えた。中でも最高の出来栄《できば》えを示しているのは、子規の養祖母（曾祖父《そうそふ》の後妻）について詠んだ次の俳句で、この老女は血のつながりはなかったが子規に特別な愛情を注いだ。

我幼少の時より養育せられし老嫗《ろうおう》のみまかりたりとききて涙にむせひける
添竹《そへだけ》の折れて地にふす瓜《うり》の花(15)

短歌、俳句に続く『七草集』の次の章には、子規唯一《ゆいいつ》の能作品が収められている。冒頭、まず伝統的な様式に則《のっと》って短い地謡《じうたい》から始まり、季節が晩春で桜の花びらが水面に浮いていることが語られる。次に、（やはり伝統に則って）ワキが登場し自己紹介をする。

コレハ一処《いっしょ》不住ノ書生ニテ候《さうらふ》。我レコノ程ハ西洋ノ国〻《くにぐに》ヲ経廻《ヘメグ》リテ。只今此《ただいまこの》東京ニ帰リ着キテ候ガ。久シク墨田ノ花ヲ見ズ候程ニ。これより向嶋《むかふじま》ニ行カバヤト存《ぞん》じ候。

（私はひとところに住居を定めない書生で、このほど西洋の国々をあちこちまわって、ただ今この東京に帰ってきた。久しく墨田の桜を見ていないので、これから向島《むこうじま》に行こうと思う）

これは、明治日本を舞台にした最初の能だったかもしれない。諸国を行脚《あんぎゃ》して歩く旅僧《りょそう》がワキとなる普通の能と違って、このワキは西洋から帰って来たばかりの書生である。この書生は確かに明治時代の人間だが、時代に関係なくほとんどすべてのワキと同様に、急いだので意外と早く目的の場所に着いたことを我々に告げる。その目的地とは向島の長命寺《ちょうめいじ》で、そこは境内に子規が三カ月あまり仮寓《かぐう》していたことのある桜餅屋月香楼《げっこうろう》があった場所である。

すべてが昔と変わってしまったことを知ったワキは、在原業平《ありわらのなりひら》の最も有名な歌を詠じずにはいられない。

月やあらぬ。春や昔の春ならぬ。我身《わがみ》一つハもとの身にして。

書生は川辺に、晩春の遅い桜ではあるがただ一本満開に咲き誇る桜の樹《き》を見る。書生が一枝を折ろうとすると、一人の若い女が現れ、その樹に危害を加えてはいけないと言う。女は、自分がその樹の花守《はなもり》であると名乗る。興味をそそられた書生は、事の次第を話してくれと女に頼む。女は、能に登場する幽霊にも似合わず快く承知する。

今ヨリ十年許《ばか》リ以前ト、カヤ、コヽニ桜屋《さくらや》ト云フ店アリシガ。桜ノ餅《モチヒ》ヲ商《アキナ》ヒテ。百年《モヽトセ》アマリ売リ続キタレバ。自《おのづか》ラ此地《このち》ノ名物トナリテ候。然《しか》ルニ其頃《そのころ》ニ向屋《ムカフ》ト云フ店ノ此アタリニ出来《イデキ》テ。桜ノ餅ヲ売リケルニ。新シキニツク世ノ癖《へき》トテ。桜屋ハ日《ひ》ゝ《び》ニ衰ヘテ候ヘバ。此内ニ花子《はなこ》ト申シヽ少女ノ候ヒシガ　コレラノコトヲ愁《うれ》フルノ余リ。終《つひ》ニ病《ヤマウ》ノ牀《トコ》ニ臥《ふ》シテ候ガ。今ワノ際《キワ》ニ人ゝヲ招キテ。我ミマカラバコノ処《ところ》ニ埋メ。桜ノ木ヲ一本《モト》植《うゑ》給《たま》ハレト。(中略)

人ゝ其遺言ノ如《ごと》ク行ヒシニ。其木ハ年ニ生ヒ茂リ。見事ニ花ヲツケテ候。左《さ》レバ桜屋ハ益ゝ《ますます》衰ヘ。来《ク》ル人トテモ有《あ》ラザレバ。二親ハヒタスラ悲《かなし》ミテ。僅《わづか》ノ中《ウチ》ニうからども　コレモ世ヲ去リ申《まうし》テ候。又不思議ナルハ。其頃ヨリ向家《ママ》ノ店モ。自《オノヅ》ト人ノ脚絶《たえ》テ。ツヾイテコヽヲ立チノキシカバ。今ハ寂《サビ》シキ里ト変リ果テ。花見ル人モ稀《まれ》ニナリテ候。

(今より十年ばかり以前のこと、ここに桜屋という店がございました。桜餅を商売にして百年あまり続いたので、おのずと土地の名物となりました。しかしその頃、向屋《むこうや》という店がこの近所にできて、やはり桜餅を売り始めました。客は新しいものに飛びつくのが世の常で、桜屋は日に日に寂れていきました。この家に花子という少女がおりましたが、店のことを心配するあまり、ついに病の床に臥してしまいました。今わの際に人々を呼んで、自分が死んだらここに埋めて、桜の木を一本植えてくださいと頼みました。〔中略〕

人々は遺言どおりにしました。その木は年々生い茂り、見事に花をつけました。桜屋はますます寂れ、客も絶えてしまったので、両親はひたすら悲しみ、間もなく親族《うから》たちも世を去りました。不思議なことに、その頃から向屋の店もおのずと客足が絶えて、続いてここを立ち退いたので、今や寂しい里と変わり果て、花見の客も稀になったのでございます）

この悲しい話を聞いて、ワキの書生は浮世《うきよ》のはかなさを知る。シテの女は樹のまわりを泣きながら巡った後で、自分が桜屋の花子の幽霊であることを明かす。諸国巡歴の書生と仏法にまつわる真実を語り交わした後、女は姿を消す(16)。

二軒の桜餅屋の間に生じた葛藤《かっとう》であっても明治時代の悲劇の主題として使えること、

それを能の形で上演する価値があることを子規が示そうとしたという可能性もないわけではない。しかし現代の読者は、むしろこの子規の能をパロディと解釈するのではないだろうか。ここでの悲劇は、能のドラマに典型的な死をも超越する情熱から生まれるのではなくて、競争相手である桜餅屋の向屋に客を取られたことから生まれる。最後に両方の店ともつぶれてしまうのは、唯一の証言者である桜屋の娘の幽霊が教えるとおりである。

全篇を通じて伝統的な能の言葉が使われ、掛詞《かけことば》を始めとして様々な文体上の趣向が随所に見られる。また、「夢《ゆめ》かうつゝか」といったお馴染《なじ》みの能の言い回しが繰り返し登場することから、パロディは語彙《ごい》にまで及んでいると見ていい。作品がもたらす笑いはさておき、これは子規の芸術上の技巧の際立った例として興味をそそるものがある。子規は、まだ文学的価値のある作品を何も書いていなかった。しかし『七草集』で示したのは、詩であれ散文であれ、漢文であれ和文であれ、自分が選んだ方法で自由に書けるだけの言語の技巧、文体の技巧を子規が持っているということだった。子規は『七草集』の七つの章にそれぞれ違う秋の草花の題をつけていて、それはあたかも自分が多くの文体に精通していることを強調しているかのようである。

この作品の結びの章は読者にとって意外で、それは「七艸集批評《ななくさしゅうひひょう》」と題され、

Criticisms on "Nanakusa-shū" と英語の題まで添えられている。(17) 冒頭、まず親切にも稿本を読んでくれた人々に対する感謝の言葉が記される。子規は日本の作家が自分の近作について述べる決まり文句を踏襲して、自分の価値のない花々で読者の時間を浪費させたことを詫《わ》び、高級料亭の味に慣れた読者たちが素人《しろうと》の即席料理など口に合うはずもないと書いている。それに続く友人たちの数々の批評は、称賛であれ非難であれ、おどけた名前の署名が付されている。(18)

子規は『七草集』の原稿を友人たちに回覧し、批評を寄せてくれるように頼んだのだった。「支那《しな》流」に無暗《むやみ》に作品を褒めてくれた人々に感謝を表明しながらも、子規は直《じか》に口頭で受けたようなざっくばらんな批評を期待していたと述べ、「口ハ筆よりも正直なり」と結んでいる。(19) 二、三の友人に七つの花の中で少しでも面白いと思ったものはどれかと子規は尋ね、誰もが能の入っている「蕣《あさがお》の巻」を挙げた。『七草集』評として漢文に漢詩九篇を付して応《こた》えた夏目漱石は、能について漢詩で次のように書いている。

長 命 寺 中 鬻 餅 家　　長命寺《ちょうめいじ》中　餅を鬻《ひさ》ぐ家
当 垆 少 女 美 如 花　　垆《ろ》（囲炉裏《いろり》）に当たる少女　美しきこと花の如し

芳姿一段可憐処
別後思君紅涙加(20)

芳姿《ほうし》一段憐《あわ》れむ可《べ》き処《ところ》
別後《べつご》君を思うて紅涙《こうるい》加わる

日付は明治二十二年（一八八九）五月二十五日で「漱石」と署名され、これは夏目金之助《きんのすけ》が漱石の号を使った最初だと言われている(21)。

漱石は、時に子規の作品を称賛したが、批判するにあたっても躊躇《ちゅうちょ》しなかった。漱石の最も辛辣《しんらつ》な批評は、漱石自身の日常の記述で始まる明治二十二年十二月三十一日の手紙に見られる。トマス・カーライルの論文を読み、数日前からマシュー・アーノルドの *Literature and Dogma*（『文学とキリスト教義』）を読み始めた漱石は、続けて次のように書いている。

御前兼《おまへかね》て御趣向の小説は已《すで》ニ筆を下《おろ》したまひしや今度は如何《いか》なる文体を用ひ給《たま》ふ御意見なりや　委細は拝見の上逐一《ちくいち》批評を試むる積《つも》りに候へとも兎《と》角大兄《かくたいけい》の文はなよ〳〵として婦人流の習気《しふき》を脱せず近頃ハ篁村《こうそん》(22)流に変化せられ旧来の面目《めんぼく》を一変せられたる様なりといへども未《いま》だ真率の元気に乏しく従ふて人をして案を拍《う》て快と呼ばしむる箇処《かしょ》少きやと存《ぞんじ》候総《すべ》て文章の妙《めう》は胸中の思想を飾り気なく平たく造作《ざうさ》なく

直叙《ちよくじよ》スルガ妙味と被存候《ぞんぜられ》（中略）胸中に一点の思想なく只《ただ》文字のみを弄《ろう》する輩《やから》は勿論《もちろん》いふに足らず思想あるも徒《いたづ》らに章句の末に拘泥《こうでい》して天真爛熳《らんまん》の見るべきなければ人を感動せしむること覚束《おぼつか》なからんかと存候　今世《こんせい》の小説家を以《もつ》て自称する輩は少しも「オリヂナル」の思想なく只文字の末をのみ研鑽《けんさん》批評して自ら大家《たいか》なりと自負する者にて北海道の土人に都人の衣裳《いしやう》をきせたる心地のせられ候（中略）小生の考《かんが》へにては文壇に立《たち》て赤幟《せきし》を万世《ばんせい》に翻《ひるがへ》さんと欲せば首《しゆ》として思想を涵養《かんやう》せざるべからず　思想中《うち》に熟し腹に満ちたる上は直《すぐ》に筆を揮《ふる》つて其思ふ所を叙し沛然驟雨《はいぜんしうう》の如く勃然《ぼつぜん》大河の海に瀉《そそ》ぐの勢《いきほひ》なかるべからず　文字の美、章句の法抔《など》は次の次の其次に考ふべき事にて Idea itself の価値を増減スル程の事は無之様《これなきやう》ニ被存候　御前も多分此点に御気《おき》がつかれ居るなるべけれど去りとて御前の如く朝から晩まで書き続けにては[23]此 Idea を養ふ余地なからんかと掛念《けねん》仕《つかまつ》る也《なり》　勿論書くのが楽なら無理によせと申《まうす》訳にはあらねど毎日毎晩書て〳〵書き続けたりとて小供の手習《てならひ》と同じことにて此 original idea が草紙《さうし》の内から霊現する訳にもあるまじ　此 Idea を得るの楽は手習にまさること万〻《ばんばん》なること小生の保證《ほしよう》仕る処なり[24]

（貴君が以前から構想していた小説は、すでに書き始めておられるのだろうか。今度は、どんな文体を用いるお考えなのか。詳しくは拝見した上でひとつずつ批評を試みるつもりだけれども、ともすれば大兄の文は、なよなよとした女性の文体のような習慣から脱しておらず、近ごろは饗庭篁村《あえばこうそん》流に変化なすって、これまでとはすっかり様子を変えられたようだが、まだ飾らないありのままの活力に乏しく、したがって、読む者に思わず机をたたいて面白いと言わせるところが少ないように思う。総じていい文章とは、胸の中にある思いを飾り気なく、分かりやすく、技巧を凝らさず、ありのままに語るところによさがあるのだと思われる。〔中略〕胸の中に少しも思うところがなくただ文章だけをもてあそぶ輩はもちろん言うに及ばないが、思いはあっても無駄に章句の些細《ささい》なところにこだわって天真爛漫さを感じさせなければ、人を感動させることは難しいのではないかと考える。このごろの小説家を自称する輩は、少しも「オリジナル」の考え方がなく、ただ文章の枝葉末節《しようまっせつ》ばかりを研究、批評して自ら大家なりと気負っているだけで、北海道土着の人間に都会人の衣装を着せたような印象を抱かされる。〔中略〕小生の考えでは、文壇の中に立って赤い幟《のぼり》をのちの世にまで翻《ひるがえ》そうと望むならば、まず思いや考えを養い育てなければならない。さまざまな思いが自らのうちに熟して腹に満ちたなら、ただちに筆を動かしてその思うところを記せば、盛大ににわか雨が降るような、大河がどっと海に注ぐような勢いを得ないわけがない。文章の美、章句の決まりごとなどは次の次のその次に考えるべきことで、それが Idea itself の価値を増減するほどのことはないように思われる。貴君も多分この点には気がついておられようが、かといって貴君のように朝から晩まで書き続けていては、この Idea を養う余力などないのではないかと心配いたしておる。もちろん書くのが楽しいなら無理にやめろと言うわけではないが、毎日毎晩書いて書いて書き続けたとしても、それは子供の習字の練習と同じことで、この original idea が紙の中から神仏の力で現れるわけもない。この Idea を得る楽しみが手習いより遥《はる》かにまさることは、小生が保証するところである)

この手紙に対する子規の返事は散逸して残っていないが、おそらくそれに対する返信と思われる漱石の手紙の文面から類推するに、もっと本を読めという漱石の勧めに対して、子規は自分は適切な書物を持っていないし、どうやって見つければいいかもわからないと応《こた》えたのではないかと思われる。その上、子規は漱石のようには英語をすらすらと読むことができなかった。これに対して漱石は、「読ム本ヲ知ラネバ人ニ聞クガイヽデハナイカ」と無愛想に応えている。「読ム本ガナクバ買フテモ借リテモイヽデハナイカ」、また「英文ガ読メナケレバ勉強シテモヨシ已《や》ムヲ得ズバ日本書漢籍ヲ読ムデモイ丶デハナイカ」と。[25]

漱石は、子規への友情を忘れたことはなかった。しかし子規に好意をもつと同時に、いつでも子規の欠点を指摘する用意があった。「正岡といふ男は一向学校へ出なかつた男だ。其れからノートを借りて写すやうな手数をする男でも無かつた。そこで試験前になると僕に来て呉《く》れといふ。僕が行つてノートを大略話してやる。彼奴《あいつ》の事だからえゝ加減に聞いて、ろくに分つてゐない癖に、よし〳〵分つたなどゝ言つて生呑込《なまのみこみ》にしてしまふ」と、漱石は談話で述べている。[26]

漱石はアイデアの方がレトリックよりもさらに重要であることについて、別の手紙でも子規に助言を与えている。子規は最終的にこの助言を拒絶するのだが、漱石の助言に正面から応えるほどの書き手だと自分を見てはいなかった。俳句であれ短歌であれ、子規は文学的価値のあるものはまだ何も書いていなかったし、また、遠からず子規に名声をもたらすことになる詩歌の批評も、まだ発表していなかった。英国の批評家の作品を読んで理解した漱石は、その勉強の成果を子規に伝えようと試みた。しかし英語と日本語が入り混じった漱石の説明は、子規にとって理解ないしは納得するのが容易でなかったはずである。漱石は書いている。

僕一己《いっこ》ノ文章ノ定義ハ下ノ如シ

文章 is an idea which is expressed by means of words on paper（中略）

Best 文章 is the best idea which is expressed in the best way by means of words on paper

此《この》 under line ノ処《ところ》ノ意味ハ Idea ヲ其儘《そのまま》ニ紙上ニ現ハシテ読者ニ己《おの》レノ Idea ノ Exact ナル処（no more no less）ヲ感ゼシムルト云フ義ニテ是丈《これだけ》ガ即《すなは》チ Rhetoric ノ treat スル所也《なり》去レバ文章（余《よ》ノ所謂《いはゆる》）ハ決シテ Rhetoric ノミヲ指スニアラズ此《この》儀《ぎ》上ノ解ニテ御《ご》合点《がってん》アリタシ[27]

（僕自身の文章の定義は、次のようなものだ。

文章とは、言葉を使って紙上に表現される idea である。〔中略〕

最高の文章は、言葉を使って紙上に最上の方法で表現される最高の idea である。

このアンダーラインのところの意味は、Idea をそのまま紙上に現わして、読者に自分の Idea を正確に〔それ以上でも以下でもなく〕理解させるということで、その場合にのみ Rhetoric の機能が役に立つ。〔僕の言う〕文章とは決して Rhetoric のみを指すのではない。それは以上の説明でおわかりいただきたい）

子規は明治二十三年（一八九〇）一月十八日付の漱石に宛てた手紙で、レトリックなしに文学作品はあり得ないと述べている。(28) 子規にとってレトリックとは言葉の適切さ、美しさなど文体に価値をもたせるものを意味していた。さらに重要な、考え方と言語表現のどちらがより大事かに関する議論はしばらく続き、二人の間に緊張が走る瞬間があったことも事実である。しかし、それが二人の友情を損ねるようなことにはならなかった。明治二十三年八月九日、漱石は浮世が嫌になったという趣旨の手紙を子規に書いている。

此頃《このごろ》は何となく浮世がいやになり　どう考へても考へ直してもいやで／＼立ち切れず　去りとて自殺する程の勇気もなきは矢張《やは》り人間らしき所が幾分かあるせいならんか「ファウスト」が自ら毒薬を調合しながら口の辺まで持ち行きて遂《つひ》に飲み得なんだといふ「ゲーテ」の作を思ひ出して自ら苦笑ひ被致候《いたされ》(29)。

これに対する八月十五日付の子規の返事は、陽気だった。まず、近頃の暑さにかこつけてふざけた調子で漱石をからかいながら、視力のことや眠りについてユーモアに富んだ観察を繰り広げ、不首尾に終った孔子《こうし》の恋の話をする。子規の手紙に苦悶《くもん》している友への慰めの言葉が一語もないのは、お互いに交遊は楽しんでいても、二人の性格に大きな隔たりがあったことを示している。漱石は孤独で、自分と世界を隔てる深い裂け目を感じていた。子規は社交的な人間だった。明治二十二年、『筆《ふで》まかせ』に子規は書いている。

余は交際を好む者なり　又交際を嫌ふ者也　何故《なにゆゑ》に好むや　良友を得て心事《しんじ》を談じ艱難《かんなん》相助けんと欲すれば也。[30]

この場合、子規は「良友」として振舞ってはいない。子規の陽気さは美点だが、その美点が漱石の絶望に同情すること、もしくは理解しようと努めることさえ難しくしていた。この『筆まかせ』の一節の最後には十九人の朋友《ほうゆう》の名が挙げられていて、それぞれ友人としての特別な資質に応じて呼称が付けられ、漱石は「畏《ゐ》友《ゆう》」となっている。[31] 漱石は子規についてあまり書いていないが、子規を天賦《てんぷ》の才に恵まれた魅力的な友人と考えていたかもしれない。その魅力的な友人は、漱石が苦悶していた問題に対する理解に欠けていた。

自ら哲学を称賛していたにもかかわらず、子規は抽象的思考や方法論にほとんど興味がなかった。他人の作品に対する子規の批評は、作品の文学的価値に対する直覚的な理解に基づいたもので、内容の分析や評価に基づくものではなかった。子規は感銘を受けた作品から、自分が必要とするものを取り出した。明治二十二年、ハーバート・スペンサーの *The Philosophy of Style*（『文体論』）を読み、「文章は短ければ短いほど良い」という金言にいたく感動し、これが文章を書く上での子規の基本原則となった。子規はまた芭蕉の有名な「古池や蛙《かはづ》飛びこむ水の音」を論ずるにあたって、スペンサーの "minor images"（「断片的な影像」）を引用し、ふだん気づかないような何でもない「一部」を通して詩人は「全体を現はす」のだと言っている。[32] 子規は俳句の俳句たる所以《ゆえん》を問い、極めて短い詩形はそれが述べていること以上に遥かに多くのものを示唆《しさ》している、と言う。

明治二十年（一八八七）夏、松山に帰省中の子規は、老齢の俳人である大原其戎《おおはらきじゅう》から俳句の指導を受けるようになった。其戎は松山における俳句の中心人物だったが、（子規によれば）耳は半ば聴こえず、眼は半ば見えなかった。[33] 其戎について子規は、「余が俳諧の師ハ実に先生を以てはじめとす　而《しか》し〈て〉今に至るまで未だ他の師を得ず」と書いている。子規は当時作られていた類の俳句に次第に不満を募らせるようになるが、しかし同時に、漱石の主張する平明で率直な表現を認めることにも困難を感じていた。「レトリック」のない俳句や短歌は、詩的緊張感もなければ啓示もないただの素朴な観察でしかないのだった。

明治二十四年（一八九一）末（日付は定かではない）、子規は「俳句分類」の仕事を始めた。これは俳句が滑稽《こっけい》な言葉遊びとして始まった十六世紀初めから、子規が絶賛する十八世紀末の俳句まで、その主題によって俳句を分類する仕事だった。いかにも膨大な企画で、子規は自ら調べた俳句の本を積み上げると自分の背丈ぐらいになると書いている。子規は大学や上野《うえの》の図書館へ毎日行き、古い俳書を筆写したが[34]、その数は気が挫《くじ》かれるほど多かった。なぜこうした途方もない仕事に手をつけることになったか、子規は理由を説明しておらず、自分がただ俳句に無知であって、それが過去に発表されたすべての俳句を読もうとする十分な理由ででもあるかのように言っている。『俳諧三佳《はいかいさんか》書序《しょじょ》』（一八九九）の中で、子規は「故《ゆゑ》ありて」俳句分類を編集しようと思い始めたが、分類を手掛ける過程で自分は俳句の趣味を摑《つか》んだと述べている。「故ありて」というその理由については、子規は何も説明していない[35]。

この編纂《へんさん》作業をやりながら子規が読んだ俳句の中には、一般に軽んじられていた与《よ》謝《さ》蕪《ぶ》村《そん》（一七一六—八四）の俳句のように思いがけない喜びを感じさせる作品もあったに違いないが、初期の俳句の軽薄なユーモアや退屈な言葉遊びはやがて面白くなくなった。そうした経験も、子規がもっぱら俳句に没頭し始めた時には価値があったかもしれない。俳句では何を避けなければならないか、それを子規に教えたからである。昔の秀逸な俳句は子規にさらに多くのことを教え、俳句を主題別に分けるという退屈な仕事に子規は情熱を持ってのめり込んでいった。それは、ぱっとしない学生としての子規の振舞といかにも対照的だった。子規はすでに俳句に目覚め、俳句を作ることが自分の生涯の仕事となる可能性を自覚していた。子規は書いている。

明治二十四年頃より稍《やや》俳句に熱心し之《これ》を研究せんと思ひ起したり。此頃《このころ》少しく実景を写し出さんと企てたれども毫《がう》も成功せず猶《なほ》前日の優柔孱弱《せんじやく》の風《ふう》を免《まぬか》れざりき。此年冬始めて七部集(36)三傑集を読み大《おほい》に感ずる所あり。漫遊の念熾《さかん》なり(37)。僅《わづか》に三日の糧《かて》を裹《つつ》みて武蔵野《むさしの》を踏んで帰る。往復得る所十数句に過ぎずといへども復《また》前日の孱弱なる音調、繊細なる意匠にあらず、実景に得たる者空想を加へたる者皆多少の新趣味を具《そな》へて斧鑿《ふさく》の痕少きを見る。句法の稍緊密に赴《おもむ》き懈弛《かいし》を脱したるも此時よりの事なり(38)。

（明治二十四年頃より、しだいに俳句に心を熱くし、これを研究しようと思い立った。この頃、少し実際の情景を写し出そうと試みたが、少しも成功せず、やはりそれまでの柔らかくひ弱な感じから脱せなかった。この年の冬、初めて『俳諧七部集《はいかいしちぶしゅう》』『俳諧発句三傑集《はいかいほっくさんけつしゅう》』を読んで大いに感ずるところがあり、あちこちを歩こうという気持が盛んに起こった。わずか三日分の食料を包んで、武蔵野を散策して帰った。往復で作れたのは十数句に過ぎないとはいえ、それまでの繊弱な音調、繊細な趣向の作ではない。実景を取り入れたもの、空想を加えたもの、どれも多少の新しい味わいを備えて、いたずらに技巧を凝らした痕《あと》が少ないのを認めた。句法がようやく緊密となり、気持のゆるみを脱したのもこの時からである）

第四章　小説『銀世界』と『月の都』を物す

——僕ハ小説家トナルヲ欲セズ詩人トナランコトヲ欲ス

自分独自の俳句が作れるという自信を得たと思われるまさにその頃、むしろ子規が打ち込んだのは子規自身が「小説」と呼ぶ散文作品を書くことだった[1]。そもそもこの関心の変化は、子規が「銀世界緒言《ぎんせかいしょげん》」に書いているように偶然のものだった。明治二十二年（一八八九）九月、第一高等中学校に通う子規は、桜餅屋の下宿から、旧松山藩の学生寮である本郷の常盤会《ときわかい》寄宿舎に入った。その寄宿舎の文学同好会が出している「常盤会雑誌」がこの年十二月、雪景色を意味する詩的ではあるが平凡な「銀世界」という題で懸賞小説を募集した。集まったのはわずかに二篇で、いずれも満足すべき作品ではなかったようだ。子規は友人たちに投稿を勧めたが、誰もが雪景色については何も趣向がないと言って断わった。子規は懸賞小説を意義あるものにするために、趣向のよしあしを問わず、自ら「小説」なるものを一気に書き上げることにした。

明治二十三年（一八九〇）一月、正月の休暇で松山に帰郷した子規は『銀世界《ぎんせかい》』一篇を書いた。

すでに見たように、子規は小説作品を読むのが大好きだった。少年時代は滝沢馬琴《たきざわばきん》（一七六七—一八四八）の小説、特に長篇『八犬伝《はっけんでん》』（南総里見《なんそうさとみ》八犬伝）に夢中になった。(2)かつて松山で友人の一人と語らって、子規は馬琴訳の『水滸伝《すいこでん》』(3)の舞台を中国から日本に移した小説を書こうとしたことがあった。この野心的な計画を実行に移す前に子規は東京へ発《た》ったが、『筆まかせ』に収録されている随筆の数々を読むとわかるように、馬琴礼賛（当時の若者の典型だった）は、子規がまったく種類の異なる為永春水《ためながしゅんすい》の人情本（『春色梅児誉美《しゅんしょくうめごよみ》』）の魅力に取《と》り憑《つ》かれた後もなお長く続いた。

明治十八年（一八八五）、当時の若者を描いた坪内逍遙『当世書生気質《とうせいしょせいかたぎ》』の出現は、同時代の小説に対する子規の関心を大いに高めた。子規は「余《よ》は飛びたつ如《ごと》く面白く思ひ　斯《か》くの如き小説も世にはありけるよと幾度も読み返してあくことを知らざりき」と記している。(4)また、別のところで「書生気質の出《い》づるに及んでは世の評判も喧《かまびす》しく褒貶《ほうへん》もはげしけれど　余は理くつも何もなく只《ただ》心中に面白しと思へり」と振り返っている。(5)

子規が次に読んだのは逍遙の『妹《いも》と背鏡《せかがみ》』だった。この作品は『当世書生気質』と違って評判にならず、今日ではほとんど忘れられている。しかし子規は、その文体と登場人物たちの知的な議論にひどく感動し、『当世書生気質』より好きになった。「書生気質は書生に向つては愉快なれども　一個の小説としては余り幼稚なり」と子規は書いている。(6) この少し後に書いた随筆では『源氏物語《げんじものがたり》』から明治までの日本の小説の歴史を辿《たど》っているが、その中で子規はふたたび『当世書生気質』の価値についての考えを改めた。今度は、それが明治の書生の生活を描写しているからではなく、小説を美術（芸術）の一形式とする逍遥の考えが示されている点が重要だと強調している。

逍遥は特に、明治十八年（一八八五）から『当世書生気質』と並行して書いた『小説神髄《しょうせつしんずい》』の中で、前世代の小説家が自分たちの小説を卑《いや》しむべきものと見ながら勧善懲悪に重きを置くことで文学を正当化してきたことを非難している。(7) 逍遥自身の考えは、主としてヨーロッパの文学や批評を読んできたことに基づいている。『当世書生気質』は、そうした考えを文学作品でどのように具現できるかを示そうとしたものだった。

小説の芸術的価値を宣言した逍遥の言葉は若者たちを駆り立て、厳しい儒教教育を受けた若者たちでさえ小説という形で自分自身や自分の信念を表現しようとした。こうした動きは、それまで儒学者たちが女子供の読むものとして斥《しりぞ》けてきた小説に対する軽蔑《けいべつ》とは相反するものだった。しかし、新しい明治日本の若者は、世界最強国である英国の首相ベンジャミン・ディズレーリが小説を発表したことがあるという事実を知るや、自分たちの小説礼賛に自信を得た。小説を書こうと試みる同世代の仲間に子規が加わったとしても不思議ではなかった。残念ながら当時の子規の小説の知識は、多くは徳川時代後期に人気があった作品と二、三の明治の小説に限られており、これらの作品は新しい文学の手本として最適というわけではなかった。

子規の書いた『銀世界』(8)は、ほとんど小説とは言い難い。序章に続く四つの短篇は、いずれも雪あるいは銀にまつわる話である。序章にあたる「銀世界　第一」は、見世《みせ》物《もの》小屋の幻燈《げんとう》の仕掛けが次々と場面を展開させる。そこに映し出された光景は、何らかの形で雪と関係がある中国および日本の著名な人物たちの人生の一コマだった。舞台回しの口上《こうじょう》が各場面の説明をするが、それはかなりくだけた口調で、折り目正しい作者の緒言の文章と対照的である。この序章はある意味で面白いが、ユーモアは衒学《げんがく》的で、本物の滑稽《こっけい》の才能というよりはむしろ子規が中国の古典にいかに精通しているかを示したものである。

次の「銀世界　第二」は二つに分かれている。前半は、春の一日の上野公園を散歩する美男美女が登場する。二人は恋をしているようだが、男は驚くほど冷静である。

現在の自分の幸福を一夜の風雨で消える運命にある桜の花にたとえて、こうしている今も現実か夢かわからないと男は言う。しかし今日の花が明日の果実となることを思い、男は元気を取り戻す。女は、このことに深く感銘を受ける。「第一」が中国趣味を色濃く見せているのと違って、この「第二」は全体が古風な日本語で描かれ、常套《じょうとう》語句がふんだんに使われている。平安時代の先例に倣《なら》って文章は目立って息が長く、まるで自分が紫式部《むらさきしきぶ》と張り合えることを子規が証明しようとしているのではないかと思わせるほどだ。

後半の舞台はやはり上野だが、四十年後である。二人が公園を最初に訪れたのは春だった。その時は枝もたわわな桜の花を雪になぞらえたものだが、今は冬で樹木の枝に積もった雪が逆に桜の花の記憶を思い出させる。二人は、自分たちに春が二度とやって来ないことを知っている。上野の古い神社仏閣は、明治維新の戦闘で壊されてしまった。男は敗者の側であったために、苦難を経験した。男は定めなき世の転変を嘆くが、こうした発見はなにもこの男が初めてではない。かつては春の花もいつかは実を結ぶと考えたことがあったが、秋が来ても果実は実らなかった。今は、男にとって満ち足りない冬である。

この「銀世界　第二」はあまりに短く筋が簡潔なので、維新がもたらした変化を描く作品としては不十分であるが、ここには驚きの要素が含まれている。読者が期待するのは、前半で語られた若き日の幸福のたよりなげな輝きの代りに、時間を経て一緒に年老いた二人に静かな秋のような幸福が訪れていることである。しかしながら、老いた男は希望を失い、男の妻は夫を慰めることができないでいる。

子規が古臭い言い回しに頼り過ぎることで作品は損なわれているが、話の結末はおよそ伝統的でない含みで終っている。それは、悪い人間ばかりでなく良い人間も最後はひどい目に遭うかもしれないということだ。子規がこの第二話で試みたのは、人情本の軽薄さと、その反対の馬琴の道徳的教訓と、どちらをも拒絶することであったかもしれない。

「銀世界　第三」で、雰囲気はがらっと変わる。無名の語り手が、ある日、軽気球に乗って楽しんでいると、突然、気球がひっくり返る。まぶしい光が彼の眼をくらませ、あたかも逆の重力に引っ張られているような気がする。目を開くと、彼は眼下に銀色の屋根の大きな家を見る。庭の草木はすべて金銀の色をなしている。気球から空気を抜いて地上に降りると、家の中から若い女が姿を現す。女がまとっている衣裳《いしょう》は雪よりも白く、まるで天女《てんにょ》のように見える。女は語り手の男に、「鉄世界の日《ひ》の本《もと》より来《き》給《たま》ひしにはあらざるか」と問う。

男は確かに自分は日本から来たと応《こた》えるが、「鉄世界」の意味がわからずに女に尋ねる。女は、男が今いるところが銀世界であることを説明する。それは太陽系の一部ではないが、時々地球に接近する。男が銀世界に引き寄せられたのは、そこの重力が地球の引力より遥《はる》かに強いためだった。女は、銀世界の歴史を男に語る。昔ここは鉄世界で、人々は名誉や利益のために戦っていたが、今や銀世界になった。ここではすべてが美しく、欺《ぎ》瞞《まん》も競争意識もない。幸福を他人と共有しようとだけ願いつつもわずかに煩悩《ぼんのう》が残っているためにまだ銀世界にとどまっているが、もう一歩進めば、銀世界は黄金世界となり、そこでは誰もが無垢清浄《むくしょうじょう》の身となって極楽に遊ぶことになるのだという。

語り手の男は、どうして女が日本のことを知っているのか尋ねる。女は中国で生まれ、名前を嫦娥《じょうが》といった。不死の薬を飲んだために女は銀世界に来ることができたのだ。夫が仙女・西王母《せいおうぼ》からもらった不死の仙薬を盗んだ嫦娥の伝説を思い出した男は、月宮《げっきゅう》（月の都）に逃げたのは本当なのかと女に尋ねる。嫦娥は、住んでいた月宮は衰亡したものの、自分だけは仙薬の力で銀世界に来られたのだと答えた。男はさらに、「御身《おんみ》の銀色になり給ひしも仙薬の力なるや」と尋ねる。

女は違うと答え、「あれ見給へ、向ひに白く長く流るゝ河は銀河と名づけ、流るゝ水は水銀なり、此《この》河辺に至り欲心を離れて二三度垢離《コリ》を取り給へば六根清浄《ろくこんしやうじやう》の身となりて銀光を発すべし」と言う。語り手の男は銀河《ぎんが》に身をひたし、完全に清められて出てくる。この世の穢《けが》れで汚れた彼の身体《からだ》は、今や銀光を発して輝いている。嫦娥は彼を銀閣《ぎんかく》に招きいれ、そこで言語について話を交わす。

余「御身に聞くべき事こそあれ、御身は日本の生れにもおわさぬに倭語《わご》を知り給ふ
　は如何《いかん》ぞや、また此国の言葉は如何《いか》なるものを使ふにや
女「此国にても上等社会には古き倭語を用ゆる也《なり》　そは妾《わらは》が聞き覚えしまゝを伝へ
　しに、いと優美なる言葉なりとて紳士の間に行はれたり
余「そは思ひもよらぬことぞかし、我《わが》日本にては却《かへつ》て自国の倭語を知る者は少くて
　少し学問などせし人は好んで漢語をのみ用ゆるはいとをかしきわざなり(9)

嫦娥は、残念ながら別れを告げなければならないと男に言う。がっかりした男は、一晩でも女と過したいと頼むが、男女が夜に会ってはいけないこの国の法があることを女は伝える。もし女を本当に愛しているなら、男は川を渡って牛飼いにならなければならない。男は牛を飼い、女は機《はた》を織る。そうすれば一年に一夜、銀のカサギに

よって掛けられた橋で、牽牛《けんぎゅう》と織女《しょくじょ》は会うことができるのだと言う。

牛飼いになった男は、待ちきれずに密《ひそ》かにカササギの橋へ向かう。どこまで歩いても尽きない橋を渡りながら、男はあまりに疲れたので欄干《らんかん》に寄りかかり、ふと我が身を見ると、今までの銀光は消えて、銀世界へ来る前の鉄のような銅のような色に戻っていた。橋が揺らいで男は川に落ち、足がひやっとしたのに驚いて目を開くと、男は日本にいて蒲団《ふとん》の中で目を覚ましたのだった。顔を上げてまわりを見ると、足は蒲団の外に出て寒く、ガラス窓の外は雪が降り積もって三尺《じゃく》（約九十センチ）の深さになっていた。

昔の中国と日本の伝説に新たに息を吹き込むことを試みた話そのものは今一つといったところだが、子規の「銀世界」という言葉の文字通りの解釈はユニークであるかもしれない。カササギの橋の上で一年に一度会う牽牛と織女のよく知られた伝説を子規が使っているのは馬鹿《ばか》げているが、文章にやたらと漢語を挿入して母国語の美しさを顧みない日本人に向けた子規の嘲笑《ちょうしょう》は、やたらと英語を使いたがる明治の日本人に対する子規の苛立《いらだ》ちを間接的に反映しているかもしれない。

「銀世界　第四」の話は、またこれまでとは完全に雰囲気が異なる。設定は冬の夜である。小さな子供を抱いた若い女が、雪の中を苦労して進んでいく。子供はどこへ行くのかと母に尋ね、母は子供の父親のところへ連れて行くのだと答えるが、癪《しゃく》（胸や腹の痛み）を起こして雪の中に倒れる。ちょうどそこへ二つの駕籠《かご》が通りかかり、母子にぶつかりそうになる。一つの駕籠から老人が現れ、雪に倒れている女のところへ行って薬を与える。もう一つの駕籠からは若い男が現れる。正気づいた女と若い男は目を見交わし、お互いが誰であるか気づく。男は、なぜ雪の中をさまよっているのかと女に尋ね、女は子供が父親に会いたがってしょうがないので探しに来たのだという。

老人は、「若《も》しおとつさんがそれを聞いたらさぞ喜ばれるでございましよう……しかし、まだお若いお方　おうちに御両親もおいでゞございましようが、それをふりすてゝおでなすッちやァ、あとでどんなにおなげきなさるだろう、このおやぢでも一人のせがれが杖とも柱とも……それがもし、親をすてゝ内《うち》を出たり、親のいひつけを、そむいたりすれば、こんな不孝な子は死んだ方がましだ、親の顔へ泥をなする様なやつは……」と言う。老人は、女に家に戻るように勧める。雪の中で誰も助けてくれる者がなくては、両親はさぞや子供を失って悲しむことだろう。そして老人は、次のように結ぶ。「人間は辛抱せんならんもの……その辛抱する時が丁度《ちやうど》、時候でいふと冬の様なもの、冬の間は寒くもあるし雪や霜のために、草木も枯れてしまうけれど、春になると枯れたと思ふた草木もまた芽が出て栄えもし、つひには花も咲く……しかし、この春にあうといふのも、なんぎな冬を辛抱すればこそ、よき時候にあうのだ」(10)。

老人の智恵《ちえ》の言葉は、目の前で寒さに打ち震える女への同情から発されたものというよりは、その両親に対する同情によって生れたものである。この東洋の智恵は、『ハムレット』のポローニアスが口にした西洋の智恵の一つを思わせる。どちらも必ずしも間違ってはいないが彼らの助言は役に立たないし、どちらのセリフにもどことなく滑稽感がただよっている。

若い男の父親である老人が立ち去った後、読者には子供の両親がその若者と女であることがわかる。若者が打ち明けるには、老人は嫡出《ちゃくしゅつ》でない子供に二度と会ってはならないと若者に命じたのだった。若者は女に、もう少しの間辛抱するように諭す。若者は女と子供を一つの駕籠に乗せ、自分は老人の駕籠に乗る（老人は歩いて立ち去った）。二つの駕籠は、別々の方向に分かれていく。

この話は樋口一葉《ひぐちいちよう》の小説を思わせるが、人物に個性が欠けているし、状況説明がほとんどない。唯一《ゆいいつ》の子規ならではの部分は、老人の聖人ぶった話である。言葉遣いは真に迫っているし、いかにも老人が解釈する孝行の意味としてふさわしい。

最後の「銀世界　第五」を構成しているのは、いずれも異なる職業、身分の十人の登場人物が語る雪にまつわる短い独白である。商人もいれば書生もいて、役人、芸者、百姓もいる。それぞれの独白は一ページにも満たないが、この語り手たちはこれまでに登場した人物の誰よりも面白い。ここには、散文作家としての子規の真骨頂がある。注意深く観察して耳を傾けることで、違った階級の人々がどのように自分を表現するかを子規は知り、のちの俳句に比すべき正確さで彼らの言葉を文章にしている。

子規は、この「銀世界　第五」の話をもっと長い作品に発展させようとしたかもしれないが、一篇の小説を仕立てるにあたってどのような言葉や文体で書くかをまだ決めきれていなかった。子規が熱中する対象は目まぐるしく変わった。明治二十三年（一八九〇）に子規は書いている。馬琴を読めば馬琴に惚《ほ》れ、春水を読めば春水に惚れ、西鶴《さいかく》、近松《ちかまつ》を読めば元禄《げんろく》文にうつつを抜かし、源氏を読めば中古の文体を慕う、と。青年時代の子規は、坪内逍遙の著作や二葉亭四迷《ふたばていしめい》（一八六四―一九〇九）の『浮雲《うきぐも》』のような作品を素晴らしいと思っていた。(11) そして近くは、夜店でたまたま見つけた幸田《こうだ》露伴《ろはん》（一八六七―一九四七）の短篇小説『風流仏《ふうりゅうぶつ》』（一八八九）に心底びっくりしてしまった。(12)

『風流仏』は、当時の典型的な文体で書かれている。作者の語りの部分は井原《いはら》西鶴（一六四二―九三）を思わせるが、登場人物の話す言葉は同時代の日本語に近かった。

子規は最初、露伴の文体を理解しづらいと思ったが、次第に心を奪われ、ついにはこれこそ傑作であると思った。[13]露伴の小説に我を忘れるあまり、子規は「どうか一生のうちにたゞ一つ風流仏のやうな小説を作りたい」と願った。[14]明治三十五年（一九〇二）、死が目前に迫っていた子規は、『風流仏』を初めて読んだ時のことを回想している。

……風流仏を買ふて来て読んで見ると、果して冒頭文から非常に読みにくゝて殆《ほとん》ど解することが出来なかつた。尤《もつと》も其時《そのとき》紅葉《こうえふ》露伴などゝいふ人は既に西鶴の本を読んで居て西鶴調をまねたのであつたが、予《よ》の趣味は尚《な》ほ馬琴流の七五調を十分に脱することが出来なかつたのである。それは雅俗折衷と称する坪内氏にあつても尚ほ多少この旧套《きうたう》を脱する事が出来ないので、妹《いも》と背鏡《せかがみ》などの中《うち》には慥《たしか》に七五調の処《ところ》もあつたやうに記臆して居る。所《ところ》が、この西鶴調の読みにくいのもいく度も読返すうちに自然にわかるやうになつた許《ばか》りでなく、その西鶴調の処が却《かへつ》て非常に趣味があるやうに思はれて、今度は反対に文章の極致は西鶴調にありと思ふた位であつた。元来風流仏の趣向は西洋的のものをうまく日本化したのであつて、今日でさへ兎《と》角《かく》世評のある純粋の裸体美人を憶面《ママ》なく現はしたのであるけれ共《ども》、この小説を読んで毫《がう》も淫猥《いんわい》などいふ感じを起す事なく、却て非常な高尚な感じに釣り込まれて仕舞ふて、殆ど天上に住んで居るやうな感じを起した。そこで今迄《いままで》は書生気質風の小説の外《ほか》は天下に小説はないと思ふて居つた予の考へは《を》一転して、遂《つひ》に風流仏は小説の尤も高尚なるものである、若《も》し小説を書くならば風流仏の如《ごと》く書かねばならぬといふ事になつて仕舞ふた。(15)

露伴が西鶴の文体を使ったことに子規は感嘆し、これが文語《ぶんご》体の宝庫を棄《す》てないという子規の決意を強めた。二葉亭四迷が使った口語《こうご》体は確かに生き生きとしているが、それが果して美しいものになり得るかどうか、子規は疑問だった。俳句であれ短歌であれ、口語体で詩歌を作ることに子規は断固反対した。口語体には過去の文学と響き合うものもなければ、日本語に本来備わっている美しさもないからというのだった。明治二十二年（一八八九）、子規は言文一致についての自分の見解を明らかにしている。当時一般に受け入れられていた言文一致の考え方とは、新しい作家は世間一般に使われている口語によって書くべきで、わかりにくい文語など使ってはいけないというものだった。

言文一致論者の言《げん》にいはく　文は誰にでも分るやうに書くを第一とす、そうするには言葉通りを筆に写すを可とす、紫式部が源氏をかきしも其時の言葉を其まゝ筆に写せしのみ　古雅《こが》なりと思ふは後世のひが目《め》にて言葉の変遷《へんせん》し来《きた》りしが為《ため》のみ云《うん》〻《ぬん》と　余《よ》は理屈を知らず　文章は分りやすく書くを第一とするや（文学の場合にも）否《いな》や未《いま》だ判断し得ずといへども　感情によりていへば余は甚だ以《もつ》て言文一致を悪《にく》む者なり、にくむといつても其場合による也、演説　談話　講釈の筆記、小説紀行抔《など》の文章中の言葉会話の部、其他俗人、無学の人に向つての告示、手紙、小児即《すなは》チ小学生徒抔の尤幼稚なる者に習はしむる文章、教訓の類《たぐひ》は言文一致にて分りやすく知らしむるをよしとす、通例の文にして書くよりも却て語気を現はし　紙上に喜怒の色を溢《あふ》れしめ、或《あるい》は一読して解し了《れう》し、むつかしき理屈も存外たやすく分ること多し。されど其他の文学に於《おい》て何を苦《くるし》んで言文一致とするや　何の必要あつて言文一致とするや。言文一致はとかくくどくうるさく長〻しくなるもの也　従《したが》ひて読みにくく解《わかり》にくゝ、あるは欠伸《あくび》を生ずる所多し[16]。

（言文一致論者の言うところによれば、文章は誰にでも分かるように書くのが第一であり、そのためには話し言葉のとおりを再現して書くのをよしとする。紫式部が『源氏物語』を書いたのも当時の言葉をそのまましたためただけで、それを古風で趣《おもむき》があると思うのは後世の者の思い違いであり、言葉が時とともに移り変わってきただけだなどと言う。私は理屈にうといので、文章を分かりやすく書くのを〔文学の場合にも〕第一とするかどうかはいまだに判断できないとはいえ、感情によって言うならば、私は言文一致を非常に嫌う者である。ただし嫌うといっても場合による。演説、談話、講釈の筆記、小説、紀行などの文章中の言葉、会話の部分のほか、俗人、無学の人に向けた告示、手紙、小児すなわち小学生などの幼い者に習わせる文章や教訓のたぐいは、言文一致で分かりやすく知らせるのがいいだろう。一般的な文章〔ここでは文語文〕によって書くよりもむしろ言葉の調子がそのまま出て、紙の上に喜怒の感情をあふれさせ、あるいは一度読んだだけで理解させ納得させて、難しい理屈も案外簡単に分かることが多いからである。しかし、その他の文学においては、なぜ苦しい思いをしてまで言文一致とするのか、何の必要があって言文一致とするのか。ややもすれば言文一致はくどく、うるさく、長々しくなるものなのだ。そのために読みにくく、分かりにくく、あくびが出るところが多いのである〕

文章の後半で子規は、文語体の簡潔と口語体の冗長を対比させている。しかし、子規が言文一致に反対する主な理由は、文学は「多衆の愚民」にだけ向けて書かれるべきではないという信念にあった。伝統的な文学が備えている豊富な語彙《ごい》に通じることは、本気で書こうとする作家にはかなり時間がかかるものだが、いったんそれに通《つう》暁《ぎょう》すれば日常使われている言葉では不可能な形で表現に陰影をつけることができる。作家は無教養な人々にもすぐわかる言葉だけを使うべきであるとする言文一致の主張は、作家の表現力をだめにすると子規は言う。

この子規の論法には、幾分か不愉快さを催させる傲慢《ごうまん》さがある。子規は典型的な士族階級の人間の考え方の持ち主で、無知な人間に同情することはほとんどなかった。同じ階級の他の人々と同様に、子規は自分の漢文と漢詩の知識に基づく豊かな語彙に誇りを持っていた。読書によって言語に通暁することは、どんな作家にも欠かせない条件であり、それは、くだけた日常の会話からは身につかないものだと子規は確信していた。子規にとって書くことは芸術であり、それは（子規がそう言っているわけではないが）楽器を演奏するのに似ている。素人《しろうと》のバイオリン奏者が出すキーキーいう音など誰も聞きたくないのと同じように、文学の語彙と伝統に精通しない人間の不明瞭《ふめいりょう》で繰り返しの多いつぶやきなど誰も読みたくないと子規は考えていた。

明治二十三年（一八九〇）九月、帝国大学（のちの東京帝国大学）の哲学科（当時は分科大学制で、のちに文学部となる文科大学に属していた）に入学した子規は、翌年二月には和文学科に転科したものの、大学生活に辛抱できない最初の徴候を見せ始めた。四月六日付の叔父の大原恒徳に宛《あ》てた手紙で、子規は鬱憂《うつゆう》病に罹《かか》って学科も何も手につかないため房総《ぼうそう》地方を旅行してきたと報告している。(17) 友人の大谷是空《おおたにぜくう》（一八六七―一九三九）に宛てた五月七日付の手紙では、「生きながら地獄に堕落致し候《さうらふ》ことに御座候」と書いている。是空は前年三月に子規に宛てた手紙で、近頃は気鬱《きうつ》がひどく、「ヒポコンデリア」とか「メランコリー」とかいうものなのか何度も半狂乱になって、我ながら落涙したと書いてきた。(18) 子規は自分も同じだと書いたのである。(19)

子規の鬱憂病（友人是空を慰めるための誇張でないとすれば）の原因は明らかではないが、たぶん、試験をひとつ落とした程度の落胆に過ぎなかったのではないだろうか。子規が専攻として哲学を選んだことは大きな間違いだった。大学の講義や課題に出された本にうんざりした子規は、哲学の勉強をやめてしまう。しかし哲学から和文学へ専攻を変えたものの、子規はその年六月の大事な試験を落としてしまった。

この不首尾を除けば、明治二十四年は子規にとって幸福な年だったはずである。この年、高浜虚子から来た手紙は、子規の生涯にわたって続く虚子との師弟関係の始まりとなった。六月、松山への帰郷の途中、子規は大きく回り道して木曾《きそ》に立ち寄った。木曾での二週間を綴《つづ》った『かけはしの記《き》』は、おそらく子規の最も素晴らしい紀行文である。子規が木曾を選んだのは、そこが『風流仏』の舞台だったからかもしれないが、子規は文中では芭蕉に、より多く言及している。芭蕉もかつて木曾を旅して『更科紀行《さらしなきこう》』を書いたのだった。

またこの年、子規はかなりの数の俳句を作り、芭蕉とその弟子たちの俳句集に没頭した。年の後半、子規は歴史の追試験に合格した。友人たちとの交際や、常盤会寄宿舎の文学仲間との付き合いも楽しんだ。しかし十月になって突然、叔父の大原に宛てた手紙で子規は引っ越しを考えていると書き、理由は蔵書が寄宿舎の部屋から溢れ出たからだという。気兼ねのない雰囲気から出て行く理由としてはふさわしくないように思えるが、もしかすると、どこへ向かっているとも思えない生活に堪えられなくなった子規の気持の反映だったかもしれない。

十月二十一日、子規は新聞社主の陸羯南《くがかつなん》（一八五七―一九〇七）に手紙を書き、大学からそれほど遠くない場所で、環境が静かで少しは広い離れ座敷の貸間を知らないかと尋ねている。子規はこれ以前に二度、羯南に会っており、最初は明治十六年（一八八三）、叔父の加藤拓川《たくせん》（恒忠）の強い勧めで羯南の自宅を訪ねた時だった。羯南の回想によれば、その時の子規は「浴衣《ゆかた》一枚に木綿《もめん》の兵児帯《へこおび》」という姿の、いかにも田舎から出たての書生という感じで、「加藤の叔父が往《ゆ》けと云《い》ひますから来ました」と口にした以外は何も言わないような内にこもった少年だった。(20)ほとんど面識がないと言ってもいい相手にこのような頼み事をするのは不可思議だが、しかし羯南は子規の厚かましさに腹を立てなかった。初対面の時も羯南は、家には子規と同じ年頃の甥《おい》がいるから遊びに来るように言った。それから二年ほどたって訪ねて来た時は大学予備門に入っていて、羯南は田舎から出てきて二年も経《た》たないで予備門に入ったことに驚いている。その後、久しく音沙汰《おとさた》がなかったが、前述の手紙が届いた後のある日、子規が訪ねて来た。

……二十四年の秋予《よ》が根岸《ねぎし》の寓《ぐう》を尋《たづね》て来て来年は卒業の筈《はず》だが、病気の為《た》めに廃学する積《つも》りだと語る、ドンな病気か知らんが我慢して卒業したらどうかと勧めても、決心はなか〳〵動かせない、近ごろ俳句の研究にかゝつて少しく面白味が付いて来たから、大学をやめて専《もつぱ》ら之《これ》をやらふと思ふと言ひ、根岸に座敷を貸す家があらば世話してくれと云つて帰つた。(21)

俳人としての収入で自分と母、妹を東京でなんとか養える方法があれば、子規は幸福であったに違いない。しかし、俳句で十分な収入を得る可能性は無きに等しかった。

小説家になれば、もっと金になるかもしれないと子規は考えた。もちろん、小説は失敗することもあるが、小説家の方が俳人より金銭的に成功する確率は高い。いずれにせよ、騒がしい寄宿舎は小説を書くのにふさわしい場所ではなかった。

小説家になる第一歩として子規は寄宿舎を出て、邪魔されずに書くことができる家を駒込《こまごめ》に借りた。(22) 約三カ月、子規はそこに住み、小説『月の都《つきのみやこ》』の執筆に専念した。しかし、決して俳句に対する興味を失ったわけではなかった。子規は俳句を作ったし、友人たちから送られてくる俳句に批評を加えた。さらに明治二十四年（一八九一）冬、すでに述べたように十八世紀までの三百年間の俳句を主題別に分類するという途方もない仕事に取り掛かっている。

十二月三十一日、子規は高浜虚子に手紙を書き、自分の文学観を詳述している。子規は、エマーソンの評価の規準である"beauty and sublimity"（美と崇高）によって日本文学を判断するようになっていた。たとえば子規は近松門左衛門《もんざえもん》（一六五三―一七二五）の浄瑠璃《じょうるり》の美に感嘆しても、崇高さに欠けることでシェイクスピアに劣ると評し、明治の作家の中からその両方を兼ね備えている点で幸田露伴を第一に挙げている。子規は、美と崇高を最も完全に体現している作品として、『風流仏』は明治第一の作品であるだけでなく日本第一の作品、ひいては世界第一の作品だと考えた。(23) 子規は続けて、「小生已《や》ムヲ得ザル儀ニ立チ至リ現ニ一小説ヲ書キツヽアル也　其《その》拙ナルコト自分ナガラうるさく実ハ冬期休暇已来《いらい》来客謝絶 致候得共《いたしさうらへども》それだけに仕事ハ出来ず一枚かいてハやめ半枚書てハ筆を擲《なげう》つこと幾度といふことをしらず　そんなにいやなつまらぬものを書かねバならぬといふもつらきもの御察被下度候《おさつしくだされたく》」と書いている。[24]

もし自分が書いているものに嫌気がさしている気持を誇張したのでなければ、明らかに小説を書くことは子規に何の楽しみも与えていなかった。それでもなお、書くことの辛《つら》さばかりでなく憂鬱な金不足にも絶えず苦しめられながら、子規は前に突き進んで行った。明治二十五年（一八九二）一月十二日、子規は碧梧桐に「小生近来大困窮巻紙《まきがみ》にさへ殆《ほと》ンド不自由シ居ル処《ところ》且《か》ツ此《この》手紙ノ字ヲ見テ筆ノ禿《とく》シタルニテモ察シ玉《たま》ヘ」と書いている。[25] 筆ノ禿シタル、つまり新しい筆を買う金もなく穂先の擦り切れたまま使っているというわけだ。一週間後、子規は碧梧桐に宛て、「小生当月ハ無一文《むいちもん》ニテ相暮可申《あひくらしまうすべく》考居《かんがへをり》候処昨夜小説ノ書キ直シスル際ニ只《ただ》一本ノ唐筆《たうひつ》全ク禿シ尽シテ如何《いかん》トモスルナシ　而《しか》シテ懐中余《あま》ス所一銭《せん》六厘也《りんなり》」と書いた。[26]

『月の都』を書く手本として、子規は自分が最も賛美する作品である露伴の『風流仏』を選んだ。[27] 子規が露伴に倣ったのは、文語体による地《じ》の文《ぶん》と口語体による語りおよび会話を混ぜたところである。第一章の冒頭は昔の文学への言及に溢れた一節で始まり、それはふざけた調子の滑稽で畳み掛けるような文章で、物語に唯一関係のある主人公の名前高木《たかぎ》直人《なおと》で結ばれている。続く一節は、冒頭の一節に比べればそれほど読者を圧迫して辟易《へきえき》させることがない。

直人《なほと》若《も》していゝら二布《ふたの》[28]を夕顔棚《ゆふがほだな》の下風《したかぜ》に吹きひらめかす簀《す》の子《こ》の陰に生れなば麦刈《むぎか》り時《どき》の村芝居鎮守《ちんじゅ》の森の盆踊りは引く手数多《あまた》の身一つをこゝの藪陰《やぶかげ》に月を忍びかしこの畔道《あぜみち》に夜風《よかぜ》を恨むこともあるべし。[29]（傍点はキーン）

いささか度が過ぎるほどに詩的な語り口でこの一文が伝えているのは、直人が農家の生まれではないということだ。次に来る一文は、ほとんど同じくらい複雑な言い回しで直人が商人の家に生まれたのでもないと伝えている。さらに次の一文で、実は直人が都で生まれ、数多くの書物を読んでいたことが語られる。その少しあとでソクラテス、女学生、男女同権などに触れていることから、この物語は西鶴を思わせる古風な言葉を使ってはいても明治時代が舞台だとわかる。第二章の言い回しは遥かに解《わか》りやすくなっているが、どうしても子規は文飾を抑えることができなかった。文飾が作品を文学的にし、それによって非芸術的な話し言葉との違いが際立《きわだ》つと子規は信じていたようだ。

『月の都』が『風流仏』をモデルにしたことは確かだが、その結末は能の『羽衣《はごろも》』――天女の羽衣を見つけた漁夫の話で、天女は月へ戻る前に彼の前で舞《まい》を舞う――の焼き直しである。[30]『月の都』の最後で、少女（お浪《なみ》）はこの世から去らなければならないと記した遺書《かきおき》を高木直人（今は僧侶《そうりょ》となって白風《はくふう》と呼ばれている）に残して死ぬ。狼狽《ろうばい》し半狂乱となった高木は、嵐《あらし》の中へ姿を消す。あとで白波に浮ぶ破れ笠《がさ》を拾い上げると、そこには「月の都へ帰り候」という文字が記されている。

この作品は、露伴の文体と同時に能の文体の影響を多く受けている。[31]その文章は不必要な暗示や型通りの美しい影像に溢れていて、あまりにも器用過ぎるという印象を読者に与えがちである。しかし子規は、露伴の作品にも比すべき傑作を書いたと思っていたようだ。子規は露伴に原稿を見せることにした。この大作家の称賛と推薦によって、小説家として世に出ることを子規は期待したのである。露伴は子規と同い年で、似たような士族階級の背景を持っていたが、子規は露伴を崇敬すべき先輩と考えていた。すでに露伴は成功作を二つ書いていて、それが二人を分け隔てていた。しかし子規は、なんとしても露伴に自分の作品を認めてもらいたかった。

子規は露伴の家に原稿を持参し、『風流仏』から多くを「盗んだ」ために、作者の承諾を得なければならないと思ったと述べた。そして露伴に、作品を読んで批評してもらいたいと頼んだが、露伴は客がいると言って、その場では原稿を読まなかった。二日後、露伴は原稿に書を添えて使いの者に届けさせた。露伴はほとんど批判的な言葉を書かなかったが、それは子規が期待していた称賛の言葉でないことは明らかだった。(32) 子規は打ちひしがれた。子規と露伴との関係はその後も友好的に続いたが、子規は二度とふたたび『風流仏』のような文体で小説を書こうとはしなかった。この年の五月四日、子規は高浜虚子に書いている。「僕ハ小説家トナルヲ欲セズ詩人トナランコトヲ欲ス」(33)。

第五章　従軍記者として清《しん》へ渡る

――恩人・陸羯南と新聞「日本」

明治二十五年（一八九二）二月二十九日、子規は東京市下谷《したや》区上根《かみね》岸町《ぎしまち》八十八番地に引っ越した。陸羯南《くがかつなん》が、子規のために自分の隣の家を見つけたのだ。子規が最後の十年を暮したのは、この家と、明治二十七年（一八九四）二月一日から住んだ同じ通りにある上根岸町八十二番地の幾分広い家だった。上根岸町八十八番地に移る日、引っ越し屋を待つ緊張からか、子規はひどい頭痛に苦しんだ。引っ越し屋は到着したが、まだ本箱の整理もできておらず、うろたえて本を車に積み込んだ。新しい家は、驚いたことに近くを汽車が一時間ごとに通り、そのたびにまるで地震のように家を揺らすのだった。[1] 子規は、皮肉を込めた俳句を幾つか作ることで自分を元気づけた。中に次の一句があった。

その辺にうぐひす居《を》らず汽車の音(2)

三月一日付で書いた河東碧梧桐宛《あて》の葉書および手紙(3)では、転居に伴う苛立《いらだ》ちやら頭痛の様子やらが詳細に語られている。その後、神経を鎮《しず》めるために子規は謡曲《ようきょく》の『蟬《せみ》丸《まる》』を吟じた。これが割れるようだった頭痛を幾分和らげ、新居が幸田露伴の家に近いことを幸いに、子規は露伴の家まで歩き、露伴と三時間余り話し込んだ。碧梧桐に書いた手紙によれば、露伴がもっぱら話し、しかし別れる頃には子規の頭痛は消えていた。

新しい家は確かに理想的ではなかったが、陸羯南との関係が親密になったことで子規の生活は変わり、それは子規にとって有利に働いた。羯南の隣人となったこの時、子規はまだ大学生で、どうやって暮しを立てればいいか皆目見当がつかないでいた。子規は羯南に大学をやめようと思っていると話し、羯南は子規に学業を全《まっと》うするように勧めた。明らかに羯南は、子規のように不器用で人に好印象を与えない若者は、仕事を見つけるにあたって大学の学位が役に立つに違いないと考えていた。しかし隣人として頻繁に接するようになって、羯南はこの若者に対する考えを改め、息子のようにさえ思うようになった。羯南の頭をよぎったのは、明治二十二年（一八八九）に自ら創刊した新聞「日本《にほん》」[4]に記事を書けるような人物に子規はなるかもしれないということだった。

羯南の仕事の片腕だった古島一雄《こじまかずお》（一八六五—一九五二）が子規に初めて会ったのは、明治二十五年、子規が羯南の紹介で新聞社に古島を訪ねた時だった。古島の回想によれば、当時「日本」の編集部は文化面を担当できる人間を雇いたいと考えていた。それも特殊な分野の専門家ではなくて、あらゆる話題について書ける多方面の知識を備えた人物でなければならなかった。[5] 彼らは、大新聞のように文化面の記事を充実させることで、「日本」の部数が伸びるのではないかと期待していたのである。この時までの「日本」は、もっぱら時事的な問題に紙面を割いていて、文化的な話題に触れることはめったになかった。

古島は自分自身を子規の詩歌が理解できない非インテリと位置づけていて、最初は子規を記者として使おうとする羯南の考えに反対した。新聞記者には大学教育以上の何かが必要だというのがその理由だった。しかし、ほどなく古島は考えを変え、子規が前年に木曾へ旅行した際の詩的な紀行文を「日本」に載せることに賛成した。紀行文『かけはしの記』は、子規がそれまで学校の雑誌や俳句の雑誌に寄稿したものを除けば、初めて活字になった文章である。これが読者の人気を呼び、子規が新聞「日本」の優れた記者として頭角を現わすのに長くはかからなかった。『かけはしの記』は、明治二十五年（一八九二）五月二十七日から六月四日まで六回にわたって掲載された。子規が手本とした芭蕉の『更科紀行』は元禄元年（一六八八）に書かれ、それとほとんど同じ場所を子規は約二百年後に訪れたわけである。『更科紀行』に倣《なら》って、子規の文章は歴史的あるいは文学的に興味のある場所の記述と、そこで詠《よ》んだ俳句、短歌で構成されている。これに続いて六月二十六日には、子規の俳句批評『獺祭書屋俳話《だっさいしょおくはいわ》』の第一回が掲載された。(6) この新しい連載は、十月二十日まで三十八回続いた。文学批評の連載記事に対する読者の好評は、子規を記者として雇うかどうか決めかねていた羯南の不安を一掃したかもしれない。羯南が子規に母親と妹を松山から呼び寄せるように勧めたのは、いずれ子規に「日本」の社員として働いてもらおうという羯南の期待を強く示すものだった。

子規が最初に示された条件は、「半社員」（嘱託のようなものか）だった。子規は承諾する前に、正岡家の後見人である叔父大原恒徳の許可を得なければならなかった。叔父は反対せず、子規はやがて新聞社に入り浸るようになった。十一月九日、子規は神戸に向かい、そこで母親と妹と合流し、二人を東京まで連れてきた。子規は帰りの道中を急がず、家族とともに東京に到着したのは十一月十七日だった。列車を二等車にしたことで、あとで子規は叔父に叱《しか》られた。しかし子規はこうした贅沢《ぜいたく》の言い訳として、孝行息子になる機会は自分の人生でもう二度と巡ってこないのではないかと思ったからだと述べている。(7)

子規は十二月一日、正式に新聞「日本」の社員になった。月給は十五円だった。羯南は、もし子規がわずかな給料で生活できないようであれば、他の新聞社の編集部に紹介すると言ったが、いくら払われようと「日本」以外の新聞では働かないと子規は応《こた》えた。(8)羯南に対する子規の忠誠は何年経《た》っても揺るがず、子規が有名になり他の新聞社で遥《はる》かにいい報酬の地位を容易に得られる状況になっても変わらなかった。子規は、羯南が自分の恩人であることを片時も忘れなかったのである。弟子たちも自分の例に倣うことを子規は期待した。明治三十一年（一八九八）、弟子の寒川《さむかわ》鼠骨《そこつ》（一八七五—一九五四）が新聞三社から就職を勧められ、どこにすべきか子規に相談したところ、給料が一番悪くても躊躇《ちゅうちょ》なく「日本」を勧めると子規は応え、鼠骨はこの助言に従った。(9)

子規が正式に「日本」の社員になった明治二十五年十二月一日の前日、軍艦千島《ちしま》が四国の伊予沖で沈没し、七十四名の犠牲者が出た。子規は新聞記者の立場で、時宜を得た俳句を作った。

もの丶ふの河豚《ふぐ》にくはる丶悲しさよ

子規は毎日のように「日本」に俳句を載せ、また一連の記事を発表したが、それは極めて国家主義的な新聞「日本」の論調とは関係なかった。明治二十二年（一八八九）二月十一日に出た新聞「日本」第一号の創刊の辞に、陸羯南は書いている。

近世の日本は其《その》本領を失ひ自ら固有の事物を棄《すつ》るの極《きよく》、殆《ほとん》ど全国民を挙げて泰西《たいせい》に帰化せんとし、日本と名づくる此島地《このたうち》は漸《やうや》く将《まさ》に輿地図《よちづ》の上にたゞ空名《くうめい》を懸くるのみならんとす。（中略）日本国民は方《まさ》に渦水《くわすい》の上に漂ひて其根拠を失ふもの丶如《ごと》し。「日本」は自《みづから》揣《はか》らず此漂揺《へうえう》せる日本を救ひて安固《あんこ》なる日本と為《な》さんことを期し、先《ま》づ日本の一旦《いったん》亡失せる「国民精神」を回復し且《か》つ之《これ》を発揚せんことを以《もっ》て自ら任ず。

「日本」は国民精神の回復発揚を自任すと雖《いへど》も、泰西文明の善美は之を知らざるにあらず。其の権利自由及《および》平等の説は之を重んじ、其哲学道義の理は之を敬し、其風俗慣習も或《あ》る点は之れを愛し、特に理学、経済、実業の事は最《もっとも》之を欣慕《きんぼ》す。然《しか》れども之れを日本に採用するには、其泰西事物の名あるを以てせずして、只《ただ》日本の利益及幸福に資するの実あるを以てす。故《ゆゑ》に「日本」は狭隘《けふあい》なる攘夷《じやうい》論の再興にあらず。博愛の間に国民精神を回復発揚するものなり。(10)

(最近の日本は、本来の特質を失い、日本固有の事物を自ら捨てた果てに、ほとんど全国民が西洋の一員になろうとしており、日本と名付けられたこの島国は、徐々に、ただその名を世界地図の上に空《むな》しくとどめるだけになろうとしている。〔中略〕日本国民はまさに渦巻く水の上に漂って、その拠《よ》って立つ所を失ってしまったかのようである。「日本」は、その任に及ばないかもしれないことは顧みず、この揺れ動く日本を救って、安定した揺るがない日本にしようと決心し、まずは日本が一度は失った「国民精神」を回復させ、同時にこれを奮い起こすことを自らの果たすべき任務とする。)

「日本」は国民精神の回復・発揚に努めるとはいえ、西洋文明の優れているところを知らないわけではない。その権利・自由・平等の考え方は尊重し、その哲学・道徳の原理には敬意を払い、その風俗・習慣も、ある点は好ましく思う。特に科学、経済、実業については、これを最も学びたいと願う。しかしこれを日本で用いるにあたっては、それが西洋由来のものだからというのではなく、ただ日本の利益および幸福のために役立つからこそ採り入れるのである。それゆえ「日本」は、考え方の狭い攘夷論《じょういろん》を再び持ち出すものではない。万国博愛の中にあって国民精神を回復・発揚するものである)

さらに新聞「日本」の紙面全体にわたって見られる「国民の性格」の重要性の強調は、時によって外国寄りの政府と上流階級の西洋崇拝への執拗《しつよう》な糾弾へと矛先を変えた。日本人と外国人が舞踏会を開き、一緒にフランス料理を食べるという洒落《しゃれ》た社交場である鹿鳴館《ろくめいかん》は、とりわけその標的となった。上流階級の日本人は、自分たちがロンドンやパリから輸入したイブニングドレスを着て踊れば、日本人は文明開化されたことになり、外国人に日本を平等に扱わなければならないと確信させられると信じていた。羯南は、外国の慣習に対するこうした卑屈な態度を嘆いたのである。羯南はヨーロッパの政治理論に通じていたが、日本は他のいかなる国とも違うのだから、その独自の伝統を棄ててはならないと確信しており、次のように書いている。

……若《も》し一国の文化にして他国の感化を受け、全然自国特有の性格を失ふに至れば、其国民は既に自主独立の基礎を失ひたるものと謂《い》はざるべからず。(11)

子規は、羯南の見解に影響を受けることがあった。しかし子規は子供の頃から、日本のものがすべてそれに対応する外国のものに勝ると考えたことはなかった。子規十一歳の明治十一年（一八七八）に書かれた短い随筆『洋犬説《ようけんせつ》』は、次のように言う。

抑《そもそも》犬ハ獣中ノ長ニシテ、人ノ為《な》ス能《あた》ハザル所亦能《またよ》ク之《これ》ヲ為《な》ス、吾《われ》請《こ》フ其畧《そのりやく》ヲ示サン、夫《そ》レ和犬ハ只《ただ》山猟ノ助《たすけ》トナリ、夜盗ヲ警《いま》シムルノ功アルノミ、然《しか》レトモ、洋犬ハ人ノ水中ニ溺《おぼ》ルヽヲ救ヒ、或《あるい》ハ寒国《かんこく》ニ於《おい》テハ旅人《りよじん》ノ大雪ニ埋没スルヲ助ケ、或ハ之ヲ使役《しえき》シテ、橇《そり》ヲ挽《ひ》キ、書ヲ致ス等、枚挙スルニ遑《いとま》アラズ、是《これ》ヲ以テ之ヲ観《み》レバ、洋犬ノ和犬ニ勝ル幾何《いくばく》ゾ、洋犬ノ功亦《また》大ナル哉《かな》、[12]

（元来、犬は動物の中で最も優れたものであり、人間のできないことまでよくできる。私がそれを要約することをお許しいただきたい。そもそも和犬はただ狩猟の補助をし、夜間に忍び込む泥棒を警戒するのに役立つだけである。しかし洋犬は、人が水に溺れているのを救い、あるいは寒い国では大雪に埋まってしまった旅人を救助し、はたまた洋犬を使って橇を引かせ、手紙を届けさせるなど、その例は数えきれない。こうして見ると、洋犬が和犬よりいかに優れていることか、また洋犬の働

きのいかに大きいことか）

大人になってからの子規の文章が日本独自の特徴の保持に関心を示したのは、西洋の影響で日本文化の独自性が徹底して失われてしまうと恐れたからではない。外国から取り入れた事物が、日本の文学や他の芸術を特徴づけている小さい静謐《せいひつ》な美を失わせる危険を感じ取ったからだった。子規は書いている。

日本は島国だけに何も彼《か》も小さく出来て居る代りに所謂《いはゆる》小味《こあぢ》などいふうまみがある。詩文でも小品短篇が発達して居て絵画でも疎画《そが》略筆（粗く、あるいは略して描いた絵）が発達して居る。併《しか》し今日のやうな世界一家といふ有様では不経済な事ばかりして居ては生存競争で負けてしまふから牛でも馬でもいちごでも桜んぼでも何でも彼でも輸入して来て、小《ちひさ》い者を大きくし、不経済的な者を経済的にするのは大賛成であるが、それがために日本固有のうまみを全滅する事の無いやうにしたいものだ。

それに就いて思ひ出すのは前年やかましかつた人種改良問題である。若し人種の改良が牛の改良のやうに出来る者とすれば幾年かの後ち《の》に日本人は西洋人に負けぬやうな大きな体格となり力も強く病も無く一人で今の人の三人前も働くやうな経済的な人種になるであらう。併し其時《そのとき》日本人固有の稟性《ひんせい》（天性）のうまみは存して居るであらうか、何だか覚束《おぼつか》ないやうにも思はれる。(13)

子規は小説『銀世界』で、ことあるごとに難解な漢文の言い回しを挿入したがる日本人をからかった。まったく同じことを子規は、これ見よがしに自分の発言を英語で飾りたがる知識人たちについても感じていた。しかし子規は、日本語よりも自分の言いたいことがよりよく表現できるような時は、躊躇することなく英語を使った。また、伝統を敬うあまり外来のものを拒否することもなかった。子規が病床で最後の数年間を暮した部屋は、風変わりなものばかりを集めた博物館のようだった。そこには子規が旅で身につけた蓑笠《みのかさ》のように紛れもなく日本的なものもあれば、遠い異国の珍奇なものもあった。かつて美しい都だった江戸を正体不明な東京にしてしまった数多くの変化を嘆くどころか、子規は病室を見舞う客たちから聴き、あるいは新聞で知った新しい出来事に魅せられた。何かの奇跡が起って自分が病床を離れることができたら何が一番見てみたいか、子規は新しい東京で見たいもののリストを作っている。そのリストには、活動写真、自転車の競争および曲乗り、ビアホール、女剣舞および洋式演劇、海老茶袴《えびちゃばかま》の女学生の運動会などが挙げられている(14)。

書く題材が何であれ、新聞「日本」の記者として働いた最初の数年間、子規は極めて多作だった。作る俳句も増え、かなりの数に上った。何度か各地に旅行もしたし、その中には芭蕉の『おくのほそ道《みち》』の足跡を辿《たど》る東北への旅もあった(15)。

子規は文化と直接関係ない大事件によって文化記事の発表が難しくなるまで、「日本」に随筆その他を書き続けた。明治二十七年（一八九四）、朝鮮の政治的将来をめぐって日本と清《しん》国との間に緊張関係が生じて以来、読者はこの重大局面についての詳しい情報を求めるようになった。そうした読者の要求は、同年八月に日清間で戦争が勃《ぼっ》発《ぱつ》するや、さらに高まった。戦況は意外にも日本に有利に運んだ。外国の特派員は一致して、日本は強大な清帝国の敵ではないと予言していたが、実際には日本はあらゆる戦闘で清国軍を難なく破った。勝利に狂喜した「日本」の読者は、毎日待ち切れない思いで新聞を読み、「日本」は飛ぶように売れた。しかし、数々の勝利を伝える記事（また何であれ戦争に関連する記事）が「日本」の紙面の大半を占めるに到《いた》って、戦争と関係ない文化記事を載せる余地はほとんど無くなった。

すでに戦争勃発以前から、自分が大事に育ててきた詩や文学の記事を載せる文化欄が「日本」から消える兆《きざ》しがあることを惜しんだ羯南は、これをジャーナリズムに欠かせない要素として維持しなければならないと考えた。羯南は明治二十七年二月、もっぱら文化記事を主体とする新聞「小日本《しょうにほん》」を創刊した。子規は、新たに詩歌や詩の批評を発表する場所を得たのだった。

羯南は、子規を「小日本」の編集責任者に抜擢《ばってき》した。子規はまだ二十六歳だったが、当時は若い人間に文学雑誌の編集を任せるのは珍しいことではなかった。(16)「小日本」の内容は質が高かったが、(17)売れ行きがあまりよくなかったため、同年七月で休刊になった。失敗に終わったものの、後で見るように、「小日本」は幾つかの点で俳句の歴史を変えたのである。

編集の仕事のかたわら、子規は昔の俳句を分類するという膨大な作業に従事する十分な時間があったし、自分の詩歌を作る時間もたっぷりあった。当初、子規は戦争にほとんど関心を払わなかった。外国と戦う約三百年ぶりの戦争であったにもかかわらず、友人に宛てた子規の手紙は戦争にほとんど触れていない。しかし九月十八日、子規はその沈黙を破るように新聞「日本」に「進軍歌五首」を発表し、九月二十四日には「海戦十句」と題して俳句を発表している。これは子規の愛国精神の表われであって、必ずしも子規の詩的技巧の証《あかし》とはなっていない。(18)

戦争に対する子規の関心は、愛国精神が刺激されるにつれて次第に高まった。従軍記者として戦争に参加することは自分の責務であると子規は心に決めた。子規の無関心とも見えた態度が、なぜ愛国主義に変わったか、その経緯が当時の作品にはほとんど示されていない。しかし六年後の明治三十三年（一九〇〇）に書かれた短篇小説『我《わ》が病《やまい》』は、戦争勃発に対する子規の反応をおそらくかなり正確に語っているのではないか。

いくさがいよ〳〵起つたと聞いた時にはさすがに平和に馴《な》れた耳を驚かしたよ。若《も》し日本の国が亡《ほろ》びてしまひはすまいか。明日にも東京へ敵兵が這入《はひ》つて来て我々も何処《どこ》かへ逃げねばならぬやうになりはすまいか。其時には書物を置いて行くのは惜《をし》いがどうしたら善いか、などゝいふ取越《とりこし》苦労もした。併し牙山《がざん》の戦《いくさ》に我兵大勝利を得たといふ報知が新聞に吹聴《ふいちやう》せられてからは段々心丈夫になつて来た。殊《こと》に平壌《じやう》が陥落したといふ従軍記者の報知が詳しく出て居るのを見ては我ながら勇気凛々《りんりん》として来る。しかも其従軍記者の中に自分等《ら》と同社の小田大行もあると思ふと羨《うらや》ましくてたまらん。（中略）

文学に志す吾身《わがみ》でなかつたらどうかして自分も従軍して居るに違ひない。新聞社に居ながら文学欄を担当して居るがために従軍が出来ぬといふのは実に情無い。文学者として千歳一遇の此《この》戦争を歌ふのも固《もと》より其職務の如き者であるけれど他の人が従軍するといふなら自分が其《それ》を争ふ迄《まで》の権利は無い。且《か》つは自分の病身であるために自ら進んで従軍せうともいひかねて居る。尤《もつと》も自分では病身位《くらゐ》かまひはせんが記者としての職務を尽す事が出来んでは社へ対して気の毒だから終始さやうな事をおくびにも出さないやうにして居る。それが実につらい。併しどうかして従軍しなければ男に生れた甲斐《かひ》がない。(19)

小説はここで事実一般から話が逸《そ》れ、子規がいかにして従軍することができたかが語られる。それは、至急に従軍記者を送れと言ってきた広島にいる同僚のお蔭《かげ》だった。社の同僚たちは、子規の病気のことを知っていて、死にに行くようなものだからと子規を思《おも》い止《とど》まらせようとしたが、無駄だった。結局は、子規の好きなようにさせることにした。子規は十年ばかり前、初めて東京の学校に出る許しを得た時に嬉《うれ》しくて仕方がなかったことを思い出す。そして今、前線に行く許可が出て、子規はさらに大きな喜びに襲われた。『我が病』の後半は、幾分小説的な手は加わっているが、従軍記者としての子規の体験にかなり近い形で展開する。

事実、子規は明治二十八年(一八九五)三月三日、大本営《だいほんえい》のある広島へ向けて出発した。東京を離れる前、子規は愛弟子《まなでし》の高浜虚子、河東碧梧桐の二人と夕食を共にし、かなり格調の高い言葉遣いで書かれた手紙を二人に手渡している。それは、戦争特派員として従軍する子規の決意を表明した手紙だった。自分には才能もなく学問もなく、また財産も地位もないことを述べた後で、しかし志は途方もなく遠大である、と子規は書く。続けてこの度の戦果について、旅順《りょじゅん》と威海衛《いかいえい》における日本軍の勝利は「神州《しんしゅう》」を世界の最強国たらしめたと述べる。勇敢な兵士と従順な庶民は国家の威信を発揚した、自分は新聞記者として従軍し、自らの役割を果すことが義務である、と。(20)

碧梧桐は、子規の従軍への切望は、自分のその眼で戦場という新奇な世界を見たいという気持から出たものに違いないと思った。二度と見る機会がないかもしれない壮観な世界を。また碧梧桐が受けた感じでは、戦場での経験が自分の芸術に新しい息吹《いぶき》を吹き込むと子規は確信しているようだった。

命の危険を冒してでも前線に行くなど、子規のような歌人にはありそうもないことだった。しかし死をものともしない子規の従軍の動機は、おそらくもっと単純なことだったのではないか。中国大陸に向かう直前に撮影された写真の子規は、羽織袴《はおりはかま》で椅子《いす》に坐《すわ》り、左手に刀を持っている。(21)新聞の特派員は、ふつう戦場で刀を身に付けることはなかったが、子規は、断固として刀の名誉を汚《けが》さない武士としての役割を全うして生きる決意を固めていた。戦場で苦難を経験するであろうこともまた、子規には魅力だったと思われる。苦難は子規の肉体的欠点を克服し、男らしい勇気を示す機会を与えるに違いなかった。虚子と碧梧桐に与えた手紙は、二度と会えないかもしれない弟子に与えられた遺書ではなかった。それは私情を交えない武士の言葉で書かれていて、その武士である英雄は愛する者に最後の一瞥《いちべつ》を与えることもなく、戦いの場へと出掛けて行くのだった。

もちろん、子規は儒学教育を通して親しんだ遠い国「唐土《もろこし》」、中国に興味があった。しかし子規の手紙には、そうした期待の気配はみじんも見られない。瀟湘八景《しょうしょうはっけい》で知られる二つの川も、蘇軾《そしょく》が詠じた赤壁《せきへき》も、孔子と縁《ゆかり》のある土地も見たいとは書いていない。そこには感情のかけらさえなくて、生涯の仕事を成し遂げる前に死ぬことに対する恐れもなかった。子規には感傷にひたっている暇などなかった。

従軍特派員としての経験は、ひどく期待に反するものだった。子規が広島に到着したのは三月六日で、いつでも清国へ出航できるつもりでいた。しかし子規は二十一日まで待たされ、その日ようやく大陸へ渡る許可が下りた。子規が一番がっかりしたのは、三月三十日に日本と清との間で休戦条約が結ばれたことだった。これは、日本人と清国人が互いに殺し合うのを止《や》めたことを意味する。子規は戦闘を見る機会を奪われたのである。四月五日に叔父の大原に出した手紙で、「平和風強く」と落胆を表わしている。子規は、さんざん苦労して清国へ渡る許可を得たにもかかわらず、このまま泣き寝入りせざるを得ないのではないかと気を揉《も》んだ。戦争のあるなしに関係なく、子規は一刻も早く日本を離れたかったのである(22)。

子規が従軍していた近衛《このえ》師団は、四月十日、清国へと発《た》った。船上での子規の居場所は、多くの兵隊たちと一緒の小さな船室だった。これは子規ら新聞記者が最初に味わった軍部からの待遇である。新聞特派員が最下層の兵隊と同等とみなされたことは、子規を常に苛立たせた。

船は四月十三日に大連《だいれん》に到着したが、上陸の許可が下りたのは十五日になってからだった。子規は仲間の新聞記者に金州《きんしゅう》の戦場を案内され、『陣中日記《じんちゅうにっき》』の第一回を「日本」に書いた。『陣中日記』は、明治二十八年四月二十八日から七月二十三日の間に四回にわたって掲載された。

『陣中日記』は題名に偽りありで、これではまるで子規の戦時の体験が書かれているがごとくである。しかしその文中には、大陸での従軍を決心した時からの出来事を綴《つづ》った感動的な叙述が随所に見られる。冒頭は三月三日、同僚たちが東京で開いてくれた送別会から始まる。ちょうど雛祭《ひなまつ》りの日にふさわしく雰囲気は華やいでいるが、女性は一人もいない。子規は次の俳句を作った。

雛もなし男ばかりの桃の酒(23)

広島へ急ぎ旅立った子規は、大陸へ渡る許可を待つ思いがけない余暇を利用して松山へ行き、父の墓に参り、旧知の人々と改めて送別の宴《うたげ》をもつ。広島に戻ってついに従軍記者の資格を与えられ、近衛師団を大陸に運ぶ海城丸《かいじょうまる》に乗船した。子規は陸軍将校たちから受けた待遇に落胆するが、旅の興奮のお蔭で窮屈な部屋のことは忘れた。船が対馬《つしま》を通過する時、生涯で初めて日本を離れる喜びはあまりに大きく、言葉にならないほどだった。しかし鷗《かもめ》の光景から一句ができた。

春の海鷗が浮いておもしろや(24)

同じ船室の兵隊たちは、無聊《ぶりょう》を慰めるために昼間は軍歌をうたい、夜は端唄《はうた》や浄瑠璃《じょうるり》などを口ずさんではしゃぎ、その挙句《あげく》に笑い罵《ののし》る声がやかましい。おそらく子規は教育のない人々と初めて接触したのではなかったか。これは子規がそうした人々がどんな歌を好むかについての知識を広げる好機であったかもしれない。しかし子規が書いた文章その他から我々が知るのは、こうした人々と同じ部屋に詰め込まれたことで、子規が侮辱を感じたという事実である。子規は自分が将校並みの身分に属していることをはなから確信していて、次の一点を満足げに記している。「吾等《われら》は将校の食堂に入りて茶菓《さくわ》をもてなさる」[25]。茶菓は兵隊たちが与えられる食事よりも自分にふさわしいと子規は思ったに違いない。

海城丸が清の景色が見える海域に入ると、子規は（他のすべての日本人と同じく）昔からこの国について聞かされてきた常套句《じょうとうく》が事実であることに心を打たれた。そこの山々は禿山《はげやま》で、緑したたる日本の山々とはまったく違っていた。いたるところに物乞《ものご》いがいて、海城丸のまわりに小舟が漕《こ》ぎ寄せて食べ物を欲しがった。小舟はいかにも不潔そうで、近づき過ぎると悪い病気に罹《かか》るかと思えた[26]。誰もが町で最初に見たいと思ったのは、当然、弁髪《べんぱつ》だった[27]。それまで子規が詩歌を読むことを通して知った中国語は、実際に発音されるとまったくわからず、ただ騒音のように聞こえた。清で子規が発見した唯一《ゆいいつ》称賛すべきものは、至る所に貼《は》られた紙に書かれた文字の筆跡だった[28]。しかし人間は誰もがニンニク臭かった。

子規は自分が訪れた場所で起こったばかりの戦争の傷痕《きずあと》については、ほとんど触れていない。その触れている数少ない一例を、次に挙げる。

三崎山《みさきやま》を越えて谷間の畑をたどれば石磊々《らいらい》として菫《すみれ》やさしう咲く髑髏《どくろ》二つ三つ肋《ろく》骨《こつ》幾枚落ち散りたるははや人間のあはれもさめてぬしや誰《たれ》とおとづるゝものもなし。

なき人のむくろを隠せ春の草(29)

『陣中日記』の最も感動的な一節は、しかし、戦争について語られた部分ではない。清国に到着後、子規は従弟《いとこ》の藤野古白《ふじのこはく》が自ら撃った銃創が原因で死んだことを知らせる碧梧桐の手紙を受け取った。子規は、いつも古白のことを弟のように思っていた。子供の頃には、美しい庭のある家に住む古白を子規は羨み、古白は古白で自分より文学について遥かによく知っている(四歳年上の)子規を羨んでいた。今や古白は、子規より「一歩を進め」たのだった。こうした古白との思い出を、子規は次の一句で結んでいる。

春や昔古白《こはく》といへる男あり(30)

明治二十九年（一八九六）の一月から二月にかけて、子規は新聞「日本」に従軍記者としての経験を綴った『従軍紀事《じゅうぐんきじ》』を七回連載した。この記事には詩歌がなく、新聞記者をまるで犬猫同然に扱う将校から受けた待遇に対し、子規の告発が延々と続く。(31)ある将校などは「新聞記者は泥棒と思へ」「新聞記者は兵卒同様なり」とまで言った。(32)将校たちは軽蔑《けいべつ》を込めて新聞記者を「新聞屋」と呼ぶこともあり、これは子規が特に不愉快に思ったことだった。将校よりさらに悪いのは曹長で、大声で命令をがなりたて、子規がそれまで耳にしたことのないような言葉で新聞記者を侮辱したという。

明治三十二年（一八九九）十二月の「ホトトギス」に発表された随筆『病《やまい》』には、大連から日本へ帰国する船上で子規を襲った病気について記されている。ある日、下等室で寝ていたら、誰かが鱶《ふか》が見えるから早く来いと子規を呼んだ。子規は急いで甲《かん》板《ぱん》に上がったが、甲板に出ると同時に痰《たん》が出たので吐こうと思い、船べりから身を乗り出して海水に向かって痰を吐いた。しかし、それは痰ではなくて血だった。驚いた子規は、鱶を一目見ただけで船室へ駆け下りた。自分の行李《こうり》から用意の薬を取り出して外套《がいとう》の隠し（ポケット）に入れ、静かに寝床に横になった。

船には医師が一人いたが、医師が持っていたのはコレラの薬だけだった。子規は外套の隠しに入れておいた持参の薬を時々呑《の》んだが、なお血を吐き続けた。寒気がしても、着た切りの洋服と外套しかなかった。外套を羽織って寝ながら子規は、ただ早く日本に着けばいいと思うばかりだった。(33)

船がやっと下関《しものせき》に到着し、船上の兵隊たちは緑の山々を見て喜んだ。それは禿山ばかりの清の山々とあまりに違っていて、まるで緑青《ろくしょう》で塗られているように見えた。誰からも喜びの声が上がったが、その喜びは三時間と続かなかった。船に乗っていた軍《ぐん》夫《ぷ》一人が、たった今コレラで死んだという知らせが入ったのだ。検疫《けんえき》のため、一週間の停船命令が下った。その夜、検疫官が乗船して来て、下痢症の者はすべて上陸させることになった。子規は一緒に上陸させてくれるように頼んだが、検疫官は下痢症でないものを上陸させろという命令は受けていないから仕方がないと答えた。この夜から子規の喀血《かっけつ》はさらにひどくなった。(34)

船は神戸に近い和田岬《わだみさき》に着き、ついに全員に上陸命令が出た。子規は刀を杖《つえ》がわりに使って喘《あえ》ぎあえぎ歩いた。歩くたびに子規は血を吐いた。それ以上進めそうになかったので、行李を置いてその上に腰掛けた。声を上げて人を呼ぶ気力もなかった。折よく知り合いが気づいてくれ、子規は釣台《つりだい》(病人を横にしたまま駕籠《かご》のように二人で担《かつ》いで運ぶ)を頼んだ。かれこれ二時間ばかり待って、ようやく釣台が来た。暗くなりかけた頃、子規は神戸病院に着いた。運び込まれた一室はあまり広くはなかったが、白壁はきれいで天井も高かった。清潔な蒲団《ふとん》にくるまれて寝台にもぐりこんだ時、子規はまるで極楽へ来たような気がした。あまりに幸せで、これなら死んでもいいと思ったほどだった。事実そうなってもおかしくはなかった。子規は食べることができず、身体《からだ》は確実に弱っていった。

子規の病状を知った陸羯南は、京都にいる高浜虚子に電報を打ち、病院に行って子規の面倒を見るように頼んだ。虚子はただちに駆けつけ、やがて松山から叔父の大原恒徳が到着、東京からは母親と碧梧桐がやって来た。いずれも、子規の危篤《きとく》を伝える羯南の電報に驚いて駆けつけたのだった。(35) 羯南は子規の入院費用その他の手配をした。

虚子が病室に入ると、子規は壁の方を向いて横臥《おうが》していた。まったく血の気がなく、動くことも話すこともできないほどひどい容態に見えた。子規は虚子の耳元で、血を吐くから動いてはいけないと医師に言われていると囁《ささや》いた。喀血を止めるため、重い氷嚢《ひょうのう》が肺部に乗せられていた。それも、子規の発案で素肌に直接。幸いにも若い医師が、氷嚢が子規の皮膚に凍傷を起こし痛みの原因となっていることに気づいた。子規は前近代的な治療にもかかわらず、奇跡的に生き延びた。こうして、俳句と短歌に革命がもたらされることになったのである。

第六章 「写生」の発見

——画家・中村不折との出会い、蕪村を評価

神戸病院で二カ月、続いて須磨《すま》の保養院で一カ月療養するうちに子規は徐々に回復した。病院から保養院に移った明治二十八年（一八九五）七月二十三日、子規を訪ねた高浜虚子は、子規は喜びに溢《あふ》れているようだったと書いている。病院を出たことで、まるで生まれ変ったように幸せに見えた。

七月二十四日夜、虚子と夕食を共にした子規は、虚子に自分の後継者になるように頼んでいる。子規はこう切り出した。

今度の病気の介抱の恩は長く忘れん。幸《さいはひ》に自分は一命を取りとめたが、併《しか》し今後幾年生きる命か其《それ》は自分にも判《わか》らん。要するに長い前途を頼むことは出来んと思ふ。其につけて自分は後継者といふ事を常に考へて居る。折角《せっかく》自分の遣《や》りかけた仕事も後継者が無ければ空《くう》になつてしまふ。御承知の通り自分には子供が無い。親戚《しんせき》に子供は多いけれど其は大方自分とは志を異《こと》にしてゐる。其処《そこ》でお前は迷惑か知らぬけれど、自分はお前を後継者と心に極《き》めて居る。(1)

こうした委嘱を受けるとは予期していなかったので、虚子は面食らって何と応《こた》えていいかわからなかった。もちろん、子規から後継者になってくれと頼まれたことは大変光栄だったものの、虚子には自分がその任に堪える人間かどうかわからなかった。話を聴きながら、虚子は重荷を双肩《そうけん》に負わされたような気がしたが、「此時《この》の余《よ》は、截然《せつぜん》として其《そ》の委託を謝絶する程の勇気も無かつた。余は唯《た》だぼんやりと其を聴き乍《なが》ら唯点頭《うなづ》いてゐた」と書いている。(2)

翌日、虚子は須磨を発《た》って帰京した。早稲田《わせだ》専門学校で坪内逍遥のシェイクスピアの講義を聴くつもりで、虚子は高田馬場《たかたのばば》に家を借りることにした。そこは、自ら命を断った藤野古白がかつて住んでいたところだった。

須磨の保養院を八月二十日に退院した子規は、五日後、松山に帰省した。当時、松山中学で教鞭《きょうべん》をとっていた漱石の勧めで、子規は漱石の住む借家に同居した。子規は漱石に自分の病気が移ることを恐れたが、漱石は階下の部屋を子規に与えて自分は二階に住むと言って譲らなかった。続く二カ月間を、子規は松山で静養した。この二人の文学者が一番長く一緒に過したこの時期は、間違いなく子規のためになった。時に子規が漱石の俳句を手伝うこともあったが、代わりに子規は当代随一の優れた作家の文学観、芸術観を聞くことができたのだった。

松山に滞在中、子規は詩歌を作り、地元の俳人たちと会ったが、その中に、やがて俳句雑誌の出版に関わることで子規の人生において重要な役割を演じる柳原極堂がいた。明治二十八年の子規の代表的な批評作品『俳諧大要《はいかいたいよう》』は、次のような宣言で始まる。

> 俳句は文学の一部なり文学は美術の一部なり故《ゆゑ》に美の標準は文学の標準なり文学の標準は俳句の標準なり即《すなは》ち絵画も彫刻も音楽も演劇も詩歌小説も皆同一の標準を以《もつ》て論評し得べし[3]

絵画も彫刻も音楽も演劇も詩歌、小説も、みな同一の標準によって論評できるはずだと子規が断定的な言い方をしたのは、明らかに読者を驚かすためだった。明治時代まで、それぞれの芸術はまったく別のもので互いに他と関係ないものと見做《みな》されており、今日「文学」の名称でまとめられているジャンルすべてを統合する日本語は存在せず、詩歌や演劇、小説が同じ批評作品の中で論じられることもなかった。能という舞台芸術も、その詩的価値の高さにもかかわらず、今日でいう「文学」の一部とは見做されていなかった。同様に、個々の詩歌を指す名称（和歌、漢詩、発句など）はあったが、これらすべてを統合する名称はなかった。こう述べたあとで付け加えなければならない注目すべき例外は、芭蕉の『笈《おい》の小文《こぶみ》』（一六九一？）の次の一節である。

西行《さいぎやう》の和歌における、宗祇《そうぎ》の連歌《れんが》における、雪舟《せつしう》の絵における、利休《りきう》が茶における、其貫道《そのくわんだう》する物は一《いつ》なり。しかも風雅《ふうが》におけるもの、造化《ざうくわ》にしたがひて四時《しいじ》を友とす。見る処《ところ》、花にあらずといふ事なし、おもふ所、月にあらずといふ事なし。(4)

（西行《さいぎょう》の和歌、宗祇の連歌、雪舟《せっしゅう》の絵、利休《りきゅう》の茶、これらの根本を貫くものは一つである。しかも芸術というものは、天地自然に従って四季を友とする。眼に見るものので花でないものはなく、心に思うことで月でないものはない〔花・月は自然美の象徴の意〕）

芭蕉は、見たところ異なっているように思えるこれらの芸術が、自然および四季に密接に関係している点で同列であることを理解していた。芭蕉が自分自身を表現するのに選んだのは和歌でも漢詩でもなく俳句だったが、他の形式にも詩があることに芭蕉は気づいていた。西行と宗祇に対する芭蕉の思いは、ほとんど崇拝に近かった。そして子規は、これらの詩歌の形式すべてで書き、一人の人間が三つの形式で書くことはできないという説を認めなかった。中でも俳句は子規にとって一番大事な形式であり、『俳諧大要』の中でなぜ俳句が和歌や漢詩に劣らず重要な芸術として位置づけられるかを詳細に説いている(5)。

子規の初期の俳句には、のちに日本の代表的な詩人になることを示唆《しさ》するものはほとんどない。どれも一応よくできているし、時にそれ以上のものもあるが、言い回しや洞察はややもすれば月並みになりがちだった。子規は、まだ子規独自の声を摑《つか》んでいなかった。子規は新聞社に勤める決心をしたが、もしふつうの記者の仕事をこなさざるを得ない立場にあったとしたら、詩人として立つという曖昧《あいまい》な状況はそこで打ち切られていたかもしれない。しかし新聞「日本」編集部の一員になったことは、事実、子規が一流の詩人になるのに不可欠な一歩となった。「日本」の社主である陸羯南《くがかつなん》は、子規に詩人として、また詩歌の批評家として書くことを勧め、他の記事を書くことは期待しなかった。子規を「日本」で雇う以前から、すでに羯南は子規に詩歌に関する随筆の寄稿を依頼しており、その随筆は、「日本」の他の記事にはほとんど興味がない読者をも惹《ひ》きつけた。新聞に定期的に原稿を書くことで子規が詩歌を作れなくなるということはなかった。子規は、明治二十六年（一八九三）には生涯で最も多い四千句以上の俳句を作っていて、これは新聞社での仕事がさほどの負担ではなかったという何よりの証拠である。

新聞「日本」の社員になって七週間後の明治二十六年一月十八日、子規は自分も含めた俳人たちの集まりで作った俳句を題材にして随筆を書いた。それぞれの俳句の長所短所に関する子規の短い批評が、この集まりの雰囲気を伝えている。(6) こうした種類の随筆が日本の新聞に掲載されるのは初めてのことで、その成功は子規が似たような記事を書き続ける励みとなった。

子規の俳句批評は毎月定期的に「日本」に登場し、読者の心に俳句の重要性を定着させていった。俳句を詠《よ》むことは、もはや俳人やその弟子に限られたものでなく、その楽しみは遥《はる》かに大勢の新聞購読者によって共有されることになったのだ。明治二十五年（一八九二）六月から十月の間に子規が「日本」に発表した随筆は、『獺祭書屋俳話《だっさいしょおくはいわ》』という題で明治二十六年に出版された。これが、子規の最初の本となった。(7)

明治二十七年（一八九四）春、子規は中村不折《なかむらふせつ》（一八六六―一九四三）と出会った。

創刊されたばかりの新聞「小日本」の挿絵《さしえ》を、不折が担当することになったからだ。羯南は、日本の新聞としては新機軸を思いつき、子規の記事の挿絵を描く画家を募集したのである。挿絵が子規の連載に対する興味を高めると考えた羯南は正しかった。不折の愛敬《あいきょう》のある絵は、新聞読者の心を摑んだ。

中村不折は、今日ではほとんど忘れられている。不折の代表作はそれを所蔵している美術館でも稀《まれ》にしか展示されないが、古代日本や中国の歴史からよく題材を取り、歴史物語の中に出てくる立派な体格の人物が遠くを見つめる英雄のようなポーズを取っているものが多い。不折は、イタリアの画家アントニオ・フォンタネージ(8)(一八一八—八二)の弟子である優れた画家浅井忠《あさいちゅう》(一八五六—一九〇七)の教えを受けた。不折の作品が良いものであることは、「小日本」の編集室に持ち込まれた下絵から明らかで、ただちに仕事が依頼された。子規は不折から大いに感銘を受け、この二人の友情が俳句の歴史を変えることになった。

明治三十四年(一九〇一)六月、不折が留学(9)のためフランスへ向けて出航するにあたり、病床を離れて埠頭《ふとう》で不折を見送ることができない子規は、二人の友情を綴《つづ》った随筆を書いた。

中村不折君は来《きた》る廿九《にじふく》日を以て出発し西航《せいかう》の途に上らんとす。余《よ》は横浜の埠頭場《はとば》迄《まで》見送つてハンケチを振つて別《わかれ》を惜《をし》む事も出来ずはた一人前五十銭《せん》位の西洋料理を食ひながら送別の意を表する訳にもゆかず、已《や》むを得ず紙上に悪口《あくこう》を述べて聊《いささ》か其《その》行《かう》を壮《さう》にする事とせり。

余の始めて不折君と相見《あひみ》しは明治廿七年三月頃の事にして其《その》場所は神田《かんだ》淡路町《あはぢちやう》小日本新聞社の楼上にてありき。初め余の新聞小日本に従事するや適当なる画家を得る事に於《お》いて最も困難を感ぜり。当時の美術学校の生徒の如《ごと》きは余等《よら》の要求を充《み》たす能《あた》はず、其外《ほか》浮世画工《ぐわこう》を除けば善くも悪くも画工らしき者殆《ほとん》ど世に無かりしなり。此《この》時に際して不折君を紹介せられしは浅井氏なり。始めて君《くん》を見し時の事を今より考ふれば殆ど夢の如き感ありて、後来《こうらい》余の意見も趣味も君の教示によりて幾多の変《へん》遷《せん》を来《きた》し、君の生涯も亦《また》此時以後、前日と異なる逕路《けいろ》を取りしを思へば此会合は無趣味なるが如くにして其実《そのじつ》前後の大関鍵《くわんけん》たりしなり。其時の有様をいへば、不折氏は先《ま》づ四五枚の下画《したゑ》を示されたるを見るに水戸《みと》弘道館《こうだうくわん》等の画にて二寸《すん》位の小《ちひ》さき物なれど(10)筆力勁健《けいけん》にして凡《ぼん》ならざる所あり。而《しか》して其人を見れば目つぶらにして顔おそろしく服装は普通の書生の著《き》たるよりも遥かにきたなき者を著たり、此顔此衣にして此筆力ある処《ところ》を思へば此人は尋常の画家にあらずと迄は即坐に判断し、其画はも

らひ受けて新聞に載する事とせり。これ君の画が新聞にあらはれたる始《はじめ》なり。(11)

(中村不折君は来る二十九日に出航し、ヨーロッパへの旅に出ようとしている。私は横浜の港に彼を見送りハンカチを振って別れを惜しむこともできず、そうかといって一人前五十銭くらいの西洋料理を食いながら送別の気持ちを表わすわけにもいかず、仕方がないので新聞紙面に悪口を述べて、少しばかりその行動の立派さをたたえることにした。

私が初めて不折君と会ったのは明治二十七年〔一八九四〕三月頃のことで、場所は神田淡路町《あわじちょう》の新聞「小日本」の編集室内であった。私が「小日本」の編集に従事し始めた当初、挿絵を描くに適した画家を見つけることに最も困難を感じた。当時の美術学校の生徒などでは我々の要求を満たせず、それ以外では浮世絵師を除き、良くも悪くも職業画家らしい者は世の中にほとんどいなかった。こうした時に不折君を紹介してくれたのは浅井忠氏だった。初めて不折君と会った時のことを今になって振り返ると、ほとんど夢のような感じがして、この時から自分の意見も趣味も不折君の教示によって何度も移り変わり、彼の人生もまたこの時以来、それまでとは違った道筋をたどるようになったことを思えば、この出会いは何の趣きもなかったようでも、実際には一大転機だったのである。その時の様子を言うと、不折氏がまず四、五枚の下絵を出したのを見たところ、水戸の弘道館《こうどうかん》などの絵で、二寸〔約六センチ〕くらいの小さなものであったが、筆さばきは力強くて非凡なところがあった。そして本人を見れば、目はつぶらだが怖そうな顔をしていて、服装は普通の学生よりはるかに汚いものを着ていた。この顔、この服装にして、この表現力があることを思うと、この人は普通の画家ではないとだけ即座に判断して、その絵を受け取って新聞に載せることにした。これが不折君の絵が新聞に登場した最初である）

子規と不折は堅い友情で結ばれることになったが、子規が別の随筆で触れているように一つの話題についてだけはまったく意見が合わなかった。子規は当時、日本画の大変な崇拝者だったので、西洋画に何か推奨すべきものがあるということを認めようとしなかった。(12)こうした態度は、あるいは新聞「日本」の国家主義的な傾向と何か関係があるかもしれない。これに対して不折は、西洋画の迫真性を称《たた》えて譲らなかった。その上、日本画は同じ景色を描いた他の絵画で見たことがあって誰もが美しいとわかっている景色だけを描く傾向があった。しかし西洋画はどんな景色でも、たとえそれが一見魅力のない景色であっても描く対象となる。守勢にまわった子規が「富士山は善い山だらう」と言うと、不折は「俗な山だ」と応える。「松の木は善い木であらう」と言うと、不折は「俗な木だ」と応える。[13]

二人の人間がこんなにも異なった意見を持つということが、子規には信じられなかった。つくづく考えた末に子規は、俳句に富士山を入れると俗な句になりやすいのだと思い当たった。また俳句に松が入っているものには、確かに俗な句が多く、むしろ冬木立を詠んだ俳句の方が垢抜《あかぬ》けしていた。それくらいは前から気づいていたが、子規はそれを絵画に適用できずにいたのだ。俳句がわからない人間が富士を詠んだ句を見て非常に嬉《うれ》しがるのと、誰もが富士の絵を見ると何となく喜ぶのとが、「同じ事であるといふ事が分つて、始めて眼が明《あ》いたやうな心持であつた」[14]。ほどなく子規は西洋画のよさがわかるようになったが、日本画も相変わらず好きだった。

子規は、何よりも「写生」の重要性を教えてもらったことによって不折に恩義がある。日本の神々[15]や古代中国の賢人たちを描いた不折の絵しか知らない人には、これらの作品に写生の痕跡《こんせき》を見つけることは難しいかもしれないが、さほど野心的でない絵では、不折はもっとはっきり写生のリアリズムを発揮している。子規は、写生の方法を自分の俳句の手本となる原理として取り入れ、のちにはこれを自分の絵にも適用したのだった。

写生俳句は、ある景色を観察した際の詩人の感情を描くものではないし、またその景色が蘇《よみがえ》らせる思い出を描くものでもなくて、それはただ観察した対象そのものを描く。詩人が見た対象を正確に伝えれば伝えるほど、その詩は良くなるのである。子規が古池《ふるいけ》に蛙《かわず》の飛び込む芭蕉の有名な俳句「古池や蛙《かはづ》飛びこむ水の音」を称えたのは、まさしくある瞬間に芭蕉が見た対象がそのまま表現されていたからで、これこそ写生の極致だった。この句について書かれた子規の随筆の冒頭は、誰もが芭蕉の古池の句が傑作であることを認めながら、それが傑作である所以《ゆえん》を誰も説明してくれないのは何故《なぜ》なのかという、ある訪問者の質問から始まっている。子規は次のように応えている。

古池の句の意義は一句の表面に現れたるだけの意義にして、復《また》他に意義なる者無し。然《しか》るに俗宗匠輩《そうしやうはい》が此《この》句に深遠なる意義あるが如《ごと》く言ひ做《な》し、且《か》つ其《その》深遠なる意義は到底普通俗人の解する能《あた》はざるが如く言ひ做して、曾《かつ》て之《これ》が説明を与へざる所以《ゆゑん》の者は、一は自家の本尊を奥ゆかしがらせて俗人を瞞著《まんちやく》せんとするに外《ほか》ならざれども、一は彼が此句の歴史的関係を知らざるに因《よ》らずんばあらず。（中略）終《つひ》に臆説《おくせつ》百出、奇々怪々の附会《ふくわい》を為《な》して俗人を惑はすの結果を生じたり。されば此句の真価を知らんと欲せば此句以前の俳諧《はいかい》史を知るに如《し》かず、意義に於ては古池に蛙の飛び込む音を聞きたりといふ外一毫《いちがう》も加ふべきものあらず、若《も》し一毫だも之に加へなばそは古池の句の真相に非《あら》ざるなり。明々白地《はくち》、隠さず掩《おほ》はず、一点の工夫を用ゐず一字の曲折を成さゞる処《ところ》、此句の特色なり豈《あに》他あらんや。(16)

(古池の句の意味は、この句の表面に現れているそのままであり、ほかに意味などない。しかし俗物の宗匠《そうしょう》たちはこの句には深遠な意味があるかのようにことさら言い立て、しかもその深遠な意味は一般人には理解することなどできないかのようにも言う。これまで彼らが説明をしなかった理由は、一つは自分たちだけが秘密を知っていると思わせて一般の人々をごまかそうとするからにほかならないが、もう一つは彼らがこの句の歴史的関係を知らないからである。〔中略〕ついには根拠のない説が続々と現われ、非常に怪しげなこじつけをして一般人を惑わす結果となった。それゆえ、この句の真価を知りたいならば、この句が作られた以前の俳諧史を勉強するのが最もよい。この句の意味については、古池に蛙が飛び込む音を聞いたというこうこと以外に、一切何も付け加える必要はない。もし少しでも付け加えれば、それは古池の句の真実の姿ではなくなる。あからさまで、何も隠さず覆《おお》わず、何の工夫

も凝らさず、一字たりとも込み入ったことをしていないところがこの句の特色である。どうして他の説を立てられようか）

芭蕉の最も有名な俳句をめぐる神秘性に疑問を投げかけたのは、なにも子規が初めてではなかった。すでに元禄五年（一六九二）、芭蕉の弟子の各務支考《かがみしこう》（一六六五―一七三一）は『葛《くず》の松原《まつばら》』で、この俳句がごくふつうの状況の下に作られたことを書いている。

蛙《かはづ》の水に落《おつ》る音しば〳〵ならねば、言外の風情《ふぜい》この筋にうかびて、蛙飛《とび》こむ水の音　といへる七五は得給《たま》へりけり。晋子《しんし》が傍に侍《はべ》りて、山吹《やまぶき》といふ五文字をかふむらしめむかとをよづけ侍るに、唯《ただ》古池とはさだまりぬ(17)。

（蛙が水に落ちる音は頻繁ではなかったので、言葉にならない風情がその辺りに感じられ、芭蕉翁《おう》は「蛙飛びこむ水の音」という中七《なかしち》、下五《しもご》を得られた。傍らにいた弟子の其角《きかく》が上五《かみご》に「山吹」とかぶせてはいかがでしょうと訳知り顔に言ったが、ただ「古池」とすることに定まった）

この句に「工夫」がないことを子規は力説するが、芭蕉がたまたま見た何でもない出来事を飾らずに伝えた俳句が、なぜ芭蕉の句の中で一番人気があるのか、読者は不思議に思うかもしれない。人気のある俳句には、一般的に印象深い影像があったり、まったく異質に思える影像と影像との間に意外な関係が示されていたりするものだが、この芭蕉の句には注目に値するものは何一つ含まれていない。その意味は疑いようもなく明快だが、芭蕉の唯一《ゆいいつ》の狙《ねら》いがリアリズムの達成にあったという説には同意し難いものがある。「古池」という言葉には、そのありのままの意味を越えた含みがあって、其角が提案した「山吹」であれば、この句は台無しになっていた。

「古池」という語は、それ以前から数多くの俳句に何度も現れてきた馴染《なじ》みのある用語ではない。これは、あるいはまさに芭蕉によって発明された言葉だったかもしれない。[18]俳句の出だしとしては完璧《かんぺき》だが、この句を読む者はこう問うかもしれない。「池は、概して古いものではないのか。なぜ芭蕉は、わざわざこの池が古いと断わったのだろうか」と。

芭蕉が池の古色蒼然《そうぜん》たる有様を強調したのは、古い不変のものと正反対のもの――蛙が突然水に飛び込むこと――との違いを際立《きわだ》たせるためだった。水の撥《は》ねる音は、不変のたたずまいを見せている池と、瞬間的な蛙の跳躍とが一つになったことを示している。蛙は一匹であるのは明らかだ。十数匹の蛙が飛び込んだのでは、古池の静寂が突然破られる瞬間の重要性は薄らいでしまう。

子規は、この俳句の意味は見た通りに明らかで、言外の意味などないと断言した。子規がそう書いたのは、この句の含みが感じ取れなかったからではなくて、おそらく俳句の重要な秘密に自分だけが通暁《つうぎょう》していると主張する俳句の専門家たちに吐き気を催していたからだった。そうした専門家は、授業料を得て蛙の句に隠されている意味を弟子たちに伝えることで満足していた。

芭蕉は、自分の俳句に隠されている意味を解く秘密の教えも手掛かりも残さなかった。しかし、芭蕉の死後、弟子の中には、自分が芭蕉の継承者であることを認めさせようとして、芭蕉から受け継いだと称する捏造《でつぞう》された文書で自分の主張を補強しようとする者たちが出てきた。子規は、俳句芸術について自分が抱いた意見の正当性を世間に認めさせるのに、なんら秘密めかした雰囲気を必要としなかった。むしろ逆に子規は、あらゆる発見をただちに公表した。自分の考えに一致すると思われる作品を子規が過去の詩歌に求め始めたのは、自ら独自の俳句の文体を創《つく》り出した後になってからのことである。初めて蕪村の俳句の美を発見した時、子規はこれを秘密にするつもりなど毛頭なかった。子規が蕪村に対する賛美の念を詳細にわたって説いたのは、蕪村を俳句の宗匠として世に広く認めさせることを願ったからで、子規は見事それに成功したのだった。

明治三十年（一八九七）、「日本」に連載された子規の長篇批評『俳人蕪村《はいじんぶそん》』は、俳句史上最も重要な文章の一つである。蕪村の俳句は、蕪村の絵を称賛する者たちの間でさえほとんど知られていなかった。しかし子規がこの批評で示した熱意と称賛のお蔭《かげ》で、蕪村は俳句詩人として芭蕉に次ぐ重要人物として認められるようになった。子規の称賛がなければ俳人蕪村の評価は確実にもっと遅れたし、あるいはついに評価されることもなかったかもしれない。

忘れ去られた詩人に対する子規の評価が、いつも死者を蘇らせる結果を生むとは限らなかった。たとえば平賀元義《ひらがもとよし》（一八〇〇—六六）の和歌に対する子規の称賛は、平賀の再評価に繋《つな》がらなかった。その違いは、蕪村の俳句に対する子規の評価は詩の卓越性に基づいていたが、平賀の和歌に対しては、新聞「日本」が提唱したものと似る、平賀の政治的見解を褒めているように見えるところである。子規は平賀の男性的な万《まん》葉《よう》ぶりと、その駆使する『万葉集《まんようしゅう》』の語彙《ごい》に感銘を受けていた。蕪村こそが、本物の発見だった。

蕪村を無名の存在から俳人の中で二番目の位置に据えるのは、子規にとって簡単なことではなかった。月並みな俳人たちの間で広く行き渡っている度の過ぎた芭蕉礼賛は、批評家が俳聖芭蕉を他の俳人とあえて比べることを妨げる傾向があった。おそらくすでに十世代にわたって続いていたであろう芭蕉の多くの弟子たちは、大宗匠の精神的な系統に連なっていることを自ら公言しない者は誰であれ俳人として認めたがらなかった。

子規は、蕪村が芭蕉より優れていることを証明しようとしたわけではない。むしろ子規は、芭蕉と蕪村が美を二分する双子《ふたご》のようなものだと考えていた。すなわち芭蕉の「消極的美」と、それと対等の位置にある蕪村の「積極的美」である。子規がこうした二つの美の型を発見したのは、詩歌の世界にとどまらず、すべての芸術の世界においてであり、しかも、そのどちらかが優れていると考えるべきではないと言う。ヨーロッパの芸術や文学は「積極的美」の傾向にあるが、アジアの芸術や文学は一般に「消極的美」だった（子規は消極的美を称えるにあたって、日本の芸術批評の典型的な用語――たとえば幽玄《ゆうげん》――を使っている）。芭蕉が「積極的美」に相当する俳句も作っていることは事実だが、その傑作の多くは「消極的美」だった。芭蕉の一派に属する俳人たちが、よく「寂《さ》び」とか「細《ほそ》み」といった美の基準を言うのはそのためで、彼らは西洋芸術に見られる「積極的美」を、粗野で、つまるところ劣ったものと見なしがちだった。

子規は蕪村の俳句に見られる「積極的美」の証例として、蕪村が句の季節を好んで春と夏としたこと、特に夏を好んだことを挙げている。確かに暗い秋や冬と違って、春と夏は「積極的美」の季節だった。少なくとも十世紀初めの『古今集《こきんしゅう》』の編纂《へんさん》までさかのぼればわかるように、日本の詩人たちは桜の季節である春と紅葉の季節である秋に、飽くことのない関心を示してきた。蕪村が選んだのは、どちらかというと夏の景色について俳句を作ることだった。芭蕉はたとえば夏の時期の紀行である『おくのほそ道』に収めた句のように、夏を舞台にした素晴らしい俳句を作っている。しかし芭蕉の夏の句に詠まれた花々の多くは単に季節を示すためのもので、本来の関心の対象ではなかった。

これと対照的に蕪村が俳句で花に触れる場合は、その花でなければならない独特な何かを摑《つか》まえたからだった。

牡《ぼ》丹《たん》散って打ち重りぬ二《に》三《さん》片《ぺん》

子規がこの句に惹かれたのは、それが牡丹の散る有様を客観的に捉《とら》えていたからだ。

ここから子規は、客観性の美について論じ始める。子規にとって主観性と客観性は同等に読者を動かすことができて、そこにはどちらがいいという選択の余地はなかった。しかし、子規は明らかに蕪村の句の客観性を好む方に傾いていた。芭蕉は客観性において初期の俳人よりも優れていたが、しかしこの点に関する限り蕪村の比ではなかった。子規は極端に客観的な美が、蕪村の絵画と俳句に共通する特徴だと確信していた。ほかにも子規は、蕪村の俳句を理想的美、複雑的美、句法、文法、句調、材料などなど、様々な表題の下に分析している。その分析は子規の批評能力を見事に示しており、子規以前の日本における詩の論考で、これに比肩するものはない。

しかし子規は、蕪村の詩の自分の定義に当てはまらない側面は無視した。たとえば蕪村の俳句における音の美しさに子規は何の注意も払っていないが、句の音は句の意味と一体となっていることが多い。

春の海終日《ひねもす》のたり〳〵哉《かな》(19)

子規によって十分検討されなかった蕪村の句のもう一つの特徴は、人間関係に起因する問題への蕪村の関心である。

離別《さら》れたる身を蹈込《ふんごん》で田植哉

我々の眼には泥田に浸《つ》かって田植えに精を出している女が映り、たぶん傍らには女を離縁した夫がいる。描き方は客観的だが、蕪村は間違いなく女に同情を覚えている。子規自身はめったにそのような感情を句に詠み込まなかった。

また蕪村は、十七文字で複雑な物語を語ってしまうことがあった。

御《お》手《て》討《うち》の夫《め》婦《をと》なりしを更衣《ころもがへ》

この俳句の解説者たちは、句の背後にある物語を次のように展開させている。若侍と奥女中が、たぶんご法度《はっと》の不義を働いたために殿の怒りに触れた。若い二人はお手討になるべきところ、許されて夫婦になった。しかしそのまま留まることは許されず奉公を解かれた二人は、新たな暮らしの中で幸せに衣更えをする、と。この解釈の正確さはともかく、この俳句は写生の本質とは何も関係がない。同じことは蕪村が郷愁に駆られて詠んだ平安、鎌倉《かまくら》時代の昔を舞台にした俳句や、中国の詩人から直接に題材を借りた俳句についても言える。

子規は、蕪村の俳句におけるこれらの重要な要素については論じないことにしたのだった。蕪村から自分が必要としたもの——すなわち写生に秀《ひい》でた句だけを取り、あとは無視した。こうした理由で『俳人蕪村』は蕪村の研究としては不完全なものとなっているが、しかし忘れられていた詩人を発見した最初の批評文として、これは極めて優れたものである。こうした批評を書くにあたって子規は先人たちからほとんど、あるいは何一つ助けを借りなかった。しかし蕪村の研究を通して発見した事実から、子規は実に多くのものを吸収している。

もし中村不折に出会わなかったら、子規の蕪村発見はなかったかもしれない。不折の提唱する写生の影響を受けた子規は、この方法を昔の俳句に、たとえば蕪村の俳句に見つけようとした。そして、いったん写生を見つけると、子規はそれを用いて詩歌を作ることができるようになり、最も子規らしい独自のスタイルを確立したのだった。わずかな例外を除いて今日記憶されている子規の俳句は、明治二十九年(一八九六)に草稿を書き始めた『俳人蕪村』以降に作られたものである。その前年、子規は死んだようになって大陸から帰ってきた。それまでその俳句や批評を称える少数の仲間だけに知られていた子規が、広く一般読者の注目を浴びるようになったのは、『俳人蕪村』からだった。[20]

明治二十八年秋、子規は東京に戻った。子規が腰部《ようぶ》の疼痛《とうつう》を訴えるようになったのはこの頃である。神戸の病院から解放された時に虚子が眼にした自然な喜びの表情を、子規は二度と顔に浮かべることがなかった。しかし子規は痛みを覚えている時でも詩歌を作ることをやめなかったし、当初は回復したばかりで身体《からだ》が弱っていたにもかかわらず旅行もした。松山から帰京の途中、子規は足を引《ひ》き摺《ず》りながら大阪や奈良の景色を楽しんだ。子規はこの身体の無力感をリューマチのせいにしたが、原因はリューマチではなかった。これが脊椎《せきつい》カリエス（脊椎の結核症）の始まりで、この病気が子規をほとんど寝たきりの病人にして、ついにはその命まで奪うのである。

虚子は新橋駅で子規を出迎えたが、その変わり果てた姿に衝撃を受けた。それから一カ月ばかりして虚子を呼び出した子規は、茶店に腰を下ろして駄菓子を注文した。学問が進んでいるかどうか、子規は何度も虚子に尋ねた。子規は自分の後継者になるつもりがあるかどうか遠まわしに尋ねているのだと虚子はわかった。あと二、三年の命だということを子規は覚悟している様子だった。そんな子規に同情したものの、自ら「二十三歳の快楽主義者」と書く虚子は、自分の楽しみを捨ててまで俳句の研究に打ち込むつもりはなかった。学問に興味がないわけではないが、自分は生涯を通じて本を読むことに打ち込む類《たぐい》の人間ではないと自覚する虚子は、「私《あし》は学問をする気は無い」と応えた。[21]

虚子の言葉に痛みを覚えた子規は言った。

それではお前と私とは目的が違ふ。今迄私のやうにおなりとお前を責めたのが私の誤りであつた。私はお前を自分の後継者として強《し》ふることは今日限り止《や》める。詰《つま》り私は今後お前に対する忠告の権利も義務も無いものになつたのである。[22]

虚子は、子規に見放されたという心細さを感じたが、それと同時に、自分を束縛していた縄が一挙にゆるみ自由に好きなことができる心地がした。この時、子規はもう一人の弟子の五百木飄亭《いおきひょうてい》に宛《あ》てた長文の手紙で、自分が最も貴重な弟子を失ったことを悲しみ、虚子との断絶を次のように綴っている。

小生須磨にありし時もしみ〴〵と忠告する処《ところ》あり且《か》つ我が相続者は君なりと迄《まで》虚子に明言いたし候《さうらふ》　虚子もやゝ決心せしが如《ごと》く相見え申《まうし》候　小生潜《ひそ》かに喜んで心に文学万歳をとなへぬ　先月帰京してつくづく虚子の挙動を見る又是《これ》旧時の阿蒙《あもう》のみ

小生が彼に忠告せし処は学問の二字に外《ほか》ならず候　学問といふ語が小生の口を出て虚子の耳に入りしこと数百度以上なるべし　須磨にての忠告は実に最後の忠告なりし覚悟也《なり》　而《しか》して虚子依然たり小生呆然《ぼうぜん》として詠《なが》め居《をり》候(23)

(小生が須磨にいた時にも、虚子にはしみじみと忠告しており、かつ自分の相続者は君であるとまで明言したのです。虚子もまた少しは決心したように見えました。小生は心中ひそかに喜んで文学万歳と唱えたものです。先月、東京に帰って虚子の言動を注意深く見ると、以前のように不勉強なままでした。小生が虚子に忠告したのはただ学問についてだけです。学問という言葉を小生が口にし、虚子の耳に入ったのは何百回にも及ぶでしょう。須磨での忠告は、本当にこれが最後であるとの覚悟でした。そして虚子は何も変わっておらず、小生は気抜けして眺めていました)

子規は続けて、虚子との間に断絶が起こる直前の東京での二人の会話を書いている。

やう〳〵に茶屋に腰掛けて手詰《てづめ》の談判をはじめたり
君は学問する気あり否《いな》や
千問万答《せんもんばんたふ》終《つひ》に虚子は左《さ》の如く言ひきり候

文学者ニナリタキ志望アリ　併《しか》シ身後《しんご》ノ名誉ハ勿論《もちろん》一生の名誉ダニ望マズ
学問セントハ思ヘリ　併シドウシテモ学問スル気ニナラズ
人ガ野心名誉心ヲ目的ニシテ学問修業等ヲスルモソレヲ悪シトハ思ハズ　然《しか》レド
モ自分ハ野心名誉心ヲ起スコトヲ好マズ
つまり一言《いちごん》にしてつゞめなば文学者にならんとは思へどもいやでいやでたまらぬ
学問までして文学者にならうとまでは思はずとの答なり（中略）
虚子いふ
厚意ハ謝スル所ナリ　併シ忠告ヲ納《い》レテ之《これ》ヲ実行スルダケノ勇気ナキヲ如何《いかが》セン(24)
（やっとのことで茶屋に腰掛け、厳しく詰め寄って話し合いを始めました。
君は、学問する気があるのかないのか。
何度も質問と応答を重ね、ついに虚子は次のように言い切ったのです。
文学者になりたいという志望はあるが、死後の名誉はもちろん、生きている間の
名誉も望まない。
学問しなければとは思うが、どうしても学問する気にならない。
他人が野心や名誉心を目的に学問修業をしても別に悪いとは思わない。しかし自
分は野心や名誉心を起こすことは好まない。

つまり手短に言えば、文学者になりたいとは思うが、いやでいやでたまらない学問をしてまで文学者になろうとは思わないという答です。〔中略〕

虚子は言いました。

厚意はありがたいと思う。しかし忠告を受け入れてそれを実行するだけの勇気がないのだから致し方ない）

子規はこうした虚子の言葉を聞いて、虚子が自分の後継者になる可能性はないことを認めざるを得なかった。虚子と絶交するつもりはない、と子規は五百木に書いている。子規は、ただの朋友《ほうゆう》として虚子と付き合うつもりでいた。虚子に忠告を与えるという「権利及ビ義務」を子規は放棄したのだった(25)。

虚子に拒絶された失望にもかかわらず、子規は俳句を旺盛《おうせい》に作り続け、写生という方法の可能性を探究した。子規が明治二十九年以降に作った俳句は、対象が自然であれ人間であれ自分が見たものの本質を摑んでいるが、平明な言葉で表現された意味は、いささか摑みどころがない。この時期に書かれた子規の写生俳句の技巧を完全に理解するためには、かなりの努力を要するかもしれない。

春雨《はるさめ》や傘さして見る絵草紙《ゑざうし》屋(26)

ジャニーン・バイチマンはこの俳句に、「春の散策を楽しんでいる静かな感じが見事に描き出されているが、その散策を楽しんでいる当の主人公の正体はわざとぼかされていて、そのためになおのこと春雨そのものの感じが生き生きと出ている」と見事な批評を加えている。(27)写生俳句では、「一人称」が示されることはないし、「一人称」が示されることも稀で、しかしその場の雰囲気は完璧に再現される。

明治二十九年、子規はまだ出歩くことができた。当時の俳句は、旅の光景を喚起するものが多い。

五月雨《さみだれ》や仮橋《かりばし》ゆるぐ大井川《おほゐがわ》(28)

この写生の句では、降り続く五月雨が大井川《おおいがわ》の水を溢れさせ、その奔流が木の橋を揺らしている。句の中には子規自身の病気に言及したものもあった。

立たんとす腰のつがひの冴《さ》え返る(29)

子規は、この主観的な俳句が純粋な写生俳句よりも読者を動かすと知ったら、失望したのではないだろうか。しかし「つがひ」（番《つがい》＝つなぎ目、合わせ目、関節）という言葉の使い方は、写実的であると同時に想像力を喚起すると子規は知っていたに違いない。

子規は明治二十九年の俳句界について、かなり長い随筆を書いている。(30)その冒頭は、子規および子規派の俳句に対する手厳しい批評の言葉の列挙で始まる。曰《いわ》く俳句は文学中の下等なるものである、曰く俳句は多量の材料、複雑なる人事を詠ずることができない、曰く俳句は俳句専門家だけにわかる符牒《ふちょう》のようなものである、などなど。しかし、どのような角度から浴びせられた攻撃であれ、その共通に意味するところは、俳句は研究するに値しないということだった。(31)

これらの批評に、子規は自分の立場を日清戦争における日本の立場と比較することで応酬している。日本が世界の主要国として認められるためには日清戦争が是非とも必要だったのと同じく、俳句が文学として認められるためには批評家たちの攻撃と軋轢《あつれき》は免れ得ない。明治二十九年には多くの新聞雑誌がしきりと俳句を紙面に掲載し始めたように、すでに勝利の兆《きざ》しは見えているではないか(32)――。この随筆は、俳句界の進歩にとって特筆すべき新たな特徴を取り入れた子規の弟子、河東碧梧桐と高浜虚子にも触れている。明治二十九年、二人の弟子はいずれも、俳句の五七五の形式に厳密に従う必要性を斥《しりぞ》けたのである。[33]

この随筆で子規は、俳句の曖昧性の問題を取り上げている。原則として表現の明晰《めいせき》さに賛成だった子規は書く。「印象明瞭《めいれう》といふことは絵画の長所なり。俳句をして印象明瞭ならしめんとするは成るべくたけ絵画的ならしむることなり[34]」。しかし子規は、俳句を完全に明瞭にすることは、その付帯的な意味を壊してしまうことに気づいていた。「印象の明瞭といふ事は美の一分子なれども一句の美を判定するは印象の明不明のみを以てすべからざること勿論なり。印象の不明なる句の中に幽玄深遠なる者もあり。印象の明瞭なる句の中に浅薄無味なる者もあり[35]」。

明治二十九年は、松山にいる友人で弟子の柳原極堂が、子規の作品を中心にした俳句雑誌を出版すると決意した年だった。[36] 雑誌の名は「ほとゝぎす」で、「子規」はこの鳥の名の数多い漢字表記のうちのひとつだ。翌年初めに創刊されたこの雑誌は、やがて俳句の中心的機関となり、子規を同時代の傑出した詩人として認めさせることになる。

第七章　俳句の革新

——伊予松山で雑誌「ほとゝぎす」を発刊

「ほとゝぎす」の第一号が出たのは、明治三十年（一八九七）一月十五日である。子規は一応雑誌の発刊を祝う短い随筆を寄稿しているが、その文章には一向に熱がこもっていない。子規の随筆は、伊予の国でいかに文学が栄えなかったかという記述に終始している[1]。伊予は古代から開けた土地だったが、四国が海を隔てた島国だったため、日本文化の中心地との往来の便も悪く、日本の文化を豊かにしてきた多くの変化を吸収することからも妨げられてきた。あまりに辺鄙《へんぴ》なところにあるので、伊予は都に近い関西で繰り返し起きた戦役《せんえき》に関与することも少なかった。事実、二千年以上もの間、伊予では取り立てて意義あることは何も起きなかった。伊予の人で美術や文学の心得のある者はいても、特に注目すべき人物はいない。かろうじて俳諧と和歌に一人二人いるが、それとても一流ではない。詩人や絵師は、これまでいたためしがない。しかし今、明治三十年になって文運が盛んになろうとする兆《きざ》しがある。俳諧雑誌「ほとゝぎす」の発刊は、その一例である、と子規は書く。

「ほとゝぎす」が成功し、素晴らしい俳句が多く出ることを強く望むが、同時に子規は、一個人として有名な俳人でなく、一団体ないしは一国として特色ある俳諧が伊予に生れることを期待している。汽車汽船、郵便電信などの交通の開けた今日では、もはや島国だからという言い訳は立たない。それでもなお他国の人間が新雑誌を嘲笑《ちょうしょう》して、やはり島国よ、と罵《ののし》られたらこれほど残念なことがあるだろうか。「ほとゝぎす」は誕生したが、まだ「かひこ（かいご。卵の殻）」の内に包まれている。いつの日か「一声《いっせい》月摧《くだ》け山裂くるの勢《いきほひ》を養はん」とするには、同志諸君の助けによるところが大きい、と子規は結んでいる。(2)

こうしたあまり熱意の感じられない祝詞《しゅうし》が示唆《しさ》しているごとく、当初は子規も伊予のような文学的伝統の希薄な土地で俳諧雑誌が成功するわけがないと思っていた。しかし第一号を読んだ後、子規の口調は幾分熱意を帯びてくる。発行者である柳原正之《まさゆき》（極堂）に宛《あ》てた一月二十一日付の手紙では、雑誌の体裁が思いのほか上出来であることに驚きを表明している。子規は批判もかなりしており、「到底田舎雑誌たるを免れず」とも書いている。

子規の批判は、だいたいが編集上の体裁についてで、内容に関することではなかった。例えば、俳諧随筆類が雑誌発刊の祝詞と前後しているのは不体裁の極みなりと子規は述べている。こうした批判から子規が雑誌の各欄の並べ方に注意深く気を配っていることはわかるが、掲載されている俳句や随筆の質の如何《いかん》については何も言っていない。おそらく子規は、あえて何も触れないことで内容に対する自分の評価は高くないと伝えようとしたのだ。弟子の河東碧梧桐、高浜虚子、五百木飄亭に俳句を依頼するように極堂に勧め、自分と内藤鳴雪《ないとうめいせつ》(3)(一八四七—一九二六)は頼まれなくても寄稿すると子規は約束している。

子規は手紙の終わりの方で、柳原極堂が子規の俳句仲間に「ほとゝぎす」を一部ずつしか送らなかったことを咎《とが》め、残っている部数はすべて自分宛に送るように頼み、鳴雪もあと五、六部は欲しがっているとした。また「ほとゝぎす」の発刊については鳴雪が最も得意になっており、うれしくてたまらないようだと子規は書いているが、それに続けて、「正直に申せバ小生ハ鳴雪翁《おう》程にハ得意ならず　一号を見た時もはじめハうれしく後にハ多少不平なりき　併《しか》シ出来るだけハ完美にしたいとは思ふ也《なり》」と述べている(4)。

子規は手紙の末尾を、「鳴雪翁ハ二号に粛山《しゆくざん》公(5)の句を送らるゝ由《よし》　小生ハ反故《ほご》籠《かご》を

永く書くべし　其外《そのほか》にも何か書くべし」、鳴雪翁は二号に粛山公の句を送るとのこと、小生は『俳諧反故籠《はいかいほごかご》』の連載を長く続けるつもりだ、そのほかにも何か書くつもりだ、と結んでいる。(6)

　雑誌の体裁に批判すべき多くの細かい欠点を子規が見つけたにもかかわらず、「ほとゝぎす」第一号三百部はたちまち売り切れた。購読者の中には自分の俳句が活字になるのを楽しみにしていた伊予の俳人たちもいたが、多くの部数は伊予以外の土地で売れた。これは幸先《さいさき》のいいスタートだった。『俳諧反故籠』と題された子規の連載は一月十五日付の第一号に始まり、三号まで続いた。(7) この俳句批評の冒頭は、例によって子規の逆説で始まっている。

　俳諧は何の用をか為《な》すと問ふ者あらば何の用をも為さずと答へん。何の用をも為さぬ者は即《すなは》ち無用の者なり。無用の者を作るは作らざるに如《し》かずといふ者あらば其《その》人に之《これ》を作らんことを勧めざるべし。されども無用なるがために吾《われ》は之を捨てず。無用なるは有害なるに勝りたればなり。況《ま》して無用の用といふ事あるをや。(8)

（俳諧は何かの役に立つのかと問う者がいれば、何の役にも立たないと答えよう。何の役にも立たないものは、つまりは無用のものである。無用のものを作るくらいなら何も作らない方がましだと言う者がいれば、その人にはあえて俳諧を作ることを勧めはしないだろう。しかし無用だからといって、私は俳諧を捨てない。無用なものは有害なものよりましだからである。無用の用ということがあるのは言うまでもない）

もちろん子規は、俳諧が無用だと実際に考えていたわけではなかった。子規の宣言はユーモラスで、たぶん想定し得る敵の非難――俳句など書いて何の役に立つというのか――に対する応酬のつもりであったろう。同じ随筆の少し後で、子規はまったく違う切り口で俳句について語っている。

　俳句はおのがまことの感情をあらはす者なり。おのが感情を曲げて作らんとするも何処《いづく》にか真の感情あらはるゝ者なり。故《ゆゑ》に鄙吝《ひりん》の心ある者は自ら鄙吝の句を作る。（中略）高尚なる句を得んと思はゞ先《ま》づ其心を高尚に持つべし。[9]

（俳句は自分の真実の感情を現わすものである。自分の感情を偽って作ろうとしても、どこかに本当の感情が現れるものである。だから心卑《いや》しくケチな人間は、自《おの》ずと心卑しくケチな句を作る。〔中略〕高尚な句を作ろうと思うなら、まずその心を

高尚に保たなければならない)

こうした批評に、特に意外なものはない。しかし子規は、膨大な俳句の研究と分類のお蔭《かげ》で、俳人が俳句で自分の感情を伝え得ることのいかに稀《まれ》であるかを知った。これは特に初期の俳人たちがそうで、彼らは自分の句の着想や言い回しの巧妙さに力を入れるあまり感情を無視しがちだった。昔の俳句を大量に読んだ結果、巧妙さとは、感情から切り離された途端に退屈になるか、苛々《いらいら》させられるものであることを、子規は嫌というほど知っていた。にもかかわらず同時代の俳人の中には、昔の滑稽《こっけい》な俳句をなつかしがって、そこから自分の句に使える語句や印象的な着想を探そうとする者がいた。子規が好んで昔の俳句を読んだのは、俳句がどのように発展してきたかを理解するためだったが、昔の俳句から趣向を得ることに執着する者は、ただ陳腐な結果を生むだけだと子規は警告している。

『俳諧反故籠』は、続いて俳句の初心者が直面する問題に話題を移す。

初学の人、実景を見て俳句を作らんと思ふ時、何処をつかまえて句にせんかと惑ふ者多し、蓋《けだ》し実景なる者は俳句の材料として製造せられたる者にあらねば、其中には到底俳句にならぬ者もあるべく、俳句に詠《よ》みたりとも面白からぬ者もあるべく、又材料多くして十七八字の中に容《い》れ兼ぬるもあるべし、（中略）故に実景を詠す《（ず）》る場合にも醜なる処《ところ》を捨てゝ美なる処のみを取らざるべからず、又時によりては少しづゝ実景実物の位置を変じ或《あるい》は主観的に外物《ぐわいぶつ》を取り来《きた》りて実景を修飾することさへあり、こは実景は天然の美人の如《ごと》き者なれば猶《なほ》多少の欠点を免れず、故に眉を直し高眉《たかまゆ》を書き紅粉白粉《こうふんはくふん》を着け綾羅錦繍《りようらきんしう》を着せて完全の美人たらしむるなり(10)

（初心者が実際の情景を見て俳句を作ろうとする際には、どこをとらえて句にしようかと戸惑う者が多い。まさに実景というのは俳句の材料になるために造られたものではないのだから、その中にはどうしても俳句にならないものもあろうし、俳句に詠んでも面白くないものもあるだろう。また材料ばかり多くて、十七、八字に収めきれないものもあるだろう。〔中略〕だから実景を詠む場合でも、醜いところを捨てて美しいところのみを取らなければならない。また時によっては、少しずつ実景の実物の位置を変えたり、そこにないものを主観的に取り入れて実景を修飾することさえある。それは、実景は天然の美人のようなものだから、なお多少の欠点は免れないからで、そのため眉を額に描《か》き直し、紅《べに》と白粉《おしろい》で化粧し、美しい着物を着せて完全な美人とするのである）

子規は、実景をうまく摑《つか》んだ例を幾つか挙げる。まず、芭蕉の次の一句。

あら海や佐渡《さど》に横たふ天《あま》の川《がは》

この詩的リアリズムの例は、正確かつ美しく壮大な景色を活写している。子規が称賛を込めて引用している他の十二の叙景句《じょけい》は、（一人を除いて）どれもまったく忘れられた俳人の作品で、俳人の評判というものがいかに滅びやすいかを思い出させてくれる。謙遜《けんそん》のためか、あるいは自分の句が引用に値しないと考えたか、子規は詩歌を論じる際に自分の作品を例に挙げたことがない。

『俳諧反故籠』を構成している三つの随筆は、もっぱら未熟な俳人のために書かれたものだが、読者にはかなり興味深いものがあり、そこには子規の典型的な芸術観が示されている。次に子規が論じている要点は、俳句のどの言葉一つを取っても極めて貴重だということである。十七音の一つでも無駄にすることは無能な詩人の証拠だと子規は言う。

花を見て美しと感ずるは普通一般の事なれば花を見るとさへいはゞ美しきは言はずとも分りたるなり、若《も》し花を見て美しからずと感じなば其時こそは感じたる様《さま》をも言ふべけれ、言はずとも分りたる事を言ふは啻《ただ》に無用なるのみならず却《かへ》つて趣味を減殺《げんさい》するものなり、例へば

鶯《うぐひす》もよい時来たり庵《いほ》の閑《ひま》

といふ句は言はずとも済むことを多く言ひ並べたるものにて何の趣味も無し、鶯は物淋《ものさび》しき静かなる処《ところ》に鳴くものにして斯《かか》る処に棲《す》む者は多く閑人《かんじん》か或は一時閑《ひま》を得たる人なり、されは(ば)鶯に庵の閑と言ひ添へたるは不必要なり、若し鶯が騒か(が)しき市中に来《きた》り忙しき人の耳に入りたらば忙しくて閑無しともことはるべし、閑あることをことさらに言ふは場処塞《ばしよふた》け(げ)に過き(ぎ)す(ず)、又鶯を聞くに閑あるは善い時たることこれもいふを待たず、故に閑といひ善い時といふは同じことを二つ並べたるが如し、無用の極《きはみ》なり、此《この》句にて必要なる語は「鶯……来たり庵……」の二三語にして他は皆不必要なり、(11)

（花を見て美しいと感じるのは、ごく当たり前のことであるから、花を見るとだけ言えば、美しいと言わなくても分かるものだ。もし花を見ても美しくないと感じたならば、その時こそ、そう感じた様子を言うべきだろう。言わなくても分かること

を言うのは、単に無用なだけではなく、かえって風趣を殺《そ》ぐものである。例えば、

鶯もよい時来たり庵の閑

という句は、言わなくてもいいことをいくつも並べたもので、何の味わいもない。鶯《うぐいす》は何となく淋しく静かな所で鳴くものであり、そのような所に住むのは、多くは閑人〔俗を離れた風流人〕か、しばらく閑となった人である。だから、鶯に対して庵の閑という言葉を添える必要はない。もし鶯が騒がしい街の中に飛んで来て忙しい人の耳に鳴き声が聞こえたのなら、忙しくて閑がないことを説明すればよい。閑のあることをわざわざ言うのは字数を無駄に使って邪魔なだけである。また鶯の声を聞くには、閑のある時がよいことは言うまでもない。したがって閑と言い、善い時と言うのは同じことを二つ並べたようなもので、全く無用である。この句で必要な語は、「鶯」「来たり」「庵」の二、三語で、そのほかはどれも必要ではない）

俳人は思った内容を十七文字で十分表現できなかったような場合、俳句の内容を膨らませることを狙《ねら》って安易な連想を呼び起こす影像を使うことがよくあった。子規が厳しく批判した句では、「鶯」という言葉自体が、そこが物淋しい場所であることを示すのに十分である。そこが閑人の庵《いおり》であることを持ち出して、わざわざ場所の静け

さを言う必要はないのだ。俳人に求められているのは言葉を胸に秘めることであって、同じような連想を誘う二つの言葉を一つの句の中で使うことではなかった。子規は、こうした言葉の無駄を嫌った。

この時期、俳句を作る上で子規がほとんど論じていない問題の一つに、俳句とは簡単にわかるものでなければならないか、ということがある。子規は、自分が称賛する絵画に見つけた「印象明瞭《めいりょう》」ということを俳句でも提唱している。しかし子規の俳句は、簡単な言葉で表現される「写生」に過ぎないように見える句でも、読者にとっては難解な場合がある。たとえば読者が前もって俳句の訓練を積んでいなくて、しかも作者がその俳句を作った時期にどういう生活をしていたか知らない場合は特にそうだった。その上、俳句の簡潔さが要求する極度の凝縮によって、動詞の主体や目的語などの対象を指し示す助辞が省略されるという結果になることがある。俳句を理解する上でのこうした問題は、なにも子規の時代に始まったことではなかった。たとえば、よく知られた芭蕉の次の俳句。

田一枚植ゑて立ち去る柳《やなぎ》かな

　この俳句を理解する上で読者に要求されるのは、なによりもまずこの句に詠まれた「柳」が、かの西行が歌に詠んだ柳を指していると気づくことである。この柳は、たまたま田んぼの傍らに生えている普通の柳ではないのだ。しかし暗に言及されているこの事実を読者が知っていたとしても、そこから「立ち去る」のが誰かを理解する助けにはならないかもしれない。それは田植えをしていた百姓なのか、それとも西行の柳から離れ難くて田一枚すべて植えられるまで立ち去りかねていた芭蕉なのか。これは、どちらの解釈も可能である。学者の中には田植えをしていたのは芭蕉だと示唆する者までいて、これは文法的には可能でも、ありそうもない臆測《おくそく》である。しかしこうした不明瞭さにもかかわらず、この俳句が美しく忘れ難い句であることに変りはない。

　子規は主に弟子たちを啓発するために書いた俳論の中で、曖昧《あいまい》な表現を使うことを勧めてもいないし非難もしていない。不必要な言葉を入れてはならないという子規の指示に従った弟子は、あまりに多くの大事な情報を省くことによって作者自身（あるいは子規）にしかその意味がわからない俳句を作ることになったかもしれない。子規の曖昧性を示す有名な例は、生涯の最期《さいご》に近づきつつあった明治三十三年（一九〇〇）に作られた次の俳句である。それは写生の方法で書かれていて、その解釈にあたっては何も問題がないように見える。

雞《けい》頭《とう》の十四五本もありぬべし

ここでの問題は句の意味ではなくて、何がこの十七文字を詩にしているかということである。見たところ、ごく日常の観察に過ぎないように思える。この句が作られた状況を読者が知らなければ、ここには感情的な内容が欠けているように見えるかもしれない。しかし作者の死期が近づいていることを知っていれば、これは子規が窓から庭の鶏頭《けいとう》の花を眺めて、（寝床から出て数えられないから）それが何本あるか推測しているのだと想像することができる。しかし、だからと言って必ずしもこの句が面白い句になるわけではない。読者はこの句が失敗作であると思うか、あるいは穏やかに見える観察の背後に何か別の意味が潜んでいるのではないかと疑うことになる。

この句が作られた当時から子規に最も近い俳人たちは、これを重要な俳句とは考えていなかった。高浜虚子も河東碧梧桐も、自分が編纂《へんさん》した子規の句集にこの句を収録していない。ある批評家は、「十四五本」が「七八本」でも、そこにどんな違いがあるのかと言い放っている。しかしながらこの俳句を絶賛する文芸評論家の山本健吉《やまもとけんきち》（一九〇七―八八）は、これらの言葉の音の重要性を主張し、意味だけを議論する者は詩を理解しないと論じている。山本は同時に、「『鶏頭の十四五本もありぬべし』といふのは大変な断定なのだ。かういふ句を見ると、僕らはもう鶏頭について『十四五《ママ》もありぬべし』といふ以外の在りやうを想像できなくなる」と述べている。[12] なによりも山本は鶏頭の生命力と死につつある子規を対照させ、「そのたくましさに子規の生命は憑《の》り移つてゐる」と書いている。[13]

俳句に特に強い関心がある優れた日本文学者の小西甚一《こにしじんいち》（一九一五―二〇〇七）は、この句の評価の高低についての短い歴史を述べた後、「ふしぎなことに、この句を絶《ぜっ》讃《さん》した諸家は、なぜ名句なのかを全然説明しようとしない。たぶん宗教ふうインスピレイションのなせるわざらしく、文芸的経験に還元できる批評ではあるまい」と結論づけている。[14]

この句を含めて子規の俳句に対する数多くの称賛は、子規という人間に対する愛情と、子規の誠実さに対する信仰に基づくものであることは疑う余地がない。しかし子規は弟子たちに、ひたすら感情表現に誠実であれとは教えなかったし、また逆に興味を惹《ひ》くように曖昧であれとも教えなかった。代わりに子規が教えたのは、自然を忠実に描くことだった。明治三十年（一八九七）七月から三十一年四月まで、子規は『試《し》問《もん》』と題する長い連載を「ほとゝぎす」に発表している。これは初心者が俳句を作る助けとすることを目的としたもので、俳句制作のあらゆる側面についての質問形式を取り、そのあとに正しい解答が示されている。たとえば最初の質問は、三文字を伏せ字にした俳句を初心者に穴埋めさせる形をとっている。[15] それらの質問に対して子規が示した答えは確信に満ち、ある意味教義的でもある。「ほとゝぎす」の発行で俳句芸術の宗匠としての名声を確立した子規は、今や自分の一派を作ることに熱心だった。「ほとゝぎす」明治三十一年（一八九八）一月号に、子規は雑誌発刊後の一年間の業績について祝詞を書いている。一年前の祝詞より遥《はる》かに熱意がこもっているが、子規はそこで、目覚しい発展を遂げた「ほとゝぎす」が俳句の革新という究極の目標を失って、実績に満足して胡坐《あぐら》をかくことの危険性について警告している。しかし、祝うべきことは多かった。「ほとゝぎす」は、伊予から遠く離れたところに住む人々によって読まれるようになった。地方的性質を帯びて生れた一小雑誌は、わずか一年にして地方の域を脱し、全国の俳句界を風靡《ふうび》しようとしていたのだ。

　伊予という辺鄙な土地、しかも自分が生れた町である松山で発刊された雑誌が、全国の俳句界の指導的地位にあるということに子規は誇りを感じたに違いない。しかし子規は、すでに東京を自分の根拠地と考え始めていた。そこは日本の首都であり、明治政府の逸材が集まっている場所であるばかりでなく、新しい文学が生れる可能性の高いところでもあった。子規には、俳句革命の最前線に立つ雑誌が鄙《ひな》びた一地方の町である松山で発行されていることが、いかにもそぐわないように見え始めていた。

　明治三十一年八月発行の「ほとゝぎす」第二十号で、子規は次号以降が東京で発行されることになった経緯について説明した。「初め京畿《けいき》四国の間に盛《さかん》なりし潮流は再び北東に向ひて信越奥羽《あうう》に氾濫《はんらん》し更に一支流を分《わか》ちて山陰《さんいん》に向へり」と、子規は「ほとゝぎす」の成長を潮流にたとえている。そして、このような状況の変化に適応するため、「全国新俳句の唯一の機関たるに負《そむ》かざらんことを期」したのだと言う。この傑出した雑誌が松山で創刊されたことを子規は喜んだが、松山は国内の他の地域との「運輸交通の便」がよくない場所に位置していた。全国各地からの投書はまず松山でまとめてから東京に送られ、そこから再度松山に送られて来るために、無駄に時間がかかり、発行が遅れる結果となっていた。子規の結論は、「要するに松山は種々《しゆじゆ》の点に於《おい》て全国の機関たる一雑誌を発行するに適せず」というものだった。「ほとゝぎす」は二十号を最後に松山の発行所を閉じ、新たに東京に拠点を移すことになった。全国誌としての新しい役割にふさわしく、雑誌の内容も俳句だけでなく和歌、新体詩などあらゆる詩歌に範囲を広げ、同時に美術や文学の批評をも加え、部数も千五百部に増やされた。子規は書いている。

ほとゝぎすは新俳句の機関として成功せざるべからず、ほとゝぎすは今後生存競争の渦中《くわちゆう》に立たざるべからず、而《しか》して吾人《ごじん》は此《この》ほとゝぎすを編輯《へんしふ》し維持し扶掖《ふえき》し拡張せざるべからず。余《よ》一身を以《もつ》て言へば、病余の癈軀《はいく》、立つ能《あた》はず、行く能はず、一日の安をも得る能はざる境涯に在りて、間を窺《うかが》ふて書き、苦を忍んで書き、褥《しとね》に伏して書き、夜を徹して書く。一部の地方的雑誌ほとゝぎすを書くにすら苦辛《くしん》いふべからざる者あり。今より後《のち》中央的雑誌ほとゝぎすを書くべきを思へば余はそゞろ刑場に引かるゝの感無きにあらず。然《しか》り余はほとゝぎすと終始せんと欲する者なり。余死すとも固《もと》よりほとゝぎすは死せざるべし、しかもほとゝぎす死するの日は即《すなは》ち是《こ》れ余の死する日ならざるべからず。ほとゝぎすは余の生命なり。(16)

(「ほとゝぎす」は、新俳句の機関として成功しなければならない。「ほとゝぎす」は今後、生存競争の渦中に立たなければならない。そして私はこの「ほとゝぎす」を編集し、維持し、援助し、拡張しなければならない。自分自身について言えば、なお病身で立つこともできず、外出もできない。一日を安らかに過ごすことさえできない境遇にあって、その合間を縫って書き、苦しみを我慢して書き、病床に寝ながら書き、徹夜して書く。一地方雑誌である「ほとゝぎす」に書くのさえ辛苦は言い難いものがある。これからは中央で発行される雑誌「ほとゝぎす」に書かなければならないことを思うと、なにやら刑場に引かれて行くような気がしないでもない。そう、私は、常に「ほとゝぎす」と共にありたいと願う者である。私が死んでも、もちろん「ほとゝぎす」は死なないだろうが、「ほとゝぎす」がもしや死ぬ日は、私は死ななければならない。「ほとゝぎす」は私の生命である)

「ほとゝぎす」の第一号を見た時の懐疑的な態度から、「ほとゝぎす」が亡《ほろ》びれば生き続けることができないという叫びへの変化は、子規が「ほとゝぎす」に強い使命感を抱くに到ったことを示している。もはや子規は、俳句を作り少数の俳句の弟子たちを啓発するだけでは満足しておられず、自ら新しい俳句の擁護者とならんとしているのだった。仮に子規が死んでも、雑誌は生き続けるに違いない。しかし雑誌が先に死ねば、子規は生き続けることができない。雑誌の死はすなわち子規の俳句の死であり、子規自身の死になるのだった。この一文の最後で子規は、発行所の移転と共に「ほとゝぎす」編集の責任が柳原極堂から高浜虚子の手に移ることに触れている。極堂は、雑誌の発刊当時の金銭的援助を惜しまなかった子規の友人であり後援者だが、極堂より遥かに優れた俳人である虚子は、さらによい編集者としての資質を備えていた。もはや子規から後継者になるよう求められないと知った虚子は、持ち前の元気を取り戻したようで、子規の友人に戻っていた。

子規の健康は、しかし悪化し続けた。子規が初めて腰に痛みを覚えたのは明治二十八年（一八九五）だった。子規はリューマチではないかと思っていたが、翌二十九年三月十七日に初めて専門医の診察を受けたところ、リューマチではなく脊椎《せきつい》カリエスと診断されて驚く。その十日後に佐藤三吉《さとうさんきち》博士の執刀で手術を受けた。また明治三十年には脊椎カリエスが進行して「ルチュー毒」(17)（流注膿瘍《るちゅうのうよう》）類似の症状を来していると診断され、前年と同じ三月二十七日に再度手術を受けた。手術は失敗だった。翌日、子規は虚子に書いている。

昨日佐藤国手来《こくしゅきた》り手術を受け申候《まうしさうらふ》　碧梧桐をたのミて来てもらひ候(18)　いくら痛くとも明日より外出が出来るならば結構と心待にまち居《をり》候処《ところ》昨夜ハ已《すで》に再び腫《は》れ上《あが》り手術も何の役にたゝぬやうな感じ致《いたし》候　尤《もっと》も佐藤ハ一ケ月半之《の》後又ゝ腫れ上る故其時《そのとき》再び手術可施由《ほどこすべきよし》中帰り候ひしが一ケ月半ハおろか一週間もしたらもとの如くなりさうに候　少くも寐返《ねがへ》りだけは自由ならんとたしかめ居候ひしが右の次第にてそれも叶《かな》はず失望致候　小生のこそ誠に病膏肓《やまひかうくわう》に入《い》りしものどんな事したとて直

る筈《はず》はなけれどそこは凡夫《ぼんぷ》のこと故若《も》しやよくなりはしまいかと思ふことまことに浅ましき限りに候　去年ハ上野《うへの》の花見をしたがことしハそれもむつかしからんか腹の立つことに候[19]

（昨日、佐藤先生〔国手《こくしゅ》は医師の尊称。名医〕が来て手術を受けました。碧梧桐に頼んで立ち会いに来てもらいました。いくら痛くても明日から外出できるならばよしと、症状の好転を心から期待していましたが、すでに昨夜は再び腫れあがって、手術は何の役にも立たなかったような感じがいたします。もっとも佐藤医師は、一カ月半後にまた腫れあがるので、その時に再び手術をしようと言って帰りましたが、一カ月半どころか一週間もすれば元の状態に戻ってしまいそうです。せめて寝返りだけは自由にできるかと確かめてみましたが、右に述べたような症状のため、それさえできず失望いたしました。小生の病気は実に治療しにくいものになって、もうどんなことをしても治るはずはないけれど、そこは凡人なので、もしかして回復するのではないかと思ってしまうのは、本当に浅ましいことです。去年は上野で花見をしたけれど、今年はそれも難しいのだろうか。腹の立つことです）

この手紙には、追伸が幾つかある。その一つで、子規は芭蕉伝を書いてくれと頼まれたことに触れている。最初は辞退したが、結局短いものを書くことを引き受けた。資料を調べた折に、子規は『花屋《はなや》日記《にっき》』を読んだ。[20] これは僧文暁《ぶんぎょう》が文化《ぶんか》七年（一八一〇）に発表した日記体の文章で、芭蕉の死に際しての話が記されている。弟子たちが芭蕉の死について語るくだりを読んで、子規は涙がとまらなかった。特に芭蕉の病の報《しら》せを受けた去来《きょらい》が急ぎ駆けつけて芭蕉と対面する場に到ると、子規は嗚咽《おえつ》のために読み続けることができず、咽喉《のど》を痛めた。[21] 子規は、自分の最期に虚子が駆けつけるところを、その描写にまざまざと見たのかもしれない。[22]

次の追伸で、子規は書く。

　小生ハ感情の上にては百年も二百年も生きられるやうに思ひ居候故に病気のために遠大の事業をやめる抔中《などまうす》ことハ無之《これなき》候
併《しか》シ道理の上よりは明日にも死ぬるかと存《ぞんじ》候　涙もろきも衰弱の結果にして死期の近《（ご）》つきたるものと断定致候　但《ただし》いくら道理で断定しても自分ハ明日や明後日にハ迚《とて》も死ぬ事抔ハ思ひもよらずと存候
　感情が正しきか道理が正しきかといはゞいふ迄《まで》もなく道理正しく候　それにも拘《かかは》らず感情正しきやうに思ふハ即ち凡夫の凡夫たる所以《ゆゑん》に候　人間が凡夫でなかつた

ら楽もへちまもあつたものにハ無く候[23]
（小生は感情の上では百年も二百年も生きられるように思いますから、病気のために遠大な事業をやめるなどということはありません。
しかし道理の上では明日にも死ぬのではないかと思っています。涙もろくなっているのも衰弱の結果で、死期が近づいてきたからに違いないと判断しています。ただしどんなに道理でそう断定しても、自分が明日や明後日には死ぬことなどとても思いもよりません。
感情が正しいか、道理が正しいかと言えば、言うまでもなく道理が正しい。それにもかかわらず、感情が正しいように思うのが、つまりは凡人の凡人たるところでしょう。人間が凡人でなかったら、楽しみもへちまもあったものではありません）

病気の母親の面倒を見るために松山に帰郷していた虚子は、手術が失敗したことへの悲しみを伝える返事を子規に書いた。虚子は何度か手紙を書こうとしたが、適切な言葉が浮かばなかった。特に、子規が手紙で「百年も二百年も生きられるやうに思ひ居候」と書いているくだりを読んで、思わず涙を流したことに触れている。子規の死を考えると、虚子は心細い気持で一杯になった。手紙を締めくくるにあたって虚子は、

子規が一日でも一時間でも長く生きて、たとえあと一句でもいいから作ることを望んでいる。(24)

四月末、佐藤博士はもう一度手術を施した。前の手術と同じく失敗に終った。五月三日、子規は漱石に「再度ノ手術再度ノ疲労一寸先ハ黒闇々《こくあんあん》」、再度の手術でまたもや疲労困憊《こんぱい》、一寸先は真《ま》っ暗闇《くらやみ》だと書いている。(25) 五月下旬、子規は高熱を発し、二十九日、佐藤博士は再び子規の身体《からだ》にメスを入れた。大量の膿汁《のうじゅう》を抜いたが、熱は衰えなかった。しかし子規は、奇跡的に生命にしがみついていた。子規はその日、かつて自分が感銘を受けたほど才気煥発《かんぱつ》な学生だった米山保三郎が死去したことを、おそらく知らなかった。(26)

子規の容態は、六月中旬には次第に回復に向かっていた。しかし六月十六日付で夏目漱石に送った手紙を読むと、子規が極めて憂鬱《ゆううつ》な状態にあったことがわかる。子規は書いている。

先月末四五日間打続きて九度已上《いじやう》の熱に苦《くるし》められ朝も晩も夜も一向下るといふことなければ(ば)寐《ね》るといふこともなく先《ま》づ小生覚えてより是程《これほど》の苦みなし　今度は大方あの世へ行くことと心待に待居《まちをり》候　処《ところ》本月初より熱は低くなり今では飯がうまくて

たまらぬやうに相成《あひなり》候　又暫時《ざんじ》は娑婆《しやば》の厄介物《やくかいもの》となから《（が）》へ申候　併《しか》し形勢は次第によろしからず今は衰弱の極《きはみ》に有之《これあり》候　談話などは出来ず僅《わづか》に片言隻語《へんげんせきご》を放ちてさへ苦しきこと多し　叔父在京のため色々世話致しくれ今では看護婦さへ傍《そば》に置きて残りなき養生、生に取てはチト栄耀過《えいえうすぎ》る事と存候へと《（ど）》も生きて居る間は一日でも楽はしたく贅沢《ぜいたく》を尽し申候　固《もと》よりこれもいにがけの駄賃にて到底回復の見込もなければ叔父に対しても何やら気の毒にも存候

毎日の雨さへうらめしく天気晴て熱低き時は愉快で／＼たまらぬ程なれどさりとて望《のぞみ》も何もなければほんの其日《そのひ》／＼の苦楽に心をなやまし申候　誠を申せば死といふことより外《ほか》に何の望も無之《これなく》候(27)

（先月末は四、五日間続けてずっと三十九度以上の熱に苦しめられ、朝も晩も夜中もまったく下がらなかったので、眠れるわけでもなく、およそ小生が物心ついてから、これほどの苦しみはなかった。今度はおそらくあの世へ行くのだろうと心待ちにしていたところ、今月初めから熱は下がり、今では飯がうまくてたまらないようになりました。またしばらくはこの世の厄介者として生き続けるようです。しかし病状は次第に悪くなって今は衰弱の極みにあります。会話などできず、わずかな言葉を口にするだけでも苦しいことが多い。叔父が東京にいるのでいろいろと世話を

してくれ、今では看護婦さえそばにいてすべてを任せて養生できるのは、自分にとってはちょっと贅沢すぎるように思いますが、生きている間は一日でも楽をしたくて贅沢を尽くしています。もちろんこれも死にゆくついでの駄賃で、およそ回復の見込みはないのだから、叔父に対しても何だか気の毒に思います。
　毎日の雨さえうらめしく、天気が晴れて熱が下がった時は愉快で愉快でたまらないほどだけれど、だからといって望みも何もないのだから、わずかにその日その日の苦楽に心を悩ませています。本当を言えば、死ということのほかには何の望みもないのです）

長文の手紙の末尾近くで、子規は足が痛んで堪えられず、蚊帳《かや》の中で呻吟《しんぎん》していると、ホトトギスが一声、屋根の上かと思うほど低く鳴いて過ぎて行ったことに触れ、そぞろに詩情をそそられ次の一句を作ったと書く。

　　時鳥《ほととぎす》しはらく(ば)あつて雨到る(28)

続けて子規は、「只《ただ》実景のみ御《ご》一笑《いっせう》」、ただ実景を記すのみ、お笑いください、と書いている。この俳句は一見複雑ではないように映るが、読者が中七《なかしち》の「しばらくあって」の主体を何と考えるかによって、まったく違った解釈がなされてきた。「実景のみ」であれば、雨が降り始めたので長くそこにいられなくなった時鳥のようにも思える。しかし、この句が時鳥の声を聴いて何気なく作られたということに疑問をもった粟津《あわづ》則雄《のりお》は、「しばらくあって」の主体は子規であると論じ、病床に釘付《くぎづ》けになりながら日々の苦楽に心を悩ませている子規の時間が、凝縮されたかたちで注ぎこまれているようだ、と説いている。(29)

中七の解釈はともかく、ここで重要なのは子規が恐ろしい苦痛からの解放として死を切望しながらも、ホトトギスの鳴く声を聴いたということである。その鳥の名は、子規が大事に育ててきた俳句雑誌の名前であり、また子規自身の名前でもあった。その鳥は子規に死ぬのではないと告げ、一番大事な仕事はまだこれからなのだと語りかけたのかもしれない。

第八章　新体詩と漢詩

——読者の心を動かす子規の詩歌

俳句が初めて文学的重要性を帯びた十六世紀から、その発展の頂点に達する十八世紀末までの俳句を分類すること——こうした途方もない仕事に、子規は多くの時間を捧《ささ》げた。十年間にわたって、子規は暇を見つけてはこの仕事に立ち返り、関心を維持し続けた。しかし分類された俳句の多くは、大して魅力がないか、まったく魅力がなかった。心血を注いだ子規の努力の結晶が完全な形で発表されたのは死後になってからで、子規の労作は先人たちがどのように俳句の題材を選び、それをどのように扱ったかという手引きとして後世の俳人たちに価値あるものとなった。しかし子規自身の詩歌は、何千句もの俳句を読んで得た知識から大して恩恵を受けたようには見えない。子規は、ある時点で「古俳諧《こはいかい》史の無味乾燥にして、蠟《らふ》を嚙《か》むが如《ごと》きは徒《いたづ》らに子《し》の欠伸《あくび》を催すに過ぎざるべきも……」と認めている(1)。子規の詩歌が受けた過去の俳句からの影響は、もっぱら二人の宗匠、すなわち芭蕉と蕪村から学んだものに限られた。

芭蕉は、子規の時代にはすでに神のような存在だった。文化三年（一八〇六）、古池に飛び込む蛙《かわず》の句にちなんで朝廷は芭蕉に「飛音明神《ひおんみょうじん》」の称号を与えた。また明治十八年（一八八五）、明治政府は神道《しんとう》芭蕉派と称する宗教団体「古池《ふるいけ》教会」を認可している(2)。

これと対照的に、蕪村の俳句はほとんど人々の記憶から忘れ去られ、もっぱらその絵画だけがもてはやされていた。子規が芭蕉の俳句より自分の理想に近い蕪村の俳句を「発見」したことで、蕪村は遅まきながら名声を得た。一般に神聖視されていた芭蕉の俳句を、子規は時に過小評価することがあった。子規の厳しい芭蕉批判は、むしろ芭蕉を偶像化して弟子にも無条件の崇拝を強要する職業的宗匠たちに対する軽蔑《けいべつ》から発したものだった。あえて芭蕉を貶《おとし》めることで蕪村を認知させる努力を始めた時には、子規はまだそれほど世間に知られていなかった。しかし、子規は断固たる自信をもって自分の意見を打ち出している。随筆『芭蕉雑談《ばしょうざつだん》』（一八九五）は、次のように宣言する。

余《よ》は劈頭《へきとう》に一断案を下さんとす曰《いは》く芭蕉の俳句は過半悪句駄句を以て埋められ上

乗と称すべき者は其《その》何十分の一たる少数に過ぎず。否僅《わづ》かに可なる者を求むるも寥々晨星《れうれうしんせい》の如しと。

芭蕉作る所の俳句一千余首にして僅かに可なる者二百余首に過ぎずとせば比例率は僅かに五分の一に当れり。寥々晨星の如しといふ亦宜《またむべ》ならずや(3)。

(私は真っ先に一つの結論を下そうと思う。芭蕉の俳句は大半が悪句駄句で埋められており、最上と言えるものはわずかその何十分の一に過ぎない。いや、まずまずのものを探しても夜明けの空に残る星のようにまばらであると。

芭蕉の作った俳句が一千余首で、まずまずのものが二百余首に過ぎないとすれば、その比率はわずかに五分の一である。夜明けの星のようにまばらだと言ってもいいのではないか)

同じ随筆の別のところで質問者が、なぜ芭蕉の俳諧連歌《はいかいれんが》(連俳《れんぱい》)にまったく注意を払わないのか、発句《ほっく》はもともと連俳の第一句なのだから注目すべきではないかと言ったのに対して、子規は端的に次のように答えている。「発句は文学なり、連俳は文学に非《あら》ず、故《ゆゑ》に論ぜざるのみ(4)」。

芭蕉は、よく俳諧連歌の座に加わった。仮に芭蕉がその席に出られない時でも、芭蕉の俳句の一つが連歌の発句として使われることがあった。芭蕉が作ったどんな俳句も、潜在的には発句だったからである。(5)芭蕉が参加した連歌は今も敬意を持って読まれ、そこには詳細な註釈《ちゅうしゃく》が付されている。しかし子規は、これを「文学に非ず」という嘲笑的《ちょうしょうてき》な批判で一蹴《いっしゅう》した。連歌は十六世紀以来栄え続けてきたが、子規が連歌を侮蔑《ぶべつ》したために歌人たちはもはや誰も真剣に連歌に打ち込むことができなくなった。(6)

明治二十年代から三十年代にかけて子規は数多くの俳句を作ったが、十七音節の詩では十分に伝えられないものがあるとの思いに駆られることがあったようだ。子規が近代性と変革の提唱者として、俳句を放棄することを考えたとしても不思議ではない。しかし代わりに子規が選んだのは、俳句で足りない部分を漢詩で補うことだった。子供の頃から漢詩を作るのはお手のものだったし、俳句の範囲に収まらない経験の領域を漢詩で表現できることに子規は気づいていた。もちろん子規は、同世代の詩人たちが俳句の十七音節に自分の考えを盛り込むことを拒否して新体詩を書いていることもよく承知していた。事実、子規も決められた音節・文字数に限定されない詩を書くことを何度か試みている。「鹿笛《ししぶえ》」(7)の序に、子規は次のように書く。

近者闌更集《きんしゃらんかうしふ》(8)を読む。中に

　鹿笛《ししぶえ》に谷川渡る音せわし

　といふ句あり。巻《かん》を掩《おほ》ふて嘆じて曰く嗚呼《ああ》僅々《きんきん》十七字、何ぞ其余音《よいん》の嫋嫋《でうでう》たる。乃《すなは》ち之《これ》を附演《ふえん》して長歌《ちやうか》一篇を作る。世人 幸《さいはひ》に蛇足《だそく》を笑ふなかれ(9)

（最近、高桑闌更《たかくわらんこう》の句集を読んだ。その中に「鹿笛に谷川渡る音せわし」という句があった。巻を閉じ、ため息をつく。ああ、わずか十七文字、これでどうしてその余韻《よいん》が途切れずに長く続くことがあろうか。そこでこの句を敷衍《ふえん》して長歌《ちょうか》一篇を作る。読者は、どうかこれを蛇足と笑わないでほしい）

使える文字数が仮名《かな》にしてわずか十七文字では、詩人は自分自身を十分に表現できない——これが子規の表明している嘆きである。芭蕉とその一派の人々は難なく俳句の規則に順応し、使える文字数が少ないことを拘束とは感じなかった。音節・文字数が少ないのは、むしろそれぞれの音を正確かつ不易のものにするために不可欠なことだったのだ。これは至難の業《わざ》ではあるが、俳句の十七音節が完璧《かんぺき》に選ばれた時には、言葉数の多い詩よりも多くの含まれた意味を喚起することとすらできた。しかし子規は、ヨーロッパの詩を読(10)んで、文字数や長さの規則に縛られない詩人たちをうらやましく思ったかもしれない。

かつて子規は、新体詩初期の詩人たちが自作の詩を朗読するのを聴いて、感銘を受けたことがあった。

其《その》歌ふ声は如何《いか》に高かりしよ其歌の調べは如何にうつくしかりしよ之《これ》を聴《きく》と共に拍手喝采《かっさい》せし天下の聴衆は如何に多かりしよ。而《しか》して未《いま》だ数年を経過せざるの今日彼等が千歳《せんざい》不朽に伝へんと誇言《くわげん》せし数十篇の新体詩は尽《ことごと》く雲散霧消して復昔日《またせきじつ》の拍手喝采の谺《こだま》をも留《とど》めざるに至れり。(11)

(その歌う声のなんと格調高く、その歌の調べのなんと美しく、これを聴き拍手喝采する聴衆のなんと多かったことか。しかし、それから数年も経ない今日、彼らが永遠に残して伝えようと誇らかに宣言した数十篇の新体詩は、ことごとく雲散霧消して、過ぎた日の拍手喝采の響きさえも消えてしまった)

新しい日本の詩歌の誕生に際して新体詩人とその聴衆が共有した興奮は長くは続かなかった。初期新体詩の平凡さは、やがて痛々しいほど明らかになった。子規は、無学の兵士と小学校の生徒は、なお外山《と》ゝ山《やまちゅざん》(正一《まさかず》)の「抜刀隊《ばっとうたい》」の歌を無上の名作と思っているが、「少しく心ある者は皆之《これ》に唾《つば》する」と評している。(12)

新体詩は、しかし死ななかった。厳しく批判したにもかかわらず、子規は次第に新体詩の可能性に気づき始めた。あるいは子規は、非文学的な理由で新体詩に惹《ひ》かれたのかもしれない。子規は、作れる可能性のあるあらゆる俳句がすべて作られてしまう時が来ると確信するようになっていた。俳句の将来に関する明治二十八年（一八九五）の随筆でこう書いている。

　世の下るに従ひ平凡宗匠平凡歌人のみ多く現はるゝは罪其人《そのひと》に在りとはいへ一は和歌又は俳句其物の区域の狭隘《けふあい》なるによらずんばあらざるなり。人問ふて云《い》ふ。さらば和歌俳句の運命は何《いづ》れの時にか窮《きは》まると。対《こた》へて云ふ。其窮り尽すの時は固《もと》より之《これ》を知るべからずといへども概言すれば俳句は已《すで》に尽きたりと思ふなり。よし未だ尽きずとするも明治年間に尽きんこと期して待つべきなり。和歌は其字数俳句よりも更に多きを以《もつ》て数理上より算出したる定数も亦遥《またはる》かに俳句の上にありといへども実際和歌に用ふる所の言語は雅言《がげん》のみにして其数甚だ少なき故に其区域も俳句に比して更に狭隘なり。故に和歌は明治已前《いぜん》に於《おい》て略《ほ》ぼ尽きたらんかと思惟《しゐ》するなり。(13)

（時代が過ぎるにつれて平凡な宗匠、平凡な歌人ばかりが多く現れるのは、個々人に責任があるとはいえ、ひとつには、和歌または俳句そのものが扱う範囲がこれほど狭いことがその原因になっているのである。人は問う。ならば、和歌や俳句の運命はいつの日にか終わりを迎えるのかと。私は答える。それが限界に達する時がいつかはもちろん分かるわけもないが、おおよそのところ俳句の寿命はすでに尽きたと思うと。仮にまだ尽きていないとしても、明治年間には尽きることを覚悟してその日を待つべきである。和歌は、俳句よりもその字数が多いところから、数学的に計算した音や語の組み合わせも俳句を遥かに上回るとはいえ、実際に和歌で用いるのはみやびな言葉だけでその数は非常に少ないため、扱う範囲も俳句に比べてさらに狭い。したがって和歌は明治以前にほぼ寿命が尽きたのではないかと考えるのである）

新体詩は明治十五年（一八八二）、主にヨーロッパの詩の翻訳を集めた『新体詩抄《しんたいししょう》』から始まった。そこで翻訳者たちは、外国の詩は伝統的な日本の歌と違って、いかなる不自然な詩的言語にも拘束されない、「故《ゆゑ》ニ三尺《さんじやく》ノ童子《どうじ》ト雖《いへど》モ苟《いやし》クモ其国語ヲ知ルモノハ詩歌ヲ解スルヲ得ベシ[14]」、だから背丈が三尺（約九十センチ）の幼い子供であっても、その国語を知っている者であれば詩歌を理解できるのだと主張した。ヨーロッパの詩人は無限の語彙《ごい》を自由に使い、その中にはまったく普通の言葉、あるいは下品な言葉さえ含まれていた。こうした語彙の豊かさのお蔭《かげ》で、詩人が新しい詩を作れなくなるという危険はなかった。子規にとっては、これが救いだったと思われる。

子規による最初期の新体詩「時鳥《カックー》」が書かれたのは明治二十一年（一八八八）で、『新体詩抄』の出現したわずか六年後だが、この詩はヨーロッパの詩の翻訳ということになっている。(15) その元になった外国の詩は、英国の詩人シェリーが雲雀《ひばり》に呼びかけたように詩人が時鳥に呼びかける形で作られたもののごとくである。そのことを除けば、子規の詩は五音と七音が交互に現れる型どおりの日本の詩的言語で構成され、『万葉集』の枕詞《まくらことば》も含む装飾的な語句で粉飾されている。こうしたいわば詩的博学の誇示は退屈で、詩人が本気で書いた作品と思わせるのに十分ではない。

子規はやがて、より大胆な実験へと移って行った。新体詩「床夏《とこなつ》」（明治二十三年）は、五音と七音が交互に現れる通常の形で書かれているが、印刷された作品は様々な長さの八行に分かれていて、驚くほど近代的な印刷上の効果を挙げている。(16) そこには好色な比喩《ひゆ》の描写もあって、どちらかというと上品ぶった子規の詩には珍しい。

野の道に一輪開くなて《で》しこの
心ありけ《げ》にふしたるは露のなさけに

ほだされて花の下紐《したひも》ときにけん
　手折《たを》らんとせし手をとゝ《(ど)》め
　　我物《わがもの》ならぬこの色香
　　　行きかふ人に
　　　　のこしおかなむ
　　　　　　　　花《はな》ぬす人《びと》　草《さうす》

高桑闌更（一七二六―九八）の俳句「鹿笛」に触発された子規の新体詩「鹿笛」は百二行に及び、それまでに書かれた日本の詩歌の中で最も長い詩の一つとなっている。この作品が明治二十九年（一八九六）八月五日に雑誌「日本人《にほんじん》」に「竹《たけ》の里人《さとびと》」(17)の名で発表された時、「松《まつ》の山人《やまびと》」と名乗る人物が但《ただ》し書《が》きを付けている。

　竹の里人とは何人《なにびと》ぞ、曾《かつ》て俳諧壇上に一新幟《いちしんし》を飄《ひるがへ》して頗《すこぶ》る世間の注目を牽《ひ》ける者、今乃《すなは》ち手を新体詩に染めて一機軸を出し大《おほい》に旧家の向ふを張らんとすと云ふ、世の所謂《いはゆる》新体詩家見て何以《なにをもつ》ての評言かある、里人必ず自ら主張あらん(18)。

（竹の里人とは何者か。かつて俳諧の世界に新風の幟《のぼり》を翻して世間の注目をたいそう引きつけ、今や新体詩に手を染めて新たな方法を打ち出し、旧来の詩人たちに大いに対抗するのだと言う。この詩を読んで、世のいわゆる新体詩人はどう批評するだろうか。竹の里人は、必ずや受けて立つに違いない）

子規は、闌更の俳句を引き伸ばした自分の新体詩を「長歌」と呼んでいて、これは一般には『万葉集』の長い詩を指して使われる用語である。(19) 子規の詩はかなり忠実に長歌の規則に従っているが、一行が時に定型の十二音より長くなることがあり、句切りが七音の後ではなくて五音の後に来ることがある。こうした詩の語調と狩りについて語る写実的な物語が、子規の詩を典型的な哀歌としての長歌というよりは新体詩にしている。しかしその的確な言葉遣いは一部の批評家に、子規の新体詩が「俳句のメガネ」をかけていると思わせた。(20)

子規の詩は、狩人《かりうど》が鹿《しか》に忍び寄る描写で始まっている。『新体詩抄』の編纂《へんさん》者の規定どおり言葉はわかりやすく、狩人が持っている火縄銃が時代を明らかにする。狩人が鹿を追いつめていく長い描写は、日本の詩歌には珍しい物語の叙述の一例となっている。表現は生き生きしているが、その内容のわりに詩が長過ぎる嫌いがある。

子規の新しい表現方法の探求は、当時の和歌や俳句に対する嫌悪《けんお》感から発していた。

子規は変革が好きだったが、詩は近代の口語体で書かれなければならないとする『新体詩抄』の編纂者の意見には不同意だった。幾つかの随筆で子規は、文学作品に口語体を使うことへの反感を表明している。しかし近代詩に欠かせない口語の要素を拒否しているように見えて、実は闌更の俳句を長篇詩にした子規の作品は口語体に極めて近い言葉で書かれている。子規の文学理論と実際に書いた作品とは、時に相反する場合があった。

明治二十九年（一八九六）八月二十日、やはり雑誌「日本人」に発表された子規の新体詩「父《ちち》の墓《はか》」は、鹿狩りについての詩より遥かに感銘が深い。子規の最も感動的な詩歌の一つではないだろうか。詩は次のように始まる。

父の御墓《みはか》に詣《まう》でんと
末広町《すゑひろちやう》に来て見れば
鉄軌《てつき》寺内をよこぎりて
墓場に近く滊《き》車《しや》走る。
石塔《せきたふ》倒れ花萎《しぼ》む
露の小道の奥深く

小笹《をざさ》まじりの草の中に
荒れて御墓ぞ立ちたまふ。
見れば囲ひの垣破《や》れて
一歩の外は畠《はたけ》なり(21)。

第一連の最後の数行は、雑草に覆《おお》われた墓前に来た時、子規がどうしたかが語られている。

胸つぶれつゝ、見るからに、
あわてゝ草をむしり取る
わが手の上《うへ》に頬《ほほ》の上《へ》に
飢《う》ゑたる藪蚊《やぶか》群れて刺す。

子規は全部で百篇近い新体詩を書いた。多くは明治二十九年（一八九六）から三十一年（一八九八）の間の作品だが、もっと初期のものもあれば晩年に書かれたものもある。子規の新体詩は専門家には高く評価されず、新体詩を作る時の子規の態度には長篇詩が持つ可能性を把握している様子が見られないと不満が述べられている。(22)この批評は当たっているかもしれないが、しかし子規の詩は十分読者の心を動かすのではないか。その新体詩は、子規の俳句や短歌ではめったに見られない形で読む者の様々な感情を喚起する。個人的な気持を見せようとしない子規の生まれ持った性格が、俳句や短歌では読者との間に距離を作っている。

子規の新体詩を作る実験の中には、押韻《おういん》の使用が含まれていた。子規が韻を踏むことにしたのは、それがヨーロッパと中国の詩歌に共通の特徴だったからである。子規はその理由を、明治三十年（一八九七）二月十四日付の竹村鍛《たけむらきたう》（黄塔《こうとう》。碧梧桐の兄で子規の親友）宛《あて》の手紙で説明している。

小生モ今年ニナリテハ押韻《あふゐん》ヲハジメ申候《まうしさうらふ》　苦シケレトモ面白ク候　此頃《このごろ》ハ句切《くぎり》(23)ヲモ研究致居《いたしをり》候　押韻ヲハジメテ後《のち》ハ小生ノ詩佶屈《きつくつ》ニナリシト見エ他人ノ新体詩ハ文章ノ如《ごと》ク思ハレ候　支那《しな》ノ詩ヲ見テモ西洋ノ詩ヲ見テモ今日ノ新体詩ノ如ク散文的ナルハ見ウケ申サズ候　Wordsworth ノ如キ尤《もつと》モ詩語ナル者ヲ悪《にく》ミ散文的ニモノシタルヤウナレドサレド今日ノ新体詩ノ如キニハアラズ　小生ノ考《かんがへ》ニテハ今日ノ新体詩ハ詩ニ非《あら》ズ〈ト〉存《ぞんじ》候(24)

（小生も今年になって押韻を始めました。これは苦しいけれども面白いものです。この頃は句切りも研究しております。押韻を始めてからは、小生の詩はぎくしゃくと読みにくくなったようで、他人の新体詩は普通の文章のように思われます。中国や西洋の詩を見ても、現在の新体詩のように散文的なものは見られません。ワーズワースなど、特に詩語を嫌って散文的な詩を書いたようだが、かと言って現在の新体詩のようではない。小生の考えでは、今日の新体詩は詩ではないと思います）

いかなる詩形式であれ、詩の伝統的な言語ならびに形式の要件を無視することはできないと子規は感じていた。すべての詩に必要な一つの要素は、美だった。詩人は、そうしたければ蒸気機関車などどんな近代的な機器についても短歌を作ることができて、それは詩的でなく醜いかもしれないが、詩人は短歌の中に詩的洞察や美への一瞥《いちべつ》を含ませることによって荒涼とした印象を避けられるのだ。

汽車の音の走り過ぎたる垣の外の萌《も》ゆる梢《こずゑ》に煙うづまく(25)

汽車の轟音《ごうおん》は美的には不快であり普通は歌に詠《よ》まれないが、中国の絵画に描かれた山々にたなびく霞《かすみ》のように汽車が通り過ぎた後に木の梢《こずえ》に渦をまく煙に触れることで、そのどぎつさは和らげられている。子規は、歯磨き剤のような詩的でない近代的な影像を自由に使いこなしたが、歌全体が「詩的」でなくなることはなかった。子規は書いている。

　文明の器械は多く不風流《ぶふうりう》なる者にて歌に入り難く候へども若《も》しこれを詠まんとならば他に趣味ある者を配合するの外無之《ほかこれなく》候。それを何の配合物も無く「レールの上に風が吹く」などゝやられては殺風景の極《きはみ》に候。せめてはレールの傍《かたはら》に菫《すみれ》が咲いて居るとか、又は汽車の過ぎた後で罌粟《けし》が散るとか薄《すすき》がそよぐとか言ふやうに他物を配合すればいくらか見よくなるべく候。(26)

(文明の機械の多くは風流ではないもので歌に取り入れにくいのですが、もしこれを詠もうとするならば、ほかに風趣のあるものを取り合わせるしかありません。それなのに何も風流なものを加えずに「レールの上に風が吹く」などとやられては殺風景極まりないことになります。せめてレールのそばにスミレの花が咲いているとか、汽車が通り過ぎた後にケシの花が散るとか、ススキの穂がそよぐとかいうように、他のものを取り合わせればいくらか見栄《みば》えがよくなるでしょう)

子規は、新体詩人たちが詩の伝統的な要件を無視することで文学としての作品に傷をつけていると考えた。新体詩は詩の体裁は取っていても、散文とほとんど見分けがつかなかった。子規は、詩歌を作るにあたって多くの規則をいつでも放棄する用意があったし、新体詩の言葉、長さ、題材を存分に楽しんでいる。しかし子規は、どうしても自分の新体詩に詩的魅力を与えないではいられなかった。これが、子規が押韻を使った一つの理由である。

子規の新体詩は、長さの点では数行のものから百行を越えるものまで多岐にわたっている。短い新体詩の中には、上野駅を出て行く列車や、浅草《あさくさ》の歓楽街の呼び物だった十二階建ての凌雲閣《りょううんかく》を詠んだものもある。長篇の新体詩はもっと力がこもっていて、なかなか胸を打つ作品がある。「老嫗《ろうう》某の墓に詣《まう》づ」は曾祖父《そうそふ》の後妻だった子規の養祖母を詠んだもので、とりわけ子規に優しかったこの老女を懐《なつ》かしく思い出している。明治三十年（一八九七）に書かれたこの新体詩は二十八行の押韻された対句《ついく》から成っていて、その冒頭は次の八行である。

われ幼くて恩受けし

姥《うば》のなごりの墓じるし、
せめては水を手向《たむ》けんと
行くや、湯月《ゆづき》の村の外。
昔辿《たど》りし田の小道、
寺を廻《めぐ》りて埋葬地、
三年過ぐればこは如何《いか》に、
墓満ち満ちぬ、尾に谷に。(27)

句読点は、日本の伝統的な詩歌では必要とされたことがない。しかし、これは子規の原文のままである。詩の各行は、七音に五音が続く形になっているが、時にこの型は故意に句読点によって破られている。対句の押韻がさほど効果を挙げていないのは、同一の音の韻が平板でおもしろくないからである。押韻は何か意外で韻を踏ませるのに困難さが伴っていなければ記憶に残らないが、日本語ではそれが簡単にできてしまう。すべての言葉が五つの母音《ぼいん》の一つで終るから、押韻は平凡過ぎて気づかないまま通り過ぎてしまう。それでもなお子規の新体詩は、批評家たちが言うように引き伸ばされた俳句や短歌に過ぎないものとして斥《しりぞ》けられるべきではない。子規は墓について書くだけでなく、自分の喪失感を伝えている。その親切が自分の少年時代を堪えられるものにしてくれた老女の思い出を、子規は捜し求める。[28] これは子規が老女の墓を訪れた最初ではなく、以前にも来たことがあったのだが、三年経《た》って来て見れば、驚いたことに尾根にも谷にも見渡すかぎり墓石が並んでいて、どれが老女の墓か子規は途方に暮れる――。この新体詩は、あまり引用されることがないが、子規のたいていの俳句や短歌よりも私を感動させる。[29]

子規は、ほかにも哀悼の新体詩を幾つか書いている。最も心を打つ「古白《こはく》の墓に詣づ」(明治三十年)は、従弟《いとこ》の藤野古白の墓を訪れた時の詩である。古白は自ら命を断った才能ある俳人だった。詩は長く、語句の繰り返しが多い。そのぎこちなさは、かえって子規の悲しみが剝《む》き出《だ》しになっているかのようである。句読点がついているだけでなく、一行十二音を構成している七音と五音が一字分の余白によって分けられていて、悲しみの言葉が不ぞろいのまま唐突に出てきたような印象を与える。[30] 次に冒頭の二連だけ引用しておく。

何故汝《なにゆゑなれ》は　世を捨てし。
浮世は汝を　捨てざるに、

我等《われら》は汝を　捨てざるに、
汝は我をぞ　見捨てにし。

浮世は汝に　負《そむ》きしと、
汝一人こそ　思ひけめ、
汝に負きし　ことをゆめ
知らず、　浮世も　我も人。

本人が英語の力不足を強調しているにもかかわらず、子規の新体詩は英語の詩から多くのものを得たことを示している。またそこには同時に、子規の中で強まりつつあった蕪村の詩歌に対する評価の気持が反映している。蕪村は今日では俳句の宗匠として仰がれているが、新体詩と呼んでもいい素晴しい詩を幾つか書いている。子規の新体詩が確かに俳句や短歌に比べてあまり人気がないのは、たぶんその長さのためであると思われる。短い詩は比較的理解しやすいし、評価もしやすい。子規は、俳句と短歌の両方に大勢の弟子がいた。子規が中心となって創刊した俳句および短歌の雑誌はいまなお出版され、子規の偉大さを確信している何千という読者に読まれている。しかし、子規は新体詩の雑誌は創刊しなかったし、新体詩の弟子も持たなかった。

子規について議論されることが少ないもう一つの詩歌は漢詩だが、この詩歌の形式は十一歳で初めて漢詩を作った時から生涯を通じて子規には不可欠のものとなった。漢詩は武士階級と結びつけて考えられていて、武士階級に属していることを誇りにしていた子規は、武士の血筋の証《あかし》として漢詩を作ったと言っていい。中学時代の子規は、趣味で漢詩を作る級友たちの仲間に加わって毎日のように漢詩を作っていた。ヨーロッパで言えば、定期的に集《つど》ってラテン語で詩を作ることを楽しんだ英国の学生たちのようなものである。

子規の初期の漢詩は、中国の原詩から借りた修辞的表現の寄せ集めのようなものだった。しかし中に興味深いものがあるのは、子規の日常生活を描き出しているからである。明治十四年（一八八一）、子規十四歳の時に書かれた漢詩は、「冬日食蟹」(31)すなわち「冬日《とうじつ》　蟹《かに》を食す」と題されている。

霜天江蟹美
香味觧心憂
飜感西洋字

霜天《さうてん》　江蟹《かうかい》美にして
香味　心憂を解《と》く
飜《ひるがへ》つて感ず　西洋の字

横行遍五州　　横行して五州に遍《あまね》きを

子規はこの漢詩を作ってほどなく、気晴らしに俳句と短歌を作り始めた。こうした詩歌はいずれも子規の時代の教育を受けた者なら誰でも気軽に作ることができたし、十年後に子規に名声をもたらした個性は何も見られない。漢詩を作ることは、東京に出るまでの子規の文学活動の中心であり、東京に移った後も、関心の対象は俳句に移っていたが、なお子規は漢詩を作り続けた。明治十七年（一八八四）に上野公園の動物園を訪れた時の漢詩「遊上野動物園観鷲有感」(32)は、鷲《わし》を見てその大きな鳥が考えていることに思いを馳《は》せている。二年前に開園されたばかりの当時の動物園では、おそらく鷲は最も珍しい動物で、まだライオンもいなければ虎《とら》も象もいなかった。(33)

鉄檻終年無限情　　鉄檻《てつかん》　終年　限り無きの情
凌雲之志未軽傾　　凌雲《りょううん》の志　未《いま》だ軽傾せず
忽聴群鳥空間噪　　忽《たちま》ち群鳥　空間に噪《さわ》ぐを聴き
睅目仰天号一声　　睅目《かんもく》して天を仰ぎ　号《さけ》ぶこと一声

明治二十五年（一八九二）に新聞「日本」に掲載された『岐蘇雑詩《きそざっし》三十首《しゅ》』は、当時の詩壇に君臨していた漢詩人の国分《こくぶ》青厓《せいがい》（一八五七―一九四四）によって子規の傑作として称賛された。これらの漢詩には、その手法を完全に自分のものにしている子規の豊かな言葉の才能が示されているが、内容は刺激的ではない。

次にまとまって漢詩が書かれたのは、短い清国滞在の後である。戦闘は、子規が金州城に到着する前に終っていた。しかし戦争による荒廃は子規の心を動かし、一連の漢詩を書かせた。それは、戦争直後に作られた数多くの中国の詩と同じ色調を帯びている。

金州城

旌旗十万捲天来
一戦国亾枯骨堆
犬吠空垣人寂莫
満城風雨杏花開(34)

旌旗《せいき》十万　天を捲《ま》いて来《きた》り
一戦　国亡《ほろ》んで　枯《こ》骨《こつ》　堆《うづたか》し
犬は空垣《くうゑん》に吠《ほ》えて　人　寂莫《せきばく》
満城の風雨　杏花《きやうくわ》開く

子規の漢詩は、一般に写実的かつ客観的である。ごくわずかな漢詩だけが直《じか》に感情を表現しているが、それも時には間接的に伝えられることがあった。最も胸を打つ子規の漢詩の一つは明治二十九年（一八九六）に書かれた「寒廬《かんろ》」で、自分がもはやそこから出ることはないと知っている病室を描いている。部屋は雑然とした物で満ちていて、その一つ一つが子規の人生の一齣《ひとこま》を呼び起こす。それは若い頃に読んだ本であり、日本各地を旅した時に身につけていた蓑笠《みのかさ》であり、清国に持って行った刀であり、また絵もあり、書もあった。(35)

明治二十八年に書かれた漢詩はもっと主観的で、子規の詩歌にめったに登場しない母と妹に触れている。題は「正岡行《まさおかこう》」、正岡の歌、である。

阿嬢在堂年五十　阿嬢《あぢやう》（母の親称。お母さん）堂に在り　年五十
鮮魚不薦帛不襲」　鮮魚　薦《すす》めず　帛《きぬ》　襲《かさ》ねず」
妹年廿六嫁見去　妹　年廿六《にじふろく》　嫁《か》せども去《す》てられ
裁衣煮菜家事助」　衣を裁ち菜を煮て　家事を助く」
吾素多病与世乖　吾素《われもと》より多病　世と乖《そむ》き
碌碌三十未迎妻」　碌々《ろくろく》　三十　未だ妻を迎へず」
阿嬢為児憫孤寒　阿嬢は児《こ》の為《ため》に　孤寒《こかん》を憫《あは》れみ

児為阿嬢悲無孫』　児は阿嬢の為に　孫無きを悲しむ」
生不興家絶系譜　生まれて家を興《おこ》さず　系譜を絶つ
死何面目見父祖』　死して　何の面目あつてか　父祖に見《まみ》えん」
一任世人呼吾為猖狂　一に世人の吾を呼んで猖狂《けんきやう》と為《な》すに任《まか》せ
只期青史長記姓正岡[36]　只《ただ》期す　青史《せいし》　長《とこし》へに姓の正岡を記せんことを

これは子規の最も個人的な漢詩の一つで、ほかでは触れていない家庭の詳細を語っている。ここには、子規が詩に不可欠であると考えた美の要素が欠けている。しかし最後の一行が示しているように、子規を取り巻く暗さにもかかわらず、自分の仕事が自分（ならびに正岡家）に一種の永遠性をもたらしてくれることを子規は願っている。この詩は決して冷たくないが、少なくとも母親に対する愛情の言葉があってもいい。しかし子規は、おそらくそうした言葉を知らなかった。

漢詩を書くことは、子規のように子供の頃から漢詩を勉強し訓練を重ねた人間であっても容易ではなかった。武士は、その階級の証として誇りをもって漢詩を作った。しかし漢詩は、とどのつまり文法も発音も日本語とまったく異なる外国語で作られる。

また漢詩を作るにあたって身につけなければならない規則も、どんな日本の詩歌よりも遥かに難しかった。(37) そこでは押韻が要求されただけでなく、その押韻は何世紀も前の中国語の発音に従わなければならないからだ。昔の発音ならびに押韻の決まりは、特殊な典籍から学ばなければならない。中国語の四声《しせい》に見合う漢字の配列が日本人には難しいのは、日本語には四声のような声調がないからだ。

漢詩を作ることの困難は、言語の問題にとどまらなかった。漢詩として認められる漢詩を作るためには、中国の過去の詩に精通しているばかりでなく、中国の詩人が当然のごとく知っていた歴史、伝説、逸話に到《いた》るすべてに通じている必要があった。称賛に値する漢詩は、常に過去の文学に対する言及がなければならなかった（こうした言及のない詩は、劣っているものと見なされた）。明治時代の若者は変化を求めるのに熱心で、まともな漢詩を作るために必要な昔の中国の学問を身につけることに時間を費やす暇などなかったのではないかと思われがちである。しかし事実は、漢詩は明治時代に大いに栄えたのだった。子規はその魅力を、漢詩の豊富な語彙は、まったく詩になりそうもない素材を面白く優雅でさえある作品に変えるのだと説いている。こうした理由から、漢詩は語彙の限られた短歌より優れていると子規は唱えた。また漢詩の優雅な言葉遣いには、どこの国の文学でも敵《かな》わないと子規は確信していた。(38)

子規は気づいていなかったが、子規が従軍した日清戦争がきっかけとなって、日本文学の主流を占めてきた千年にわたる漢詩の伝統は終わりを告げつつあった。日本の軍事的勝利によって日本人は、中国人が今やその偉大な伝統を担《にな》うに値せず、同時代の中国よりも日本こそが中国文化の正統な継承者であると思うようになっていた。こうして漢詩は生き残ることとなったが、戦争によって助長され加速された西洋化は、漢詩から日本の教育の中心的地位を奪ったのである。

子規は躊躇《ちゅうちょ》することなく、自分の漢詩に中国古典の難解な言い回しを取り入れたが、子規が漢詩を作った理由は自分の学識をひけらかすためではなかった。子規が漢詩に見つけたのは、詩人、とりわけ若い詩人が自分の考えを表現するにあたって漢詩が最も適した手段となり得るということだった。俳句と短歌は美しく気の利《き》いた表現で人を喜ばせることはできても、新しい知的な考えを伝えるのには適していなかった。漢詩にはそれができた。明治の若者はこの可能性を利用するために、あえて漢詩の複雑な規則を勉強することを厭《いと》わなかったのである。子規は書いている。

明治維新の改革を成就《じやうじゆ》したものは二十歳前後の田舎《ゐなか》の青年であつて幕府の老人ではなかつた。日本の医界を刷新したものも後進の少年であつて漢法医《かんぱふい》は之《こ》れに与《あづか》ら

ない。日本の漢詩界を振《ふる》はしたも矢張《やは》り後進の青年であつて天保《てんぽう》臭気の老詩人ではない。(39)

第九章　短歌の改革者となる

――『歌よみに与ふる書』十篇を世に問う

子規は、俳句のみならず、あらゆる種類の日本の詩歌を作った。晩年には、うまくいかなかったものの、長く眠っていた旋頭歌《せどうか》さえ復活させようと試みた。(1) これらの詩歌のジャンルすべてに子規は関心を持ち続けたが、現在、主に知られているのは俳句の詩人、批評家としての子規である。同じように子規は短歌の詩人としてもよく知られているが、本格的に短歌に身を入れたのは俳句の詩人としての名声を得てからだいぶ後のことだった。

明治二十五年（一八九二）に書いた初期の随筆で子規は、日本人が好んで「短篇韻文」（短歌）を作るようになったのは何故《なぜ》なのか、その理由の数々を述べている。(2) 第一の、そして最も重要な理由は、名所旧跡のみならず日本の到《いた》るところが風光明媚《めいび》なことだった。その美は、それを言葉に表したいという自然な衝動を日本人に起こさせた。その作風は、「叙事《じょじ》よりも叙情《じょじゃう》を主とせり、叙情よりも叙景を主とせり」と子規は言う。

さらに子規は、「語を換へて言はゞ錯雑にして変化多き人間社会の現象を摸《も》写《しゃ》せずして専《もっぱ》ら簡単にして静黙なる天然《ネーチユア》を摸写せしが為《ため》なり」、言葉を換えて言えば、複雑に混じり合って変化の多い人間社会の現象を模写せずに、簡単かつ静かに黙っている自然ばかりを模写したからである、と書いている。これは、子規にも当てはまり、その詩歌の対象はもっぱら自然であって人間ではなく、なんらかの形で自然を扱っていない詩歌はほとんど見当たらない(3)。あらゆる時代の日本の詩人の詩情を湧《わ》かせたいちばんの人間的な関心は恋愛だったが、しかしながらこの点では子規は例外で、恋愛詩を作らなかった。

歴代の勅撰《ちょくせん》和歌集には、恋の歌以外にも紀行、宗教、その他さまざまな話題を扱った歌が入っているが、日本の詩歌は人生における人間の経験という大きな領域を扱わなかった。例外的に『万葉集』だけはそうした内容も豊かで日本の歌集の典型から外れていた。西洋や中国の詩人と違って、日本の詩人は一般に戦争や地位の失墜など、人間の悩みの原因となる素材を取り扱わなかった。こうした詩歌が欠落している理由として、子規は君臣間の交わりが常に親和性に富んでいたからだとしている。「我邦《わがくに》は上古《じやうこ》より今日に至るまで君君《くん》たり、臣臣《しん》たるの義気あるが為に上下の結合甚だ親密にして(4)」、我が国では大昔から今日に至るまで君主は君主らしく、臣民は臣民らしくするという道義を守る意気があるために、上下の結びつきが非常に親密だった、と。

こうした考えは、子規が記者として原稿を書いていた国家主義的な新聞「日本」の影響を受けているのではないかと思われがちである。しかし、子規が日本における君臣間の調和のとれた関係を手放しで称《たた》えた本意は、(いかにも国家主義者らしく)日本の詩が外国の詩に優《まさ》っている理由を説くことにあったのではなく、なぜ短歌が真に偉大な詩歌にならなかったか、その根拠を示すことにあった。善意に満ちた賢明な君主の導きによって、日本人の生活は幸いにも数々の異変に苦しむことがなかったが、そのために「一二の大美術家を生じ三四の大文学者を興《おこ》すべきものにあらずして却《かへ》りて多数の小美術家を養成し多数の小文学者を呼動したるが如《ごと》し」。つまり、数少ない優れた大美術家や大文学者を生むのではなく、むしろ多くの小美術家や小文学者を生む結果となったと、子規は書いている。

偉大な美術や詩歌が創造されるためには、日本人が幸運にも味わってこなかった苦難の経験が是非とも必要だ——少なくともこの時期の子規は、そう思っていたようである。もちろん子規は、日本に偉大な詩人がいないとする自説に数々の例外があることを知っていた。『万葉集』の詩人たちは壮大な長歌《ちょうか》を作ったし、長歌は力強い感情の数々を（ただ示唆《しさ》するだけでなく）描き出すに足る十分な場を詩人に与えた形式だった。また能の謡曲《ようきょく》には、誰が見ても明らかに偉大な詩があった。しかし日本の詩歌を規模が小さいと子規が断定したのは、『万葉集』や謡曲（もとより子規は、どちらも知っていたし称賛していた）を考えてのことではなく、日本の古典的な詩形式である短歌が頭にあったからだ。日本ではあらゆる時代を通じて優雅で感動的な短歌が作られてきたが、そこにはヨーロッパの偉大な詩が備えている強烈さ、直接性が欠けていた。短歌が描き出す情熱は、常に控えめに表現された。

子規は何世紀にもわたる日本の詩歌の変遷《へんせん》について、さらに簡潔な説明を試みている。長歌は『万葉集』の偉大な歌人たちの時代である八世紀に栄えた後は見捨てられ、短歌が事実上唯一《ゆいいつ》の詩歌の形式となった。なぜ長歌が廃《すた》れて短歌が栄えたのか、その理由を『古今集』の序《じょ》は説明していない。しかし、そこには人々の心を動かして「やまとうた」を作らせるに到った要因（咲き誇る花々、歌う鳥、霞《かすみ》や露などによって喚起される感情）が列挙されている。こうした光景は短い詩で十分に描き得るし、長歌の詳細な叙述は必要としない。短歌は一つの忘れ難い印象を提示するだけで十分だが、長歌は扱った主題を維持しなければならない。

貴族たち（その短歌への嗜好《しこう》は平安時代を通じて顕著に見られた）は、短歌の音節一つ一つを完璧《かんぺき》にしようと努めた。彼らが望んだのは、先輩歌人たちよりわずかでも効果的に美しさや哀《かな》しみの瞬間を摑《つか》むことだった。短い詩であれば完璧を期すことは可能だが、長い詩を通して一つの呼吸を維持しようとすれば失敗する危険性があった。長歌は姿を消し、『源氏物語』のような作品を見ればわかるように、短歌は貴族の生活の中で極めて重要な位置を占めるに到った。勅撰集に選ばれた歌は宮廷人によって記憶され、会話にも引用され、わずか数語を匂《にお》わせるだけでそれがどの歌であるかがわかったので、歌をまるごと引用する必要はなかった。これは確かに優雅なやりとりだったが、子規は、詩歌は貴族の気晴らし以上のものであるべきだと主張した。

真成の美術家文学者は如何《いか》なる邦国《はうこく》に生《うま》るゝとも如何なる時世に遭遇するとも卓然として独立する所あり、千艱万難《せんかんばんなん》を排し制度拘束の外に縦横駆馳《くち》して以《もつ》て其大業《そのたいげふ》を成し大名《たいめい》を博するものなれども(5)（後略）

（本物の芸術家、文学者は、どのような国に生まれようとも、どのような時代に遭遇しようとも、ひとり秀《ひい》でて独立しているものである。あらゆる苦しみや困難に負けず、制度や束縛に囚《とら》われずに自由自在に活動して、大きな事業を成し遂げ、優れ

た名声を得るものであるが〔後略〕）

こうしたロマン主義的な見解は、間違いなく子規がヨーロッパの詩歌を読んでいたことを示すものである。事実、一般に日本の歌人は昔ながらの拘束に喜んで従ったし、その多くは馴染《なじ》みのある主題――色事にまつわるはかなさ、女が容貌《ようぼう》の衰えに気づくこと、梅の香に呼び覚まされる思い出、等々――に決して飽きることがなかった。こうした永遠に関心を呼ぶ事柄を主題にした歌は、何世紀にもわたってほとんど変わらぬ言葉遣いで詠《よ》まれた。変わらなかったのは主題だけではなく、歌人たちは、十世紀初めに編纂《へんさん》された『古今集』に出てくる言葉だけを使うのが好ましいとされてきた。主題や用語が同じであることは、遠い過去の歌人と感情を共有していると読者に感じさせる助けにはなったが、先人たちとほぼ同じ言葉による似たような考えの繰り返しによって陳腐化を招いた。そのため、子規の時代までには短歌で何か新しいことを言うのはほとんど不可能となってしまっていた。それでも歌人たちは少しも絶望せず、むしろそれまで以上に数多くの、子規に言わせればあまりに多すぎる短歌が詠まれた。短歌はその短さゆえに、歌人が生涯に何千という歌を作ることを容易にしていたのである。短歌はあらゆる機会に作られたが、その多くはほとんど個性がなかった。

歌人たちの独善的な態度に苛立《いらだ》った子規は、数学を使って遅かれ早かれ三十一音の可能な組み合わせが無くなることを、どれだけ歌人が言葉を組み合わせようとも独自の歌は作れなくなることを証明しようとした。(6) 子規は、歌の創作に事実上の終焉《しゅうえん》をもたらしたのは中世の戦乱だったと確信していた。

ヨーロッパではむしろ詩を作る刺激となった戦乱が、なぜ日本では詩を作ることに終止符を打ったのか、その理由を子規は説明していない。おそらく子規はその理由を、中世日本の歌人たちは彼らの時代の戦乱を描くにあたって斬新《ざんしん》な語彙《ごい》を使うべきだったにもかかわらず、戦闘を経験したことのない平安貴族の修辞的表現を使ったからだと考えた。子規は当初、中世の戦乱の時代にも注目すべき歌人がいたことに気づかなかったが、ついには鎌倉幕府の三代将軍 源 実朝《みなもとのさねとも》（一一九二―一二一九）の歌を発見した。実朝は着想や語彙を『古今集』を越えて『万葉集』に求めただけでなく、武士としての自分の人生を歌に詠んだ。

武士《もののふ》の矢並《やなみ》つくろふ小手《こて》の上《うへ》に霰《あられ》たは（ば）しる那須《なす》の篠原《しのはら》(7)

子規自身が指摘しているように、これは極めて珍しい短歌である。歌われている情景が変わっているばかりでなく、三十一文字の中に名詞や動詞が詰まっていて、普通なら短歌に深みや明晰《めいせき》さを添えるはずの助辞の入る余地がほとんどない。しかしながら、こうした歌は中世にそう多く詠まれたわけではない。多くの中世歌人にとって歌の主題は、それまでと同様によく詠まれた自然の美――たとえば初春に川の氷が溶けること、秋に木の葉が色づくことなどの使い古された題材であり、世の中がどんなに大きく変わったのかには無関心だった。

子規は伝統的な短歌の制約に共感できず、その限界を日本が小規模であることに繋《つな》げて論じている。たしかに富士の峰がいかに高く、遠州灘《えんしゅうなだ》がいくら広いと言っても、これを世界の高山大海に比べれば、蟻塚《ありづか》や牛の蹄《ひづめ》のあとに溜《た》まった水のようなものに過ぎない。日本の歴史も、また規模が小さい。元寇《げんこう》や朝鮮出兵のような出来事も、日本国内における海戦陸闘の中では大したものに見えるが、世界の戦史の規模から見れば子供の遊びや犬の喧嘩《けんか》に等しい。日本の歌人たちは、こうした普段から馴れ親しんでいる小規模な主題に否応《いやおう》なく興味を引かれることから、その脳髄もまた小規模なものとなり、どうしようもなく歪《ゆが》められて伸びることができなかった――と。(8)

短歌は、何世紀にもわたって日本人が実践してきた唯一の詩形式だった。歌人たちは短歌が文学の最も高尚な形式であることを疑わなかったし、仮に外部の第三者が短歌はすでに衰え消滅の危機に瀕《ひん》していると判定を下したとしても、それは変わらなかったろう。子規曰《いわ》く、幸運にも日本の詩歌の閉塞《へいそく》状態は徳川時代に俳句が生れたことで打破された。俳句は詩的語彙の規則に縛られることがなく、短歌の退屈な優雅さに飽き飽きしていた詩人たちは、生き生きした下品でさえある新しい言い回しを使うことによって、日本の詩歌を蘇《よみがえ》らせたのである。

子規は、自分の意見を最大限の自信をもって語った。しかし、子規が心変わりするのに長くはかからなかった。短歌について随筆を書いたわずか三ヵ月後の明治二十六年（一八九三）に発表された随筆『文学雑談《ぶんがくざつだん》』で、子規は次のように日本とヨーロッパの詩歌を比較している。

欧米諸国の詩歌は主として人事を叙《じょ》し、和漢二国の詩歌は主として自然を叙す。人事を叙する者は錯雑混乱せるが為に長篇の詩歌と成り易《やす》く、自然を叙する者は簡単純粋なるが為に短篇の詩歌を生じ易し。是《ここ》に於《おい》て欧米に心酔する者は則《すなは》ち云《い》ふ、日本の詩歌には妙篇《めうへん》大作無しと。知らず妙篇大作は果して長篇の文字に在るか。高尚なる観念、縹渺《へうべう》たる神韻《しんゐん》は果して生存競争優勝劣敗の騒擾《さうぜう》より生じたる人事の紛々《ふんぷん》に在るか。而《しか》して冗長の弊《へい》卑俗の趣《おもむき》は却《かへつ》て人事を叙し長篇を作るの間《かん》に存すること多からざるか。余《よ》西詩を知らずと雖《いへど》も偶〻之《たまたまこれ》を読むに当りては其雅《が》致《ち》あり妙辞《めうじ》あるに拘《かかは》らず、雅致は俗気を以て圧せられ妙辞は悪句を以て挟まるゝを見て稍《やや》厭嫌《えんけん》の意を生ぜずんばあらず。[9]

（欧米諸国の詩歌は主に人間社会の出来事について書き、日本と中国の詩歌は主に自然を描く。人事を語る詩歌は雑多で秩序がなく混乱しているので長いものとなりやすく、自然を表現する詩歌は簡単で純粋であるため短い詩歌を生みやすい。これについて、欧米に心酔する人々は、日本の詩歌には優れた大作がないと言う。だが優れた大作はそもそも長篇文学にあるものかどうかが分からない。高尚な観念や広々と遥《はる》かな味わいが、果して生存競争や優勝劣敗の騒ぎから生じる人間社会のごたごたの中にあるだろうか。むしろ冗長さの弊害や卑俗なおもむきは、かえって人事を語る長篇にあることが多いのではないか。自分は西洋の詩をよく知らないとはいえ、たまにそれを読んでみると、そこには優雅さや美しい言葉があるにもかかわらず、優雅は通俗に圧倒され、美しい言葉は醜い言葉に挟まれているのを見て、ともすれば嫌悪《けんお》感《かん》を覚えざるを得ない）

同じ随筆の後半では、韻文と散文の違いを論じている。

韻文とは調子を合はせたる文字にして、散文とは調子の無き者なり、然《しか》れ共《ども》調子には五言《ごごん》もあり七言《しちごん》もあり、アイアムビクもあればトロキーもあり。其他種々《しゅじゅ》の調子が種々に混交し来《きた》る時は殆《ほと》んど韻文にして散文と類する者あり。支那の賦辞《ふじ》等の如し。西洋学者は時として韻文と散文と判然たる区別なかる可《べか》らざるを説くと雖是《これ》亦《また》不条理の説なり。余等西詩を読む時は常に其句調一定したるが為に愉快を感ぜずして却て長篇一律なるが為に欠伸《あくび》を生す《(ず)》る所あり。翻《ひるがへ》つて我邦の文字を見るに和歌俳句の如き短篇韻文は固《もと》より変化少《すくな》しと雖小説軍記謡曲院本《いんぽん》等に至りては調子有るが如く無きが如く時として其韻文なりや散文なりやを区別するに苦《くる》しむ。若《も》し之をしも散文といはんか、我邦の散文は半ば優美なる詩歌の調《しらべ》を備へたる者なり。若し之をしも韻文といはんか、我邦の文学は和歌俳句の如き純粋なる調子を以て作られたる者の外《ほか》に非常に複雑なる調子を以て作られたる極めて長編なる韻文を有するなり。若し之をしも散文にもあらず韻文にもあらずといはんか、我邦の文学は散文と韻文との外に一種固有の妙霊《めうれい》なる文字を有せりといふべきなり。[10]

（韻文とは調子〔語調、リズム〕を整えた文章であり、散文とは調子のない文章である。しかし調子には五音で切るものもあれば七音で切るものもあり、弱強格

〔iambic〕もあれば強弱格〔trochee〕もある。その他さまざまな調子がいろいろに入り交じってくると、中国の賦辞〔辞賦《じふ》。詩と散文の中間の文体で書かれる〕などのように、韻文でありながらほとんど散文に近いものとなる。西洋文学の学者には韻文と散文とをはっきり区別しなければならないと説く者があるが、これもまた理屈に合わない話である。私などが西洋の詩を読むと、その語調が常に一定であるため愉快に感じられず、むしろ一本調子の長文であるために欠伸をしたくなるほどである。我が国の文章に目を転じれば、和歌や俳句のような短い韻文はもともと変化が少ないのだが、小説や軍記、謡曲や院本〔丸本《まるほん》とも。浄瑠璃《じょうるり》の詞章の全篇を収めた本〕などに到っては、調子があるようで無いようで、時にはそれが韻文なのか散文なのかを区別するのに苦しめられる。もしこれさえも散文と呼ぶならば、我が国の散文は半ば優美な詩歌の調べを備えたものである。もしこれさえも韻文と呼ぶならば、我が国の文学は和歌や俳句のように純粋な調子で作られたもののほかに、非常に複雑な調子で作られた極めて長い韻文を有していることになる。もしこれをして散文でもなく韻文でもないと言うならば、我が国の文学は、散文と韻文のほかに、ある種独特の素晴らしい文体を備えていると言うべきである）

この日本文学独自の特徴の一例として、子規は滝沢馬琴の小説を挙げている。馬琴の小説は主に散文で書かれているが、五音と七音が交互に現れる伝統的な韻律に基づく文章を随所に含んでいて、全体に詩的な調子が満ち溢《あふ》れている。「是等《これら》は西洋に例なしとて以て排斥《はいせき》すべきか、寧《むし》ろ日本独得の妙技として外邦《ぐわいはう》に対して誇揚《こよう》すべきには非《あら》ざるか(11)」、これらは西洋に例がないとして排斥すべきだろうか、むしろ日本独自の高度な文章技術として外国に向けて誇り、広めるべきではないのか、と子規は説く。

同世代の多くの若者と同じく、子規は馬琴の詩的文体に心を奪われたことがあった。子規の批評が長い間にわたって詩的でない言文一致の散文を拒絶してきたのは、あるいはそのせいであったかもしれない。しかし、子規の態度は豹変《ひょうへん》した。随筆『叙事《じょじ》文《ぶん》』（明治三十三年）を書く頃には、すでに子規は自分が詩歌で唱えた飾りのない「写生」に相当する言文一致こそが、現実を描く最高の散文であると考えるに到った。子規は散文作家たちに、馴染みのない漢語などは極力避け、仮に郷愁的な連想が犠牲になったとしても「詩的な」言葉は使わないように勧めた。言文一致は、近代のための文体だった。

子規が短歌に対する関心に目覚めたのは、比較的晩年に到ってからである。明治三十年（一八九七）、子規は知人の天田愚庵《あまだぐあん》（一八五四―一九〇四）から柿《かき》を贈られた。愚庵は武士階級の出で写真技師だったが、その後、禅僧《ぜんそう》となっていた。愚庵は子規の好物が柿であることを知り、柿十五個を贈った。子規は礼状を書き、滑稽《こっけい》句三句を添えた。次に挙げるのは、その最初の一句である。

御仏《みほとけ》に供へあまりの柿十五(12)

愚庵はこれに短歌数首で応《こた》え、さらに子規は次の一首に始まる六首の滑稽歌で応えた。

みほとけにそなへし柿のあまりつらん我にそ(ぞ)たひ(賜び)し十《とを》あまりいつゝ

一見したところこの短歌は、もとになった俳句を短歌の三十一文字に引き伸ばしただけに過ぎないように見えるかもしれない。しかし子規は、柿をもらって喜んでいる自分自身を入れることによって視点を移し、俳句を短歌に変身させたのである。

ユーモアに富んだ愚庵との短歌のやり取りは、子規に短歌を書かせる刺激を与えただけでなく、かつて俳句を改革したように短歌の改革へと子規を駆り立てたようだ。

この新しい転機の瞬間を、河東碧梧桐が記録している。碧梧桐は、子規を訪ねた時のことを次のように語る。

二月の或日《あるひ》であつた、私の前にポンと投げ出された、判紙十枚足らずの綴《と》ぢた一冊があつた。表紙がついてゐたかどうか判然と記憶はしないが、何かの草稿やうのもので、例によつて、子規の美しい筆蹟《ひっせき》が、殊《こと》に一劃《くわく》々々を正した楷書《かいしょ》の整然たるものであつた。心なしか、いつもの柔《やはら》か味《み》よりは、覇気のある、やゝ放胆な書き振りであつた。(13)

碧梧桐は、目の前に投げ出された草稿が短歌で埋まっているのを見て驚いた。短歌に少しも関心を示さなかった子規が、こんなにもたくさんの短歌を詠んだことが信じられなかった。しかし碧梧桐は、前年頃から子規が時々短歌について洩《も》らしていた言葉を思い出す。子規は自ら短歌を作り、自分の考えが正しいことを試してみようとしたのだ。それは、簡単にできたわけではなかった。俳句を作るのは子規にとってはお手のものだが、短歌はまた話が別だった。子規は、四日ばかり徹夜して短歌百首を作った。寝不足にもかかわらず、子規は新しい詩歌の領域に挑む興奮で快活そのものに

見えた。(14)

これらの短歌は飄亭、碧梧桐、虚子など友人弟子が十首ずつ選び、『百中十首《ひゃくちゅうじっしゅ》』として明治三十一年（一八九八）の新聞「日本」に連載された。同年、子規は次のような野球を詠んだ九首の短歌も発表している。

今やかの三つのベースに人満ちてそゞろに胸のうちさわぐかな(15)

子規は短歌に関する自分の考えをまだ発表していなかったが、長い間、その改革について考えていたに違いない。明治三十一年、子規は十篇にわたる『歌《うた》よみに与《あた》ふる書《しょ》』を次々と発表した。短歌の現状を嘆いた第一の書は、読む者をして子規を短歌の改革者と期待させるところがある。「正直に申し候《さうら》へば万葉《まんえふ》以来実朝《さねとも》以来一向に振ひ不申候《まうさず》(16)」、率直に申しますと、『万葉集』以来、実朝以来、短歌は一向に栄えることがありませんでした、と子規は書く。源実朝の独自性、深さ、詩的技巧を称え、『万葉集』の力強い益荒男《ますらお》ぶりに匹敵するその独自の能力にもかかわらず、実朝に対する評価が低いことを子規は嘆いている。子規が実朝の死後五百年間で称賛に値する歌人として選んだのは、『万葉集』を崇拝する学者の賀茂真淵《かものまぶち》（一六九七―一七六九）だけだった。ただ、世人が『万葉集』の中のぎこちない歌を取り上げて「これだから万葉はだめだ」と攻撃するのを恐れたらしい真淵が、「万葉にも善き調《しらべ》あり悪き調あり」と繰り返し述べているのを残念がっている。

第一の書の語調は好戦的というよりは歴史を踏まえたものだが、第二の書は次のような轟音《ごうおん》で始まる。「貫之《つらゆき》は下手《へた》な歌よみにて古今集はくだらぬ集に有之候《これあり》」、紀《きの》貫之は下手な歌詠みで、『古今集』はくだらない歌集であります――。短歌は優美であるべきであり、『古今集』こそが最も洗練された歌集だと考えていた子規は、自分が数年前まで長いこと『古今集』を崇拝していたのを認めている。しかし三年の恋も一《いっ》朝《ちょう》にして覚めてみれば、あんな意気地の無い女に今まで化かされていたのかと腹を立てている[17]。

子規は、『古今集』開巻の歌が、春を「去年《こぞ》とやいはん今年とやいはん」と詠んでいるのを嘲笑《ちょうしょう》し、これは日本人と外国人との間にできた子供を日本人と呼ぶべきか外国人と呼ぶべきかと言っているのと同じで、つまらない歌だと決めつけ、他の『古今集』の歌も大同小異で、駄洒落《だじゃれ》や理屈っぽい歌ばかりだと言う。最悪なのは、歌人たちが二百年も三百年も『古今集』を真似《まね》ることだけを芸と心得て、さらに質を低下させたことだった。子規は、『新古今集』の方が幾らかましだと認めながらも、その中で真に優れた歌は指折り数えるくらいしかないと述べている。

第三の書で子規は、短歌以外の詩歌に無知だと歌人を攻撃している。歌人は俳句を解しないばかりか中国の詩を研究することもせず、西洋に詩があるのかどうかも知らない「文盲浅学《もんもうせんがく》」の徒ばかりなのだと。歌人に向かって、小説や戯曲院本が短歌と同様に文学に属するかどうか尋ねたら、そういう劣った種類のものを短歌と同列に議論し得ると考える者がいることに歌人たちは目を剝《む》いて驚くだろうと子規は言う。

第四の書は、主として一般に傑作とされている歌の欠点について述べている。特に子規は、歌の構想に「理屈」があることを嫌った。子規の指摘は、時として中傷すれすれの言い方となり、たとえば八田《はった》知紀《とものり》（一七九九―一八七三）の歌を論じて、「知紀の家集はいまだ読まねどこれが名歌ならば大概底も見え透き候⒅」、知紀の歌集はまだ読んでいないけれども、この歌を名歌と言うならば歌集の底の浅さもおおむね見当がつく、と子規は書いている。

第五の書で、子規は凡河内躬恒《おおしこうちのみつね》の有名な歌を取り上げた。


心あてに折らは(ば)や折らむ初霜の置きまとは(ど)せる白菊《しらぎく》の花⒆

子規は言う。「此《この》躬恒の歌百人一首《ひやくにんいつしゆ》にあれば誰も口ずさみ候へども一文半文《いちもんはんもん》のねうちも無之《これなく》駄歌《だか》に御座候《ござさうらふ》。此歌は嘘《うそ》の趣向なり、初霜が置いた位で白菊が見えなくなる気遣《きづかひ》無之候」(20)、この凡河内躬恒の歌は『百人一首』に入っているので誰もが口ずさみますが、小銭さえ払う価値のない駄目な歌です、この歌の趣向には嘘があり、霜が降りたくらいで白菊が見えなくなる心配などないのです。

ほかにも子規は、これら『歌よみに与ふる書』の中で、快い調べと勢いの強さ、客観的描写と理屈、わざとらしさと真心など、それぞれ相反する主張について論じている。子規の歌論の中には、外国の美学者の影響を示している意見もある。

第八、第九の書は、もっぱら実朝と『新古今集』の歌にあてられている。最後の第十の書で、子規は俗語の代わりに雅語《がご》を使う近代短歌の欠点を幾つか列挙している。「只《ただ》自己が美と感じたる趣味を成るべく善く分るやうに現すが本来の主意に御座候」、ただ自分が美と感じた詩的趣味を、なるべくよくわかるように表現するのが、短歌が本来意図してきたことです、と子規は強調する。その結末の一節は、不意打ちのようにやってくる。

新奇なる事を詠めといふと汽車《きしや》、鉄道などいふ所謂《いはゆる》文明の器械を持ち出す人あれど大《おほい》に量見《りやうけん》が間違ひ居《を》り候。文明の器械は多く不《ぶ》風流《ふうりう》なる者にて歌に入り難く候へども若《も》しこれを詠まんとならば他に趣味ある者を配合するの外《ほか》無之候。[21]

（目新しく珍しいことを歌に詠めと言うと、汽車や鉄道などのいわゆる文明の機械を材料にしようとする人がいるが、大きな考え違いです。文明の機械の多くは風流ではないもので歌に取り入れにくいのですが、もしこれを詠もうとするならば、ほかに風趣のあるものを取り合わせるしかありません）

あらゆる短歌は美の要素を含まなければならないとする子規の主張は、子規自身の詩歌と弟子たちの詩歌に影響を与えた。子規が支持する手法はリアリズムだが、子規は自分が発見した「写生」の対象を、それまで慣例として好まれてきた光景と組み合わせることによって和らげようとした。

『古今集』およびそれ以後の短歌に対する子規の批評は、時に節度を失うことがあった。短歌が近代短歌として生き延びようとするならば、古い歌集を取り巻く神聖な雰囲気を壊す必要があると子規は考えていた。しかし『万葉集』に対する無条件の称賛と、その力強い益荒男ぶりに従うべしとする忠告以外には、短歌を救いたいと思っている人々に子規は何の手本も示さなかった。

子規自身の短歌は、『万葉集』にも実朝の歌にも似ていない。読者が容易に思い出すであろう子規の短歌の著しい特徴は、短歌の背景——すなわち子規を病室に閉じ込め、自然から遠ざけることになった恐ろしい病気である。歌人としての子規の最も素晴らしい作品は、病床から離れられない子規が、見ることはできても触れることはできない藤《ふじ》の花を詠んだ一連の短歌十首かもしれない。子規の病気について知らない読者であれば、別にたいした歌ではないと思うかもしれないが、その歌を詠んだ作者が、間もなく命を奪われる病気に苦しんでいることを知っている読者なら、ほとんど身を切られる思いがするのではないだろうか(22)。

自分の生涯のこの時期に、なぜ短歌に打ち込むようになったのか、子規はどこにも書いていない(23)。俳句で革命を成し遂げた子規は、大胆にもさらに手ごわい相手——ほとんど神聖視されている短歌に立ち向かおうとしたのかもしれない。当時の(そして今日でも)歌人の多くは、俳句と短歌があまりに異なった詩歌の形式なので、両方をうまくこなせる者などいないと考えていた。しかし子規は、すでに明治二十七年(一八九四)の時点で二つの形式に基本的な違いはないと主張している。「和歌と俳句とは最も近似したる文学なり。極論すれば其《その》字数の相違を除きて外《ほか》は全く同一の性質を備へたる者なり(24)」。これは非常に異論のある説だが、子規が『歌よみに与ふる書』十篇を発表した直後に子規の周囲に集った歌人たちには、数年前に俳句の弟子たちが受けたのと同様の感銘を与えた。短歌の弟子たちは、おそらく俳句の弟子ほどは熱心に子規の教えに心酔せず、新しい短歌を世に知らしめる雑誌を発刊するにあたっても動きが鈍かった。子規の俳句はただちに全国的な支持を得たが、短歌については歌壇からの攻撃に対して子規は否応なく長い反論を書かざるを得なかった。この時に集まった門人たちによる歌会《かかい》、すなわち根岸《ねぎし》短歌会の「黄金時代」は、明治三十二年（一八九九）と三十三年のわずか二年間で終った。

この頃、子規は重要な発見をした。橘曙覧《たちばなあけみ》（一八一二―六八）の短歌である。明治三十二年に発表された随筆『曙覧《あけみ》の歌《うた》』は、源《みなもとのとしより》俊頼、井上文雄《いのうえふみお》、そして橘曙覧の歌を読むように人から勧められた話に始まる。この三人の歌人はそれぞれの作品はまったく似ていないが、いずれも詩歌の慣例を破った因習打破主義者として知られていた。源俊頼（一〇五五―一一二九？）は、身分の高い貴族であるにもかかわらず因習というものに我慢がならない歌人で、「過激論者」として知られていた。井上文雄（一八〇〇―七一）が出版した歌集には歌人の新しい理想を掲げた序文がついていて、そこで井上は、歌は「花鳥風月《かちょうふうげつ》」を詠むのではない、それとなく世間を諫《いさ》め、事の正邪を弁じ、かつ賢明であることを勧め、悪を諫めるものでなければならないとして、志のない歌を強く非難している。(25)子規はこの二人の因習打破主義者に魅力は感じたが、その歌には失望した。普通の短歌の語彙から外れた言葉を幾つか使っていること以外に、彼らの歌には何も注目すべきものがなかった。しかし橘曙覧の歌は啓示を与えられるものだった。子規は書いている。

其歌《そのうた》、古今新古今《こきんしんこきん》の陳套《ちんとう》に堕《お》ちず真淵景樹《まぶちかげき》(26)の窠臼《くわきう》に陥らず、万葉を学んで万葉を脱し、鎖事《さじ》俗事を捕《とら》へ来《きた》りて縦横に馳《ち》駆《く》する処《ところ》、却《かへつ》て高雅蒼老些《さうらうさ》の俗気を帯びず。殊に其題目が風月の虚飾を貴ばずして、直《ぢか》に自己の胸臆《きようおく》を攄《し》く者、以て識見高邁《かうまい》、凡俗に超越する所あるを見るに足る。而《しか》して世人は俊頼と文雄を知りて、曙覧の名だに之を知らざるなり。(27)

(その歌は、『古今集』『新古今集』の陳腐さに陥らず、賀茂真淵や香川《かがわ》景樹のように決まった型にはまらず、『万葉集』を学びながらもそれにこだわらず、些細《ささい》なことや世俗の雑事をとらえて自由自在に駆使するところは、かえって気高く優雅に老熟して全く俗っぽさを感じさせない。特に作品の主題として花鳥風月の虚飾をよしとせず、直接に自らの胸の内を述べる歌は、それゆえ見識が高邁《こうまい》で、凡庸さを超越しているところが十分に見える。しかしながら世間一般の人は源俊頼と井上文雄は

知っていても、橘曙覧の名前さえ知らないのである）

子規は曙覧の歌に深い感銘を受けた。曙覧の歌にある、ありのままの自然の芳香を、紀貫之の歌と比べ、貫之は「自然の美のおのが鼻の尖《さき》にぶらさがりたるをも知らぬ」、自然の美しさが自分の鼻の先にぶらさがっているのさえ気づかない、と子規は書いている。そうした貫之以下の歌人たちが何百年間もはびこった末に、突然、曙覧が出現したこと自体、子規には奇跡のように思われた。

子規が魅せられたのは、曙覧の「清貧」だった。曙覧は「赤貧《せきひん》洗ふが如く」とも言うべき境遇だったが、衣食住について不平を漏らすことがなかった。その貧困にそれとなく言及している『独楽唫《どくらくぎん》』と呼ばれる連作から、子規は一首を引用している。

たのしみはまれに魚《うを》烹《に》て児等《こら》皆《（が）》うまし〳〵といひて食ふ時

これは明らかに曙覧自身の経験であり、世俗的な豊かさになど頓着《とんじゃく》しないように装《よそお》う「似而非《えせ》文人」によくある作り話の貧困ではなかった。曙覧が歌に詠んでいる食べ物は、（たとえば「焼豆腐《やきどうふ》」のように）貧しい人々が実際に食べているものだった。

子規は曙覧の『独楽唫』の連作を称えたばかりでなく、明治三十一年（一八九八）の子規自身の「われは」の連作で、その調べを模倣している。

昔せし童《わらは》遊びをなつかしみこより花火に余念なしわれは(28)

子規は、曙覧の正直さを称えて書く。「曙覧は欺《あざむ》かざるなり。彼は銭《ぜに》を糞《くそ》の如しとは言はずあどけなくも彼は銭を貰《もら》ひし時のうれしさを歌ひ出《い》だせり。猶《なほ》正直にも彼は銭を多く貰ひし時の思ひがけなきうれしさをも白状せり」、曙覧は欺かないのだ、彼は（貧乏を気取る似非《えせ》文人のように）銭を糞みたいなものだとは言わず、無邪気にも、銭を貰った時の嬉《うれ》しさを歌に表現した、さらに正直なことには銭を多く貰った時の思いがけない嬉しさをも白状した、と。子規は結論する。「仙人の如き仏の如き子供の如き神の如き曙覧は余《よ》は理想界に於て之を見る、現実界の人間として殆《ほとん》ど承認する能《あた》はず。彼の心や無垢清浄《むくしやうじやう》、彼の歌や玲瓏透徹《れいろうとうてつ》」(29)、仙人のような、仏のような、子供のような、また神のような曙覧を私は理想の世界に見る、とても現実世界の人間とは思えない、彼の心は煩悩《ぼんのう》がなく清らかで、彼の歌は明るく透きとおっている。

曙覧の不平は、日本の政治状況をめぐる自らの不満足に限られていた。徳川時代末期の他の歌人（そして時には子規も）と同じく、曙覧は日本における外国の影響を嘆き、外国人の放逐に賛成だった。

たのしみは戎夷《えみし》よろこぶ世の中に皇国《みくに》忘れぬ人を見るとき

高い評価を得ながら、橘曙覧は広く世に知られることがなかった。(30)しかし子規は曙覧の歌から、『歌よみに与ふる書』で表明した自分の考えを実際に歌に取り入れる方法を見出《みいだ》した。子規の短歌は、自ら軽蔑《けいべつ》する紀貫之の流れを汲《く》むものではなかったし、移り変わる季節の花々を描く他の宮廷歌人に倣《なら》うものでもなかった。曙覧は季節にまつわる歌をごくわずかしか詠んでおらず、病気によって自然から切り離されていた子規は季節ではなく自分の病気を歌に詠んだ。子規が歌に用いた言葉は本質的に近代的なものだった。子規は『万葉集』を無条件に称えていたが、八世紀の言葉で歌を詠むという試みは模倣に繫がるだけだと気づいていた。子規が曙覧を称えたのは、かつて夢中になった万葉の伝統から曙覧自身が自由になっていたからであり、それは子規自身の態度にほかならなかった。

おそらく短歌だけが子規の文学の重要な要素だったのではなかったが、その連作は忘れ難い。日本の詩歌のすべてにおいて自分の権威を打ち立てることを願った子規は、短歌でも大いに成功したのだった。

第十章　途方もない意志力で書き続けた奇跡

――随筆『筆まかせ』から『松蘿玉液』『墨汁一滴』へ

俳人と歌人の双方に及ぼした子規の批評の絶大な影響力は、それだけでも一流の文学者としての子規の評価を正当化するのに十分だった。また自身の詩歌はもとより、俳句と短歌の雑誌の精神的支柱としての存在そのものが、子規の名声を揺るぎないものとした。しかし一部の読者にとっては、そうした批評も詩歌も子規の作品全体の中で必ずしも忘れ難い最上の部分を占めているわけではない。詩歌以上に子規の散文、とりわけ随筆は、伝統的な日本の詩歌の形式に近代性をもたらした人物の最も魅力的な肖像を描き出している。

子規の最初の随筆集『筆《ふで》まかせ』は、明治十七年（一八八四）から明治二十五年（一八九二）にかけて書かれた。これらの随筆はほとんどが短く、何らかの順番に従って並んでいるわけではない。その印象を一言で言うならば、子規は何か自分の注意を惹《ひ》くものがあるとただちにそれに対する反応を書かないではいられなかったようだ。表現を吟味したり文体の統一を図ったりする時間を惜しんで、子規はひたすらそれを紙に書き留めた。これらの随筆の最も注目すべき特徴は、子規の経験と回想が語られていることである。有名になる以前の子規の生活について、『筆まかせ』は我々が知り得る最高の（そして時には唯一《ゆいいつ》の）情報源となっている。(1)

『筆まかせ』の最初の部分が書かれたのは、子規が寄宿舎に入る前、下宿先を転々としていた時だった。子規が、なにか本のようなものを書いているという噂《うわさ》が広がったに違いない。内容に興味をもった友人が、それを読ませてくれと子規に頼んだ。

　錬卿《れんきやう》(2)余の家に来《きた》りて此《この》随筆を読む　余《よ》始めより断《コトハ》つて曰《いは》く　君先《ま》づ余の言《げん》を聴け
此随筆なる者は余の備忘録といはんか　出鱈目《でたらめ》の書きはなしといはんか　心に一寸《ちよつと》
感じたることを其《その》まゝに書きつけおくものなれば　杜撰《づさん》の多きはいふ迄《まで》もなし　殊《こと》
にこれは此頃《このごろ》始めし故《ゆゑ》書く事を続ゝと思ひ出して困る故　滊車《きしや》も避けよふといふ走
り書きで文章も文法も何もかまはず　和文あり　漢文あり　直訳文あり　文法は古
代のもあり　近代のもあり　自己流もあり　一度書いて読み返したことなく直した
ることなし　されば其心して読み給《たま》へ。併《しか》しこゝに一ッいふべきことこそあれ、日本文章は随分書き様《やう》多くていかに一定せんかとは諸大家の議論なるが　今この随筆の文は拙劣なるにも拘《かか》はらず不揃《ふぞろ》ひなるにも拘はらず　我思ふ儘《まま》を裸にて白粉《おしろい》もつけず紅《べに》もつけず　衣裳《いしやう》もつけず舞台へ出したるものなれば　其拙劣なる処《ところ》、不揃ひなる処が日本の文章を改良すべきに付きて参考となることなしとせんや」と笑ひたりき(3)

（錬卿《れんきよう》〔竹村鍛《きたう》〕が我が部屋に来て、この随筆を読んだ。私は最初に、次のように告げておいた。君はまず僕の言うことを聞いてくれ。この随筆と称するものは、私の備忘録と言おうか、でたらめの書きっ放しと言おうか、心にちょっと感じたことをそのまま書きつけておくものだから、誤りや手抜かりが多いことは言うまでもない。特にこれは最近始めたばかりで書くことを次々に思い出して困ったから、汽車もよけるだろうというほどの走り書きになって、文章も文法も何もお構いなしに、和文もあれば漢文もあり、直訳文もあり、文法は古代のものもあれば近代のものもあり、自己流のものもある。一度書いてしまえば読み返したことはないし、訂正もしなかった。だからそのつもりで読んでいただきたい。ただし一つだけ言っておきたいことがある。日本語の文章にはさまざまな書き方があるので、どうやって一定させようかと大家たちが議論してきたのだが、現在のこの随筆の文章は拙劣であり文体が揃っていないとはいえ、自分が思ったとおりをありのままに、白粉や頬紅《ほおべに》で化粧もせず衣裳《いしょう》も着せずに舞台に立たせたものだから、拙劣なところや不揃いなところが、かえって日本の文章を改良するにあたっては参考になることがあるかもしれない、と笑ったものだ）

『筆まかせ』には、滑稽味《こっけいみ》あふれる一節や、子規の陽気さを示す愉快な文章もあるが、全体的に誠実な若者が書いた文章という印象が強い。次のくだりに見られる若き理想主義などは、全体から見ればわずか数行に過ぎないが、子規のひたむきな性格を示しているかもしれない。

世界文明の極度といへば世界万国相合《あひがつ》して同一国となり　人間万種相和《あひわ》して同一種となるの時にあるべし　併《しか》シ猶《なほ》一層の極点に達すれば国の何たる人種の何たるを知らざるに至るべし[4]

（世界文明の究極の姿は、世界万国が連合して一国となり、あらゆる人種が和合して一種となることである。しかし、それがさらに極まれば、国とはいったい何か、人種とはいったい何か、人々がわからなくなるところまで行くだろう）

子規の宣言は、時代に先駆けているように見えるかもしれない。しかし明治初期の才能ある若者が発した言葉として、これは少しも意外ではなかった。当時、（まだ日本人の探求の対象になったばかりの）日本を取り巻く世界の国々は、日本人にとって俄《にわ》かに重要性を帯びただけでなく、まるで磁石に吸い寄せられるような魅惑に満ちていた。しかし数年後、子規は次のように書く。

愛郷心　愛国心とは妙なものにて道理もなきことなれど　能《よ》くも此日本といふ様《やう》な結構な国に生れたと思ふこと度ゝ《たびたび》あり　何故《なにゆゑ》日本がよきとも思はざれども　赤髯《せきぜん》よりは緑髪《りょくはつ》の方が何となくよき心地する也《なり》(5)

（愛郷心、愛国心というのは妙なもので、きちんとした理由もないものなのだが、よくもこの日本という結構な国に生れたものだと思うことがしばしばある。なぜ日本がいいのかわからないが、赤い頬髭《ほおひげ》よりは緑の黒髪の方が、なんとなく心地よいのだ）

子規は、こうした二つの態度に潜む矛盾について説明しようとしなかった。その意見の数々は、それがいかに真剣に表明されたにせよ、一カ月あるいはわずか一日の内に劇的に変わるかもしれなかった。子規にとって大切だったのは、「白粉もつけず紅もつけず」に自分が感じたままを正確に書き留めることだった。それが後になって間違っていたとわかれば、子規は躊躇《ちゅうちょ》することなく前の意見を捨てた。(6) 子規の随筆は、自分が信じるに到《いた》った考えを読者に説得して受け入れさせるために書かれたわけではなく、その面白さは子規の飾らない考えそのものにあった。おそらく発表を意図したものではなかったため(7)、重複がないかどうか確かめる努力もせず、書く話題をすぐ前の話題とうまく結びつけようともしなかった。いわば手当たり次第に書かれた子規の意見の寄せ集めだが、盛んに世界を発見しつつある若者の作品として『筆まかせ』は非常に魅力あるものとなっている。次々と出て来る話題の選択は、あたかも万華鏡《まんげきょう》のように変化する。明治二十三年（一八九〇）に書かれた随筆は「スペンサー氏文体論」の批評に始まり、それが「能楽《のうがく》」の評価へと移り、続いて「蛾《が》」についての感想が記され、次には「日本語の由来」(8) が語られ、それがさらに「範頼《のりより》の墓」の話から、「画《え》の合作」へと話題が移って行く。

『筆まかせ』には、子規自身の随筆のみならず友人たちからもらった手紙も入っている。中でも傑出しているのは夏目漱石からの手紙である。そこで語られているのは漱石の単なる日常生活の報告ではなくて、その進んだ文学知識であり、時には専門的な文学の創作理論も登場する。子規は、そうした漱石の教えの恩恵には浴さなかったようである。そもそも文学作品の論理的解釈は、子規の気質に合わなかった。『筆まかせ』が醸《かも》し出《だ》している全体的な印象は、学術的というよりは直感的なものである。これは多くのことに興味を持ち、それについてただちに自分の意見を述べずにはいられなかった人物の作品である。

次の随筆集『松蘿玉液《しょうらぎょくえき》』(9)は、明治二十九年（一八九六）に書かれた。『筆まかせ』に収録された最後の随筆からわずか四年しか経過していないにもかかわらず、子規の態度が著しい変化を見せたのは、おそらく、その間に子規を襲った致命的とも言える病気のせいである。喀血《かっけつ》し続けた状態からは回復したように見えたものの、子規の毎日の生活は完全に変わってしまった。子規の態度からは、（随筆に見られるように）どんどん陽気さが消えていった。すでに明治二十九年には病気による衰弱のため、めったに家から外へ出ることがなかった。子規の世界は、仕事をして眠る自分の部屋と、窓越しに眺めることができる庭に縮小された。これは、自ら俳句を作り他人の作品を批評するには十分な広さだったが、ほとんど自宅監禁に等しかった。子規は「看守」が冷酷無情であり、もしこの監禁を破ろうとすれば「看守」は子規を容赦なく殺すであろうことを知っていた。

病床を訪れる客たちの会話から知った東京の変貌《へんぼう》を見られないために、子規は苛々《いらいら》することがあった。同時に子規は、病気のせいで二度と眼にすることができない場所を懐《なつ》かしく思い出した。時たま子規は寝床から出て、なんとか庭に出られるのではないかと思うことがあった。明治二十九年四月二十一日の項に書いている。

病稍《やや》間あり　杖にすがりて手のひら程の小庭を徘徊す。日うらゝかに照して鳥空を飛ぶ。心よきこといはん方無し。二三本の小松は緑のびて凌雲《りよううん》の勢《いきほひ》をあらはし一尺許《ばか》りの薔薇《ばら》は莟《つぼみ》ふくれて一点の朱脣《しゆしん》を見る。秋草はわづかに芽を出していまだ萩《はぎ》とも桔梗《ききやう》とも知らぬに一《ひと》もとの紫羅傘《いちはつ》は已《すで》に一輪の白花を開く。雨後土未《いま》だ乾かぬ処にさゝやかなる虫のうごめくはこれも命あればなるべし(10)。

（病がやや小康を得たので、杖《つえ》にすがって手のひらほどの広さの庭を徘徊《はいかい》する。陽《ひ》はうららかに照り、鳥は空を飛ぶ。その気持よさは言いようもない。二、三本の小さな松の木は新芽が伸びて雲を凌《しの》ぐ勢いを現わし、三十センチほどの薔薇はつぼみが膨らんで一点の赤い唇を見るようである。秋草はわずかに芽を出して、まだ萩とも桔梗《ききよう》ともわからないが、一本の鳶尾《いちはつ》〔アヤメ科の多年草〕はすでに一輪の白い花を

咲かせている。雨後の土がまだ乾かないところに小さな虫がうごめいているのは、これも命があるからこそだろう）

自然を楽しむひとときを語る一節は、『松蘿玉液』の最も魅力的な部分である。しかし一番長く書かれている項は、もはや子規が楽しむことのできない娯楽の一つである野球についての詳細な話だった。また多くのページが割かれているのは自分の読んでいる書物に対する評価で、それは近来の小説から過去の伝統的な作品にまでわたっている。子規は大体において厳しく、しぶしぶ称賛の言葉を与えることはあっても、むしろ作者の無能を暴露することの方に関心があった。

小説　文学者として小説を読めば世に小説程つまらぬ者はあらず。先づ劈頭《へきとう》より文章がたるみたり言葉が拙《つたな》しとそれにのみ気を取られ、やう／＼二回三回と読みさしてから巻中の人物となじみたる後は又此所行《このしよぎやう》が此人に似あはしからず此趣向がこゝの味《あぢは》ひを殺《そ》ぎ去りたりなどゝ《(と)》いさゝかなる疵《きず》さへ眼にさはりて、巻《かん》を掩《おほ》ふて後、さてこれは面白かりきと思ふ程のもの少《すくな》し。況《ま》して現世の人ことに顔迄《まで》知りあひたる中などには嫉妬《しつと》といふこともあるべし。吾《わ》れ従来小説が好きながら小説を読むこ

とは稀《まれ》なり。大方ははじめの一行を読み試みて唾《つば》を吐く、さらずば半枚許《ばか》り読みて其《その》本を抛《なげう》たざることとなし。(11)

（小説――。文学者として小説を読むと、世の中にこれほどつまらないものはない。まず冒頭から文章がたるんでいる、言葉が下手だと、そればかりに気を取られて、何とか二回、三回と中断してはまた読んでから作中の登場人物に馴染《なじ》むと、次には、この振舞いはこの人物にふさわしくないとか、この趣向がここの味わいを殺してしまったとか、わずかな欠点まで目障《めざわ》りになって、読み終えたあとで、それにしても面白かったと思えるほどのものは少ない。まして同時代の、特に顔見知りの書き手に対しては自分の嫉妬の気持ちも働いているだろう。自分はもともと小説が好きなのに、小説を読むことはほとんどない。たいていは書き出しの一行を試しに読んで唾を吐き、そうでなければ半ページほど読んでその本を投げ捨てないことはない）

この不機嫌な口調は、子規の批評的判断の成長を示すものであるかもしれないが、同時に子規は、（自ら示唆《しさ》しているように）自分と違って絶えず死に脅《おびや》かされることもなく、たとえ二流の作品であっても小説を出版してもらえる物書きたちに嫉妬を感じていたかもしれない。子規の厳しい批評に晒《さら》されなかった稀な例として、樋口一葉《ひぐちいちよう》

（一八七二―九六）の『たけくらべ』に対する讃辞《さんじ》がある。子規はこの作品の特徴を次のような言葉で語っている。

汚《を》穢《わい》山の如《ごと》き中より一《ひと》もとの花を摘み来《きた》りて清香《せいかう》を南風《なんぷう》に散ずれば人皆其香《か》に酔ふて泥《でい》の如し[12]。

（山のようにたくさんある汚ない物事の中から一輪の花を摘み取って来て、その清らかな香りを南風に散らせば、人は皆その香りに酩酊《めいてい》する）

「汚《お》穢《わい》山の如き」という表現は、おそらく『たけくらべ』の舞台である遊廓《ゆうかく》に対する子規の儒教的軽蔑《けいべつ》を反映したものである。また子規は、一葉の文体が井《い》原西鶴《はらさいかく》に多くを負っている事実を指摘している。いつもならこの過去の偉大な作者から表現を借用した作品を嫌うにもかかわらず、子規は「一行を読めば一行に驚き一回を読めば一回に驚きぬ」と素直に認めざるを得なかった。一葉の作品に対する高い評価によって、子規は自分の偏見を捨てることを強いられた。たとえば子規は常に「閨秀《けいしゅう》小説」、才女の小説という言い方を嫌っていた。事実、誰かが女流作家の本を褒《ほ》めるのを耳にすると苛立たしい気持になった。しかし、子規が一葉に感銘を受けたのは間違いのないことで、それでもなお子規はその作品に欠点がないわけではないと指摘せずにはいられなかった。[13] 三つの偏見――遊廓を扱っていること、西鶴の影響が明らかであること、女性が書いたこと――にもかかわらず、子規は平易な言葉で書かれた緊密な文体という点では一葉に匹敵する作者はいないと認めている。

『松蘿玉液』の中で最も目を引くのは、他の作家たちを批判しているのはもとより、作家でない人物にまで子規が批判を加えていることである。伊藤博文《いとうひろぶみ》（一八四一―一九〇九）が総理大臣として、また明治憲法の起草者として日本に尽した功績を子規は認めていたが、漢詩人としての伊藤の無能さを無視することはできなかった。中でも伊藤が最悪なのは、自分の下手な漢詩を人に見せたがることだった。子規は次のように評している。「詩に精《くは》しからずと知らば利口な人は詩を作らざるべし。縦《よ》し作りても人に示さゞるべし。縦し人に示すともそは十分に専門詩家の意見を聞きて後のことなるべし」[14]、詩人としての才能に欠けているとわかったら、利口な人は詩を作るべきではない、たとえ作っても人に示すべきではない、もし示すのであれば、詩の専門家の意見を十分に聞いた後のことでなければならない。

子規が元禄文学を代表する三人の文学者――西鶴、芭蕉、近松――を論じたのは、明らかに論議を巻き起こすことを狙《ねら》ったもので、これは誰もが認める定説をひっくり返すことを好む子規の性格にかなっていた。西鶴に対する子規の指摘は、称賛と批判が入り混じっている。子規が西鶴を称《たた》えたのは、幼稚な物語ばかりだった江戸時代の小説に、人情を描き出すことによって西鶴が文学的価値を与えたからだが、子規は次のように書き加える。

　而《しか》して其人情なる者如何《いかん》と問へば僅《わづか》に両性の愛情に過ぎず。其愛情も亦《また》曲節無く変化無く関聯《くわんれん》無く節操無く、僅に其一部を写し僅に其摸型《もけい》を存するに過ぎず。西鶴の著を総評するには痴の一字を以て足れりとす。（中略）吾れの西鶴を愛するは主として文章に在り。西鶴の文は簡勁《かんけい》なれども素樸《そぼく》に失せず。能《よ》く瑣事《さじ》を写せども卑《ひ》野《や》冗漫に流れず。[15]

（しかしながら、その人情なるものはどうかと言えば、ただ男女間の愛情に過ぎない。その愛情もまた、何らの曲折もなく、変化もなく、脈絡もなく、節操もない。わずかにその一部を描写して、一つの典型となっているに過ぎない。西鶴の著作のすべては、痴の一字によって評すれば十分である。〔中略〕自分が西鶴を愛するのは、もっぱらその文章のゆえである。西鶴の文章は簡潔で力強いが、単純ではない。細かな事柄をよく描写しながら、下品にも冗長にも傾かない）

以前に芭蕉の研究を発表した子規は、俳句の大宗匠《だいそうしょう》としての芭蕉の評判を疑問視し、その俳句のうち比較的少数だけに価値があると断言している。子規は芭蕉を皮肉る恰《かっ》好《こう》の例を探すことに熱心だった。しかし、『松蘿玉液』の中の芭蕉についての随筆では、『万葉集』以後に初めて「真面目《しんめんもく》の韻文」を成した詩人として芭蕉を称えた後、驚くべき理由によって芭蕉を攻撃している。子規は芭蕉を「実に卑怯《ひけふ》なる文学者」であると非難したのだ。その根拠は、芭蕉が俗世の塵埃《じんあい》を超越して清浄の生活を送ろうとしたことにあった。人間ではなく自然を詩に詠《よ》もうとしたことで、芭蕉は人々の文学的関心よりはむしろ宗教的関心を引きつける対象となった。普通の人間の関心事から身を引いたことが芭蕉を卑怯にしたのだと子規は断言した。「芭蕉が稍《やや》文学を賤《いやし》め徳行《とくかう》を重んじたるは彼が此成功を奏したる所以《ゆゑん》にして、若《も》し此成功無からしめば彼は却《かへつ》て文学の上に猶多少の進歩を為《な》し猶幾多の著述ありたるやも知るべからず」(16)、芭蕉は文学をやや見下し、道徳的な行為を重んじたことで評判を得たが、もしそういう形で崇《あが》められることがなければ、芭蕉はむしろ文学的になお多少の進歩を見せ、さらに多くの著述を残したかもしれない、と子規は書いている。

近松に対する子規の扱いぶりは、さらに厳しかった。近松が偉大な劇作家であったため、後世の劇作家たちは近松の影響から逃れられなかったという事実は認めながら、子規は次のように書く。

近松門左衛門は元禄の文傑にして千古《せんこ》の文傑に非《あらざ》るなり。見よ今日の標準を以《もっ》て近松を評しなば、其能《そのよ》く非難を免《まぬか》るゝ者幾何《いくばく》ぞ。先づ第一に其著作が演劇として幼稚なることは（国性爺《こくせんや》を除く外《ほか》）一も今日の舞台に上らざるにても知るべし。ある人は之《これ》を弁護してそは人形芝居の為《ため》に作りたる故なりと云《い》ふ。何ぞ知らん今日に残りたる人形芝居にも維新前頃流行したる人形芝居にも近世の脚色を用ゐて近松の作に依《よ》らず。則《すなは》ち近松の作は歌舞伎《かぶき》に適当せざるのみならず、人形に適用して猶興味少きを証《あか》すべし。（中略）時代物は脚色いたづらに複雑して少しも自然なる処《ところ》無く人物亦《また》架空的にして毫《がう》も其性格を現はさず。世話物《せわもの》は時代物に比して夐《はるか》に勝れりと雖《いへ》ども人物の性格の如きは猶其極端を現はさんとして架空に走ること少からず。（中略）近松は世話物に於《おい》て当時の世態《せたい》を尽したるが如しとはいへどもそは其時代の比較上に言ふべくして今日より観《み》れば実に狭小《けふせう》なる区域を出《い》でざりしなり。(17)

（近松門左衛門は元禄時代において傑出した作家であって、永遠に名を残す文豪ではない。今日の基準に照らして近松を評するならば、非難されずに済む作品がどれほどあるかを見よ。まず第一に、その著作が演劇として幼稚であることは、〔『国性《こくせん》爺合戦《やかっせん》』を除いて〕一つも今日の舞台で上演されていないことからも分かるだろう。ある人はこれを弁護して、近松作品は人形浄瑠璃《じょうるり》のために作ったものだからだと言う。今日に残る人形芝居も、明治維新前ごろに流行した人形芝居も、近世の脚色を用いて近松の作品によっていないのを知らないのか。これはつまり、近松の作品は歌舞伎に適さないだけでなく、人形芝居に用いるにも魅力が少ないことを証明しているのである。……〔江戸時代以前の武家社会を扱った〕時代物は脚色がむやみに複雑で少しも自然なところがなく、登場人物も現実離れしていて性格が全く表現されていない。〔江戸時代の町人社会を扱った〕世話物は時代物に比べて遥《はる》かによいとはいえ、やはり人物の性格などを誇張して表現するために現実離れすることが少なくない。……近松は世話物によって当時の世相を完全に描写しているかのようだが、それは、当時としては比較的そうだと言えるだけで、今日から見れば実に狭い範囲の社会を描いた物語だったのである）

子規は世に名文として称えられてきた『曽根崎心中《そねざきしんじゅう》』の道行《みちゆき》を、詳細にわたって攻撃している。引用された道行の文章は次の一節である。

此世《このよ》の名残夜《なごりよ》も名残、死《し》に行く身を譬《たと》ふれば仇《あだ》しが原《はら》の道の霜《しも》、一足《ひとあし》づゝに消えて行く夢の夢こそあはれなれ、あれ数《かぞ》ふれば暁《あかつき》の、七ツの時が六《む》ツ鳴りて、残る一つが今生《こんじやう》の、鐘の響《ひびき》の聞きをさめ、寂滅為楽《じやくめつゐらく》と響くなり。鐘ばかりかは草も木も、空も名残と見あぐれば、雲心《こころ》なき水の音、北斗《ほくと》は冴《さ》えて影映る、星の妹背《いもせ》の天《あま》の川《がは》（後略）

子規は、ここで「名残」という語を三回使っているのが極めて拙《つたな》いと厳しく批判した。また子規は、ふつう使われる「七つの鐘」の代わりに「七ツの時」を使ったのは、そのあとで「鐘」という字を使いたかったからだと推測している。さらに、「鐘ばかりかは」という言い回しは、まるで十五、六の少年に韻文を書かせたようではないかとも言う。こうした数々の欠点から見て、道行はまったく面白いところがないという結論に到る。「要するに道行の文は句々の間に瑕瑾《かきん》多く全体の上に統一無く、悪句のかたまりとも謂《い》ふべき者なり(18)」、句と句の間に小さな欠点が多く、全体として統一がなく、悪句の集大成と言っていいものである、と。

子規が本気で、こうした手当たり次第の非難を浴びせたとは信じ難い。ある一時的な苛立ちが、子規にこうした揚げ足取りを思いつかせたのかもしれない。あるいはむしろ、これは子規の病気のせいだったのではないだろうか。子規本人ではなくて、悪化しつつあった子規の病気が言わせた言葉のように見える。

こうして元禄文学を代表する三人の文学者を一蹴《いっしゅう》した子規は、次に日本画に関心を向ける。何年か前、中村不折と子規は日本画と西洋画の相対的な価値について議論し、子規は日本画の側に立った。日本画の擁護者としての典型的なやり方で、日本画の精神的な気高さを西洋画の野暮《やぼ》ったさと対比させた子規だが、今では次のように書いている。

> 日本画は如何《いか》にして持続すべきか。吾は此問《とひ》に答へて日本画の一大家（今の所《いは》謂《ゆる》大家より夐《はるか》に勝りたる者）出《い》づるに非ざれば此腐敗せる日本画を一新し永久に持続すること能《あた》はざるべしと言はん。只《ただ》恨むらくは人物は必ずしも社会の需用に応じて直ちに出で来る者に非ざるを。[19]

（日本画はどのようにして持続させればよいのか。自分はこの問いに答えて、日本画の世界に一人の大家〔現在のいわゆる大家より遥かに優れた者〕が現れない限り、この腐敗した日本画をすっかり新しくして、永遠に持続させることはできないだろ

うと言おう。しかし残念なことには、大人物は必ずしも社会の要求に応じてすぐに現れるものではない）

続けて、若い画家の芸術的才能をだめにしてしまう伝統的な日本画の教え方の例を、子規は幾つか挙げている。

先生躍鯉《やくり》浮萍《ふへい》を画《か》く、弟子も亦《また》躍鯉浮萍を画く。先生嶄巖《ざんがん》急流を画き危橋《きけう》を著《つ》け樵夫《せうふ》を著く、弟子も亦嶄巖急流を画き危橋を著け樵夫を著く。何ぞ其意匠に富まざるの甚だしきや。画に筆劃《ひつくわく》色彩ありて自己の意匠無くんば是れ美術に非ずして職工的技術なり。

（先生が跳ね上がる鯉《こい》と浮き草を描けば、弟子も跳ね上がる鯉と浮き草を描く。先生が切り立った崖《がけ》の急流に危ない橋を渡し、樵夫《きこり》を描けば、弟子もまた切り立った崖の急流に危ない橋を渡し、樵夫を描く。この甚だしい趣向の乏しさはどうしたことか。いかに筆遣いや色彩に優れていても自分で趣向を凝らさなければ、それは美術ではなくて職人的な技術である）

子規は、日本画の運命は危機に瀕《ひん》していると結論する。続いて子規は「写生」と題し、写生の方法が果して日本画を救うかどうか、その可能性を論じている。写生を基本にしない限り、良い絵を描くことは極めて難しいと、子規は確信していた。しかし子規は、古式を守ることだけに専念している現在の大家が遠近法や陰影法に熟達するのを期待しても無駄で、下手に真似《まね》すればかえって西洋画家の笑いものになると考えていた。(20)

『松蘿玉液』には、日本文学や美術の批評だけでなく、もっと魅力的なテーマである、弟子たちに対する子規の愛情、特に高浜虚子や河東碧梧桐との師弟愛が描かれている。明治二十九年十一月、子規は激しい胃痙攣《いけいれん》の発作に襲われた。碧梧桐と虚子は、子規の枕元《まくらもと》で交代で寝ずの番をした。子規は書いている。

去年と言ひこたびと言ひ二子の恩を受くること多し。吾が命二人の手に繋《かか》りて存するもの ゝ 如し。吾病める時二子傍に在れば苦も苦しからず死も亦《ま》た頼むところあり。(21)

（去年と言い、この度と言い、二人の恩を受けることが多い。我が命は二人のお蔭《かげ》で永らえているかのようだ。自分が病んでいる時でも二人が傍にいてくれれば、苦

しみも苦しみでなくなり、死もまた恐れるものではない）

こうした弟子たちの献身の記述は、子規をかつての記憶、明治二十五年（一八九二）十一月に京都の虚子を訪ねた頃に引き戻している。二人は共に一日を過し、嵐山《あらしやま》の名所を訪れ、歩きながら詩歌について論じた。子規は回想している。

此日の興《きよう》筆には書き難し。此時吾は尤《もつと》も前途多望に感じたりし時なり。吾に取りては第一の勁敵《けいてき》なる学校の試験と縁を絶ちたりし時なり。況《ま》して此勝地《しようち》に遊び此友に逢《あ》ふ。喜ばざらんと欲するも能《あた》はず、之を抑ふればますます喜びは力を得て迸発《はうはつ》せんとす。吾が顔は喜びの顔なり、吾が声は喜びの声なり、吾が挙動なり、(22)

（この日の楽しさは、文章では表現し難い。この頃は、私が将来に最も多くの希望を感じていた時だった。自分にとっては一番の手ごわい敵である学校の試験と縁を切った頃である。しかもこの景勝の地に遊び、この友と逢ったのだ、喜ぶまいとしても無理であり、その気持を抑えれば喜びはますます勢いづいて噴き出そうとする。我が顔は喜びの顔だ、我が声は喜びの声だ、我が挙動は喜びの挙動だ）

子規は、虚子以外に自分の喜びを理解できる者はいないと確信していた。虚子の喜びがわかる唯一の人間が子規であるのと全く同じように。これは子規の喜びが、苦痛に影響されることなく、このような高みに達した生涯で唯一の時だったかもしれない。子規は、こうした幸福は二度と経験しないだろうと思った。

予感は的中した。京都訪問と『松蘿玉液』執筆の間に、子規は恐ろしい病気に苦しむだけでなく、虚子に自分の後継者になることを拒絶されるという衝撃を受けた。今や二人はふたたび師弟関係にあったが、子規は今度は喜びではなく感謝について語っている。

『松蘿玉液』は、明治二十九年（一八九六）四月二十一日から十二月三十一日にかけて不定期に三十二回にわたって新聞「日本」に連載された。ほとんど読者の関心を惹《ひ》かなかったのは、おそらく子規に対する読者の関心がもっぱら詩歌と詩歌の批評に集中していたからである。子規の随筆に注意を払う者はほとんどいなかった。しかし続く随筆『墨汁一滴《ぼくじゅういってき》』と『病牀六尺《びょうしょうろくしゃく》』は、子規の最も重要な作品の中に入る。この二篇の随筆は、当時得た評価よりもはるかに注目に値する作品だった。

『墨汁一滴』は、明治三十四年（一九〇二）一月十六日から七月二日まで、百六十四回にわたって「日本」紙上に掲載された。子規の体調は『松蘿玉液』を発表してから五年の間にかなり悪化していた。自分の小さな庭を徘徊できないだけでなく、もはや生きているのが不思議なくらいだった。ほとんど動けない状態になってからも、なお子規が毎日随筆を書き続けられたのは、さらに大きな奇跡だった。坐《すわ》ることも立つこともできない子規は、寝床の上に紙をピンで留めて原稿を書いた。途方もない意志力を持つ人間だからこそ、来る日も来る日も、子規は絶え間ない苦痛をものともせず、新しい話題を見つけては自分の意見を開陳できたのだった。

子規は連載が始まる数日前に、二十行以下の短文を毎日書いて「日本」に送ることを思いつき、これを『墨汁一滴』と名付けた。一月十三日に原稿を送り、翌日にも送ったので、今朝の新聞にはそれが掲載されているだろうと広げて見たがどこにも載っていなかったと、弟子の寒川鼠骨《さむかわそこつ》に宛《あ》てた一月十五日付の手紙に諧謔《かいぎゃく》まじりに書いている。

ツマラヌ〳〵。何モイヤダ。新聞モヨミタクナイ。斯《か》ウ思ヒナガラ新聞ノ大組《おほぐみ》(出来上がった紙面)ヲ見ルト大物ガ(大物の筆者の稿で)ピツシリト塞《ふさ》ガツテ居ル。ソレデ墨汁一滴ヲ出ス余地ガナカツタノデアラウ。併《しか》シ僕ハ処《ところ》ヲ択《えら》バヌ。欄外デモヨイ。寧《むし》ロ欄外ガ善イカト思フ。欄外ヲ毎日二欄借リテ欄外文学ナドモシヤレテ居ルヨ。欄外二欄貸サナイダローカ。若《も》シ僕ニ金ガアツタラ広告文学ナドモ面白イダロー。コレハ毎日広告料ヲ払ツテ自分ノ文ヲ広告欄ニ出スノサ。面白イヂヤナイカ。病中ハ楽《たのしみ》ガ少イノデ一ツノ失望ニ逢《あ》フタトキニ慰メヤウガナイ。今日ハヤケダカラ遊ビニ行カウナド丶足ノ丈夫ナ人ハ贅沢《ぜいたく》ヲイフケレド足ノナイモノニハソレモ出来ヌ。(23)

翌十六日からようやく掲載された『墨汁一滴』の冒頭は、子規の病室の記述から始まっている。我々がこれまで読んで知っている子規の病室は、旅行の際に身につけた蓑《みの》や笠《かさ》など雑然とした物で埋まっていた。しかし、ここでは鼠骨からもらった直径三寸の地球儀に最大の関心が向けられている。(24)地球儀上の日本は赤く塗られ、台湾の下には「新日本」と記されていた。朝鮮、満洲《まんしゅう》、吉林《きつりん》、黒龍江《こくりゅうこう》などは紫色の領域に入っているが、明治三十四年現在ではまだ「新日本」に組み入れられていなかった。

無邪気な愛国心を見せて、子規は二十世紀末の地球儀には赤と紫の広さにどんな変化があるだろうかと考えている。(25)疑いもなく子規は、日本がもっともっと大きくなることを願っていた。これは次のように、子規がこの時点で抱いていたほとんど唯一の希望であった。

人の希望は初め漠然として大きく後漸《やうや》く小さく確実になるならひなり。我病牀《びやうしやう》に於《お》ける希望は初めより極めて小さく、遠く歩行《ある》き得ずともよし、庭の中だに歩行き得ば、といひしは四五年前の事なり。其後一二年を経て、歩行き得ずとも立つ事を得ば嬉《うれ》しからん、と思ひしだに余りに小さき望《のぞみ》かなと人にも言ひて笑ひしが一昨年の夏よりは、立つ事は望まず座るばかりは病の神も許されたきものぞ、などかこつ程になりぬ。しかも希望の縮小は猶《なほ》こゝに止《とど》まらず。座る事はともあれせめては一時間なりとも苦痛無く安らかに臥《ふ》し得ば如何《いか》に嬉しからん、とはきのふ今日の我希望なり。(26)

（人の希望は、初めは漠然としていて大きく、のちに次第に小さく確実なものになるのが世の常である。自分が病床に就いて抱いた希望は初めから極めて小さく、遠くまで歩けなくてもよい、庭の中だけでも歩ければ、と言っていたのは四、五年前のことだ。その後一、二年を経て、歩けなくても立つことができれば嬉しいと思ったものの、あまりに小さな望みだなあと人にも言って笑ったのだが、一昨年の夏からは、立つことは望まないから坐るだけでも病気の神も許してくれてもよかろうに、などと恨み言をいうほどになった。しかも希望の縮小は、まだ止まらなかった。坐ることはともかく、せめて一時間だけでも苦痛がなく安らかに寝ていられれば、どれほど嬉しいだろうかというのが、昨今の我が希望である）

子規は、自ら書けないほど身体《からだ》が衰弱するような時が来れば、誰か代筆する人間を雇わなければならないと常々考えていた。しかし、その頃に読み返した馬琴の文章によれば、馬琴が失明した際、その名声を以てしても満足すべき代筆者を見つけるのは極めて困難だったという。以前読んだときは他人事《ひとごと》として憐《あわ》れに思ったりしたが、これは今まさに自分のことなのだった(27)。身動きが不自由な病身であるにもかかわらず、子規は人の助けを借りずに自分で原稿を書かなければならない運命にあった。

長患《ながわずら》いの病人としての子規の一日は、毎朝六時半の起床に始まった。誰か(28)が子規のために火を熾《おこ》す。子規は新聞を読む。そのあと包帯を替えてもらう苦痛に堪え、それから一日の最初の食事になる。子規は自分が食べるものを手に持っていられなかったが、食べることは相変わらず子規の最大の楽しみだった。ふつうは朝食の後に、批評を頼まれた詩歌を読むことになる。

こうした詩歌に対する子規の意見は、一般に皮肉たっぷりで、多くは価値がないとして斥《しりぞ》けられたが、子規は一つの大きな発見をした。たまたま新聞記事を読むまでは、平賀《ひらが》元義《もとよし》という名前を子規は聞いたことがなかった。記事によれば、元義は独学の国学者で「恋の奴隷《どれい》」としても知られていた。その記事が元義の詩歌に触れていないのは、徳川後期の生前に作った詩歌がまだ発表されていなかったからだ。その後、元義の知人が歌集をまとめ、子規に一部を送った。それを読んで深い感銘を受けた子規は、元義は万葉調で歌を作ることに成功した唯一の歌人であると断言している。

偉大な未知の歌人を発見したことに興奮した子規は、『墨汁一滴』の新聞掲載十三回分を割いて、元義とその歌について書いている。[29]『万葉集』以降、歌人と呼ぶに値するのは四人だけだとして、源実朝、徳川宗武《とくがわむねたけ》、井手《いで》(橘《たちばな》)曙覧《あけみ》、平賀元義の名を挙げた。[30]これはたいそう変わった選択だった。藤原定家《ふじわらのていか》や西行を落として、実朝以外はほとんど知られていない江戸時代の三人の歌人を挙げたのだから。これらの歌人に共通して見られる特徴は、紀貫之に始まる宮廷歌人たちの女性的な感受性とは対照的な益荒《ますら》男《お》ぶりだった。子規は元義の特徴を次のように説いている。「元義は大丈夫《だいぢやうふ》を以て、日本男児を以て、国学者を以て自ら任じたる可《べ》く、詠歌《えいか》の如きは固《もと》より其の余技に属せしものならん」[31]、元義は自らを立派な男、日本男児、国学者だと思い定めていて、もともと歌を詠むなどは余技に属するものだったろう、と。

子規は、ほとんどの点で元義と正反対だった。断じて「大丈夫《だいじょうふ》」ではなかった子規にとっては、詩歌がすべてだった。子規は女々しい少年だったが、難儀な山歩きやベースボールで自分の力を試すことで、そうした自分の性向と闘って来たのである。無謀な試みをせずとも男らしさそのものであった歌人を、子規は羨《うらや》んだのかもしれない。あるいは、元義の歌に見られる荒々しい力強さに惹かれたのかもしれない。たとえば次の歌で、元義は日本に来た外国人の殺戮《さつりく》を強く主張している。(32)

えみしらを討平《うちたいら》げて勝鬨《かちどき》の声あげそめむ春は来にけり

子規が『墨汁一滴』の中で称揚してやまなかったもう一人は画家の中村不折《なかむらふせつ》である。(33)不折は、元義の国粋主義と対極にあるコスモポリタンだった。子規との会話の中で不折は西洋美術の優越性を主張し、留学の準備が整うとただちにフランスへ旅立った。不折に反論し、日本画の方が優れていると確信していた子規は、最初は不折の議論に耳を貸そうとしなかったものの、やがて絵画における構成と構図の重要性を理解し始めた。ついに子規は、不折のお蔭で美術がわかったと断言する。

余が不折君のために美術の大意を教へられし事は余の生涯に幾何《いくばく》の愉快を添へたりしぞ、若し之《これ》無くば数年間病牀に横《よこた》はる身のいかに無聊《ぶれう》なりけん。(34)
(不折君によって美術の大意を教えられたお蔭で、私の生涯はどれほど愉快になったことか。もしこれがなければ、病床に横たわっての数年間はいかに退屈になっていたことであろう)

貧しい暮らしに満足している不折を、子規は羨ましいと思った。不折は暇さえあれば勉強に打ち込み、煙草《たばこ》も吸わず、酒も飲まず、そして常に必ず約束を果たした。子規は、儒教の教えにかなったこの立派な人物を称えた。しかし西洋画に説き伏せられた後も、子規はなお外国文化が日本に入ってくることの是非を問い続けた。

詩歌の世界に革命を起こした子規は、意外なことに古い慣習を保持することに賛成であり、奈良その他の関西地方で古代の伝統的な祭が未だに執り行われている話を喜んで読んだ。おそらく、こうした伝統に対する子規の愛着は、日本に起源を持たない詩歌の形式である新体詩の詩人たちに子規が従わなかった理由を明かしている。子規はまた、日本人は簡潔さに対する生来の嗜好《しこう》を持つという考えを繰り返し述べている。子規は反対の例、たとえば『源氏物語』や馬琴の極めて長い小説のことは考えなかった。

子規は、一つの問題についてあらゆる側面にわたって調べなかったことを突かれても、いささかも動揺しなかったのではないか。随筆は論考ではないし、ましてや証拠立てられた論文でもなかった。子規は一つの気分から次の気分へと移り変わる自由を楽しんでいたのである。自分の意見に対してあり得る例外について思い煩《わずら》うことはなかった。病体にもかかわらず、子規が相変わらずユーモア感覚を持ち続けていたのは、相手を茶化《ちゃか》すような次の所見からもわかる。

板垣《いたがき》伯岐阜遭難の際は名言を吐いて生き残られたので少し間《ま》の悪い所があつた。星《ほし》氏の最期《さいご》は一言もないので甚だ淋《さび》しい。願はくは「ブルタス、汝《なんぢ》も亦《また》」と云ふやうな一句があると大《おほい》に振《ふる》ふ所があつたらう。(35)

（板垣退助《たいすけ》伯爵《はくしゃく》が岐阜で暴漢に襲われた際には、名言を吐いたのに生き残られたので、少しバツの悪いところがあった。星亨《ほしとおる》氏〔衆議院議長・駐米公使・逓信《ていしん》大臣などを歴任。剣客に刺殺された〕は何も言葉を残さずに死んだので大変物足りない。できれば、「ブルータス、おまえもか」というような一言があったなら、大いに話題になったことだろう）

第十一章　随筆『病牀六尺《びょうしょうろくしゃく》』と日記『仰臥漫録《ぎょうがまんろく》』

――死に向かっての「表」と「内」の世界

『病牀六尺《びょうしょうろくしゃく》』は、明治三十五年（一九〇二）五月五日の項に始まる。まず子規は、題名について次のように書く。

病牀六尺《びやうしやうろくしやく》、これが我世界である。しかも此《この》六尺の病牀が余《よ》には広過ぎるのである。僅《わづか》に手を延ばして畳に触れる事はあるが、布団《ふとん》の外へ迄《まで》足を延ばして体をくつろぐ事も出来ない。甚だしい時は極端の苦痛に苦しめられて五分《ごぶ》も一寸《いつすん》も体の動けない事がある。苦痛、煩悶《はんもん》、号泣、痲痺《まひ》剤、僅に一条の活路を死路の内に求めて少しの安楽を貪《むさぼ》る果敢《はか》なさ、其《それ》でも生きて居ればいひたい事はいひたいもので、毎日見るものは新聞雑誌に限って居《を》れど、其さへ読めないで苦しんで居る時も多いが、読めば腹の立つ事、癪《しやく》にさはる事、たまには何となく嬉《うれ》しくて為《ため》に病苦を忘るゝ様

な事が無いでもない。年が年中、しかも六年の間世間も知らずに寐《ね》て居た病人の感じは先《ま》づこんなものですと前置きして(1)

初期の随筆と違って『病牀六尺』の大半は口語体で書かれている。読むとじかに子規に接しているようで心動かされる思いがするが、子規は以前は言文一致を拒否していた。以後、子規が発表する散文は、もっぱらこの言文一致の文体になるが、詩歌では相変わらず古典的な日本語を使っている。

序文にあたるこの一節を書いた頃、子規の病気は著しく悪化していた。子規が味わう苦しみは激しく、モルヒネなしには堪えられなかった。明治三十四年（一九〇一）七月、子規は医者の石井祐治《いしいゆうじ》（露月《ろげつ》。一八七三―一九二八）に新婚新築を祝う手紙を書いているが、「小生一日一度位少量痲痺剤を呑《の》む　それが唯一の楽《たのしみ》に候《さうらふ》(2)」と付け加えている。翌明治三十五年一月二十九日付の石井医師への手紙に、子規は書く。

他人デサヘソレ程死ナセタクナキモノ何デ自分ノ命ガ惜《をし》クナウテタマルモノカ其《その》大事ノ〳〵命モイラヌ　ドウゾ一刻モ早ク死ニタイト願フハヨク〳〵ノ苦痛アルタメト思ハズヤ

君ガ僕ノ長生ヲ喜ブハ君ノ勝手ナリ　僕ガ僕ノ長生ヲ悲《かなし》ムハ僕ノ勝手ナリ　君ハ頻《しき》リニ死ノ悲ムベキヲ説ケドモ其悲ムベキ死ヲ喜ブ所ノ僕ニハ何ノ効力カアルベキ(3)

(他人でさえそれほど死なせたくないものなのに、自分の命が惜しくないわけがなかろう。その大事な大事な命もいらぬ、何とかして一刻も早く死にたいと願うのは、よほどの苦痛があるからだと思わないか。

君が僕の長生きを喜ぶのは君の勝手であり、僕が僕の長生きを悲しむのは僕の勝手である。君は繰り返し死は悲しいものだと説くが、その悲しいはずの死を喜ぶ僕に対して何の効果があるだろうか)

子規はこの時期に書いた手紙で、中でも叔父の大原恒徳に宛《あ》てた明治三十四年六月一日付の手紙で、昼夜とも苦痛煩悶ばかりで楽しい時間というものが少しもないと打ち明けている。しかし自分が味わっている苦しみが地獄にでも落ちたようなものであるとは御祖母様《おばあさま》始めどなたもご存じないだろうと。そして「今更何の望《のぞみ》も無之迚《これなくとて》も此《この》苦痛のやすまる事もあるまじけれ(ば)ハ早く御暇乞《おいとまごひ》したくと存《ぞんじ》候へ(ど)とも精神まだたしかなにて今直《すぐ》ニ死《しに》さうにも無之《これなし》此まゝでいつ迠《まで》苦しめらるゝ事かと困居候《こまりをり》(4)」、今さら何の望みもなく、この苦痛がおさまるはずもないので、早くこの世とお別れしたいとは存じますが、精神はまだ確かなので今すぐには死にそうにもなく、このままいつまで苦しめられることかと困っております、と続けている。
子規がおそらく一番信頼していた友人である夏目漱石に宛てた同年十一月六日付の手紙は、次のように始まっている。

僕ハモーダメニナツテシマツタ、毎日訳《わけ》モナク号泣シテ居ルヤウナ次第ダ、ソレダカラ新聞雑誌ヘモ少シモ書カヌ。手紙ハ一切廃止。(5)

子規は「ホトトギス」（東京で発行を始めた明治三十二年十月から間もなくこの表記となる）に掲載されているロンドンからの漱石の手紙（「倫敦《ロンドン》消息」）を読むのが楽しみで、漱石に「若《も》シ書ケルナラ僕ノ目ノ明《あ》イテル内ニ今一便ヨコシテクレヌカ（無理ナ注文ダガ）」と頼んでいる。手紙と『病牀六尺』の両方から明らかに見て取れる、次第に暗くなっていく調子は、自分が死に近づきつつあると子規が感じ取っていることを示している。家族は子規に何の慰めももたらさず、また仏教や他のいかなる宗教も子規の不幸を和らげなかった。子規が宗教について触れた最も印象的な部分は、自分の病室をキリスト教信者が訪れたことがきっかけとなって書かれた次の一節である。

耶蘇《やそ》信者某《ぼう》一日余《よ》の枕辺《まくらべ》に来《きた》り説いて曰《いは》く此世《このよ》は短いです、次の世は永いです、あなたはキリストのおよみ返りを信ずる事によつて幸福でありますと。余は某の好意に対して深く感謝の意を表する者なれども、奈何《いかん》せん余が現在の苦痛余り劇《はげ》しくして未《いま》だ永遠の幸福を謀《はか》るに暇《いとま》あらず。願《ねがは》くは神先《ま》づ余に一日の間を与へて二十四時の間自由に身を動かしたらふく食を貪《むさぼ》らしめよ。而《しか》して後に徐《おもむ》ろに永遠の幸福を考へ見んか。[6]

（先日、あるキリスト教信者が私の枕元に来て説いた。いわく、この世は短く、来世は永いです、あなたはキリストのご復活を信ずることによって幸福であります、と。私は彼の好意に対して深く感謝の意を表する者であるが、残念なことに私の現在の苦痛はあまりに激しいので、いまだ永遠の幸福について考えを巡らせる余裕がない。神に願いたいのは、まず私に一日の余裕を与え、二十四時間だけでも自由に身体《からだ》を動かせるようにし、食べ物を腹いっぱいむさぼり食わせてくれということだ。その後にならば、永遠の幸福について考えてみよう）

この頃の数少ない慰めの一つは絵だった。子規は回想する。

余は幼き時より画《ゑ》を好みしかど、人物画よりも寧《むし》ろ花鳥《くわてう》を好み、複雑なる画よりも寧ろ簡単なる画を好めり。今に至つて尚《な》ほ其《その》傾向を変ぜず。其故《それゆゑ》に画帖《ぐわでふ》を見てもお姫様一人書きたるよりは椿《つばき》一輪《りん》書きたるかた興《きよう》深く、張飛《ちやうひ》の蛇矛《だぼう》を携へたらんよりは柳《やなぎ》に鶯《うぐひす》のとまりたらんかた快く感ぜらる。(7)

（私は幼い時から絵が好きだったが、人物画よりもむしろ花鳥図を好み、複雑な絵よりもむしろ簡単な絵を好んだ。今もなおその傾向は変わっていない。だから画集を見ても、お姫様を一人描いた絵よりも、椿の花を一輪描いた絵の方が興味深く、張飛《ちょうひ》〔中国三国時代の英雄〕が蛇矛〔刃が蛇のように曲がりくねった矛《ほこ》〕を持っている絵よりも柳の木に鶯《うぐいす》がとまっている絵の方が快く感じられる）

この回想に続いて、子規はよく知られた江戸後期の画家たちに辛辣《しんらつ》な批評を加えている。「抱一《はういつ》の画、濃艶《のうえん》愛すべしと雖《いへど》も、俳句に至つては拙劣見るに堪《た》へず。其濃艶なる画に其拙劣なる句の賛《さん》あるに至つては金殿《きんでん》に反古《ほご》張りの障子《しやうじ》を見るが如《ごと》く釣り合はぬ事甚だし」(8)、酒井《さかい》抱一《ほういつ》（一七六一―一八二九）の絵はとても艶《なま》めかしくて愛すべきものだとはいえ、俳句となると下手で見ていられない。その艶《あで》やかな絵に下手な俳句の賛（絵の画面中に記された、その絵に関する詩歌や文章）がついているとあっては、まるで黄金の宮殿にくず紙を張った障子《しょうじ》がはまっているのを見るようで、全く釣り合っていない、と。

　また、谷文晁《たにぶんちょう》（一七六三―一八四一）の絵に対する子規の評価は同様に厳しいが、渡《わた》辺崋山《なべかざん》（一七九三―一八四一）の絵については、「華山《ママ》に至りては女郎雲助《ぢょらうくもすけ》の類《たぐひ》をさへ描きてしかも筆端《ひったん》に一点の俗気を存せず。人品の高かりし為にやあらむ」[9]、崋山となると、遊女や道中人足《にんそく》のたぐいまで描いて、それでも筆運びにまったく通俗さがない、人格が高潔なためであろうか、と称《たた》えている。崋山に対する子規の称賛は、その作品への客観的な評価というよりも、むしろ武士階級に属した画家に対する子規の偏愛が反映されていたかもしれない。

　子規は優れた書を書いたし、また、その絵にはかなり魅力がある[10]。しかし子規は、同時代の画家とあまり交際がなかった。随筆で詳しく述べている中村不折を別にすれば、親しかったのは浅井忠《ちゅう》と下村為山《しもむらいざん》（一八六五―一九四九）だけだった。浅井は優れた画家で西洋絵画の技法を提唱した先駆者だが、他の二人は今日ではほとんど忘れられている。不折から写生について学んだことを除けば、子規の絵はこれらの画家から大した影響を受けたようには見えない。

病室に長く閉じ込められていたので、景色を描くのは無理だった。また自画像のスケッチは何枚か描いているものの、肖像画には興味を示さなかった。代わりに庭から摘んだ花々や野菜をよく描き、俳句で鶏頭や柿《かき》に新たな生命を与えたように、こうした花々や野菜を絵の中に蘇《よみがえ》らせた。子規の俳句の味がわかる人なら、花々が咲き乱れているモネの描いた庭よりも、一輪の花を描いた子規の絵を好むかもしれない。

子規は、何よりも色に魅せられた。「画《ゑ》に彩色あるは彩色無きより勝れり。墨画《すみゑ》ども多き画帖の中に彩色のはつきりしたる画を見出《みいだ》したらんは万緑叢中《ばんりよくそうちゆう》紅一点の趣《おもむき》あり」[11]、絵に彩色があるのはないよりも勝る、水墨画ばかり多い画集の中に彩色の鮮明な絵を見つけた時は、見渡す限り緑の草むらの中に赤い花を一輪見つけた観がある、と書いている。自然の美を語る短い随筆『赤《あか》』の中で、子規は花々について次のように書く。

其《その》美しい現象の最要素は色である、色は百種も千種もあるけれど、概して天然界の色はつやゝかにうつくしく、人間界の色はくすんで曇つて居る、空の青、葉の緑、花の紅白紫黄の明るく愉快なるに反して、人間の製造した衣服、住居、器具などは皆暗く寒い色であつて、何だか罪悪を包蔵して居るやうに思はれる。併《しか》し天然の色でも其中で最も必要なのは赤である。赤色の無い天然の色は如何《いか》に美しくても活動する事が無い。[12]

音楽に関しては子規は何も書いていないと言っていいくらいで、大いに称賛していた能の囃子《はやし》についてさえほとんど触れていない。また子規には西洋音楽の心得が無きに等しかった。かつて友人の一人が子規を慰めようと病室に蓄音機を運び込んで、日本の音楽と西洋の音楽の両方のレコードをかけたことがある。子規は次のように回想している。

　西洋の歌の中にラフイング、ソング（笑歌）と題するのがあつて、何の事だかわからぬが、調子は非常な急な調子で、ところ〴〵に笑ひ声が這入《はい》つてゐる歌であつた。此《これ》は笑ひ声に巧みなといふ評判の西洋音楽師が吹き込むだんださうで今試《ため》にこの歌を想像して見ると、[13]

と書いたあとで、子規は大胆な想像力を発揮して、「鴉《からす》が五六羽飛《とん》で来て、権兵《ごんべ》衛《（ゑ）》の頭に糞《くそ》かけた。アツハハ、ハツハ、アツハハハ」など三つの歌を創作している。

子規の西洋音楽に対する無知は、明治三十四年の日本の知識人として珍しくもなければ、遅れているというわけでもなかった。しかし、子規より十九歳若い石川啄木《いしかわたくぼく》（一八八六―一九一二）は、東北地方の人里離れた村で育ったにもかかわらず、自らバイオリンを弾き、ハルモニウム（オルガンの一種）で演奏される音楽を聴くのが楽しみで教会に通った。子規はかつて聴いたオペラの一曲をからかったが、啄木はワグナーを讃美《さんび》する文章を書いている。二十歳と離れていない二人の詩人の違いは、日本人の西洋文化理解が全国に広まるのがいかに速かったかを鮮烈に示している。

死の半月ほど前の明治三十五年九月一日、子規は一年前にベンジャミン・フランクリンの『自叙伝《じじょでん》』を日課のようにして読み始めたことを思い出す。

横文字の小さい字は殊《こと》に読みなれんので三枚読んではやめ、五枚読んではやめ、苦しみながら読んだのであるが、得た所の愉快は非常に大なるものであつた。（中略）此《この》書物は有名な書物であるから、日本にも之《これ》を読んだ人は多いであらうが、余の如く深く感じた人は恐らく外《ほか》にあるまいと思ふ。(14)

貧しい少年が勤勉と持って生れた機知によって金持となり尊敬されるようになる話

に、子規がいかに深く感動したかは想像するに難くない。おそらく子規は、明治初期の野心ある若者のバイブルとして影響を与え続けたサミュエル・スマイルズ『自助《じじょ》論《ろん》』の影響下にもあった。

子規がフランクリンの『自叙伝』を読んでいたのと前後して、啄木は明治三十五年にイプセンの最も陰鬱《いんうつ》な芝居の一つ『ジョン・ガブリエル・ボルクマン』の翻訳を始めている。二人の嗜好《しこう》の差は、年齢を隔てる二十年どころかイプセンとフランクリンを隔てる百年のようにも思える。子規はだいたいにおいて近代の人間だったが、啄木は現代人のように見える。

『病牀六尺』の連載中、子規の病気を心配した新聞「日本」編集主任の古島一雄《こじまかずお》は、子規の負担を少しでも軽くしようと考えて一回休載した。しかし翌日、社に出てみると、子規から次の手紙が届いていた。

僕ノ今日ノ生命ハ「病牀六尺」ニアルノデス　毎朝寐起《ねおき》ニハ死ヌル程苦シイノデス　其中《そのなか》デ新聞ヲアケテ病床六尺ヲ見ルト僅《わづか》ニ蘇ルノデス　今朝新聞ヲ見タ時ノ苦シサ　病牀六尺ガ無イノデ泣キ出シマシタ　ドーモタマリマセン　若《も》シ出来ルナラ少シデモ（半分デモ）載セテ戴《いただ》イタラ命ガ助カリマス

僕ハコンナ我儘《わがまま》ヲイハネバナラヌ程弱ツテキルノデス(15)

古島はこの手紙を見てびっくりし、すぐ子規のところへ飛んで行って、これからは必ず毎日出すからと約束した。古島は、「彼はその時部屋の畳の所々へ半円形に紐《ひも》をつけておいて、不自由な痛む体の寝起に、それを両手でつかんではやつてゐたのだヨ」と語っている(16)。

長引く病気が、短い小康状態によって途切れることは数えるほどしかなかった。しかし子規は最後まで抜かりなく、また最後まで心配の種を抱えていた。死の二カ月前の明治三十五年七月、子規は回想している。

病気になつてから既に七年にもなるが、初めの中《うち》は左程《さほど》苦しいとも思はなかつた。肉体的に苦痛を感ずる事は病気の勢ひによつて時々起るが、それは苦痛の薄らぐと共に忘れたやうになつて仕舞《しま》ふて、何も跡をとゞめない。精神的に煩悶して気違ひにでもなりたく思ふやうになつたのは、去年からの事である。さうなると愈〻《いよいよ》本当の常病人になつて、朝から晩迄《まで》誰か傍に居つて看護をせねば暮せぬ事になつた。何も仕事などは出来なくなつて、たゞひた苦《くるし》みに苦しんで居ると、それから種々な問

題が沸いて来る。(17)

最も差し迫った問題は、金銭のことだった。子規にとっては常に十分であったためしがない収入は、新聞「日本」や「ホトトギス」に連載その他の記事を書いて得ていた。その収入では女中を雇うにも足りず、ましてや看護婦は無理であり、さらに子規が必要とする薬や麻酔剤にはかなりの金がかかった。子規はまた、母親も妹も食べたことのないような高価な食べ物を毎日欲しがった。

看護婦がいない中で、病人の世話をする仕事は母と妹の肩にのしかかっていた。本職の看護婦ないしは病人の面倒を見る経験を積んだ人間を雇えたなら、子規の味わったひどい苦痛は和らげられていたかもしれないが、長患《ながわずら》いの病人を扱った経験のない母と妹は、少なくとも子規によれば不器用だった。時に二人の不器用さは子規を怒らせ、病気の絶え間ない苦痛もあって、子規は二人を怒鳴りつけた。しかし子規は、二人が自分のために忙しく料理や掃除、洗濯をしている時に、枕元にいてくれと要求するのは理不尽だと気づくこともあった。母と妹はしばしば子規の不平に応《こた》えて、家事があるから一日中付ききりではいられないと言ったが、そのような反論は言い争いのきっかけにしかならなかった。だが枕元に坐《すわ》っている時でさえ、控えめな律たちは会話で子規を楽しませることもできず、子規はたちまち退屈してしまった。
この事実から子規は、女性にもよい教育（高等小学校は言うまでもなく、できれば高等女学校くらいの）が必要だとの結論に到《いた》っている。女性は教育によって、夫が病気になった時に看病するだけでなく、子供の教育に目を配り、家庭内の平和と調和を保てるようになると。続けて子規は書く。

掃除といふ事は必要であるに相違無いが、うん〳〵と唸《うな》つて居る病人を棄《す》てゝ置《おい》て隅から隅迄拭《ふ》き掃除をしたところで、それが女の義務を尽したといふわけでもあるまい。場所によれば毎日の掃除を止《や》めて二日に一度の掃除にしても善い、三日に一度の掃除にしても善い。(18)

同様にして子規は、母と妹が自分の病床から離れてしまうために、時間のかかる台所仕事の重要性を否定している。とはいえ、病人の世話が女性の最優先の仕事であるとまでは言っていない。「一家の和楽《わらく》」――家庭内に和やかで楽しい雰囲気を保つことが、より大切であった。子規は、日本の家庭には伝統的に「一家の和楽」「一家の団欒《だんらん》」が乏しく、それは女性の教育が不十分だからだと言う。家庭内で打ち解けた雰囲気を最もつくりやすいのは、食膳《しょくぜん》を囲む時だと子規は力説する。そこで家族が食事をしている間は雑談すべきであり、食後にはさらに雑談すべきであると。雑談は家庭を明るくするが、子規の家の女たちには雑談のための機知も時間もなかった。(19)

家庭における雑談の重要性を子規が主張したのは、当時の女性が受けた教育に基本的に欠けるものがあったことを示している。伝統に沿った美しい短歌を詠《よ》み、それを作法にかなった書法で書くことを教わった上流階級の女性たちでさえ、自分の意見を持つことは期待されず、機知よりはむしろ沈黙がふさわしいとされていた。良妻賢母という儒教の理想は、そのために話し上手であることが重要だとは言っていなかった。家庭での雑談の楽しみを奪われた男たちが、それを遊廓《ゆうかく》に求めたとしても意外ではない。

母と妹の静かな献身によって子規は生き続けられたが、感謝の気持ちを表す代わりに、二人の理解が足りないことについて不平を言った。妹の律を感受性が鈍いと非難したが、それでいて律が自分の食事をすべて作るのは当然だと思っていた。しかも子規は、その料理を褒めるどころか文句を言った。また妹が子規の包帯を取り替える際には、自分の痛みについて不平を言うばかりで、その仕事に対する妹の不快感を思いやりはしなかった。おそらく何よりひどかったのは、子規は母にも妹にも自分が詩人として成した仕事について全く話していなかったように見えることである。子規は、自分が俳句と短歌にもたらした変革の重要性——言葉を換えて言えば、自分の人生に意味を与えたもの——を、二人には理解できないと結論を下していたようだ。母と妹が受けた教育では文学の議論をするには十分でないという子規の考えは正しかったかもしれないが、二人の沈黙を冷淡さのゆえと解釈したのは子規の間違いだった。二人はおそらく子規に脅《おび》えていたのだ。子規もこれに気づき、次のように書いている。

病勢ハゲシク苦痛ツノルニ従ヒ我思フ通リニナラヌタメ絶エズ癇癪《かんしゃく》ヲ起シ人ヲ叱《しっ》ス　家人《かじん》恐レテ近ヅカズ　一人トシテ看病ノ真意ヲ解スル者ナシ(20)

(病気の勢いが激しくなり、苦痛がひどくなるのに従って、自分の思った通りにならないことから、常にすぐ癇癪を起こしては他人を叱《しか》る。家の者はそれを恐れて寄り付かない。看病の本当の意義を理解している者は一人もいない)

子規は、母親との関係をめったに書かなかった。ある時、退屈した子規は母親に新聞の記事を読んでくれるように頼んでみた。『病牀六尺』の明治三十五年七月三十一日に書かれた項は、二十九日の出来事を次のように語る。

九時頃便通後稍《やや》苦しく例に依《よ》りて痲痺剤を服す。薬いまだ利《き》かざるに既に心愉快になる。

此時老母に新聞読みてもらふて聞く。振仮名《ふりがな》をたよりにつまづきながら他愛《たわい》も無き講談の筆記抔《など》を読まるゝを我は心を静めて聞きみ聞かずみうと〳〵となる時は一日中の最《もっとも》楽しき時なり。(21)

(九時頃、便通の後やや苦しく、例によって麻酔剤をのむ。薬がまだ効いてこないうちから、早くも心は愉快になる。

この時、老母に新聞を読んでもらい、それを聞いた。振り仮名を頼りに、つまずきながら取るに足りない講談の筆記など読んでくださるのを、自分は心を静めて聞いたり聞かなかったりして眠りそうになるのは、一日中で最も楽しい時である)

子規は、新聞に発表する原稿には母と妹に対する苛立《いらだ》ちを率直に吐き出すことはできなかった。子としてあるまじき親の批評は、読者の反感を買うかもしれなかったからだ。代わりに子規は、併行して『仰臥漫録《ぎょうがまんろく》』という秘密の日記をつけようと考え、その中で読者に気兼ねなく自由に書きたいことを書いた。(22)この日記に子規は、毎日食べたもの、飲んだもの、排便、体温、病室を訪れた客たち、その見舞いの品々、そして自分が味わっている苦痛を、労を惜しまずに記録した。およそ重苦しいこの日記の調子は、ところどころに出て来る俳句によって幾分か和らげられるが、文学的に興味のある一節は比較的少ない。印象的なのは、子規が腹筋にひどい痛みを覚えた時に、枕元で裁縫をしていた母と妹の三人で松山での生活を回想して話したという一節である。子規は、「イト面白カリキ」(23)と書いている。これは、三人が雑談の楽しみを経験した稀《まれ》な機会と言っていいかもしれない。

遥《はる》かに文学的な作品である『病牀六尺』を一方で書き進めながら、どうやって子規がこの詳細な日記をつける時間を見つけたかは明らかではない。そもそも、なぜこの日記をつけたのか、その理由を子規は述べていない。多くの作家が日記をつけるのは、自分の子供たちはもとより、より幅広い読者がその日記を読み、筆者に感心するか、少なくとも筆者に共感することを願うからである。そうでない作家も、たとえ(啄木のように)死後に日記を燃やすよう妻に指示したとしても、それが保存されることを願っているものだ。しかし子規には、将来の読者に思いを馳《は》せる気配はみじんも見られない。『仰臥漫録』の大半はありふれた事実に関する記述であり、これを一個の文学作品に仕立てる意図はまったくなかったように思える。

この日記には、しばしば取るに足りないこと、あるいは気晴らしの少ない病人にしか興味のないことが書かれている。たとえば、「犬頻《しき》リニ吠《ほ》ユ」を受けて、「隣ノ時計九時ヲ打ツ(24)」とあるように。おそらく子規は、一部の日記作者と同じようにこうした些細《ささい》な事実を記録しておくことで、いつか自叙伝を書く時にその現実性を増すことができるかもしれないと考えたのであろう。子規が秘密裡《り》にこの日記をつけたのは、たとえば妹に下した残酷な評価を本人に読ませないためだったということは考えられる。しかし子規は、啄木の『ローマ字日記』のようにはその理由を打ち明けていない。啄木はこう書いている。

Sonnara naze kono Nikki wo Rōmaji de kaku koto ni sitaka? Naze da? Yo wa Sai wo aisiteru; aisiteru kara koso kono Nikki wo yomase taku nai no da.——Sikasi kore wa Uso da! Aisiteru no mo Jijitu, yomase taku nai no mo Jijitu da ga, kono Hutatu wa kanarazu simo Kwankei site inai.(25)

（そんならなぜこの日記をローマ字で書くことにしたか？　なぜだ？　予《よ》は妻を愛してる。愛してるからこそこの日記を読ませたくないのだ、——しかしこれはうそだ！　愛してるのも事実、読ませたくないのも事実だが、この二つは必ずしも関係

していない）

つまり我々がわからないのは、なぜこの日記をつけることが子規にとってそれほど大事だったのかである。書くことは非常に苦しかったにもかかわらず、子規は来る日も来る日も日記を書き続けた[26]。

『仰臥漫録』には、若い書生時代の旅行についてのそれなりに面白い回想や、雑誌の選句に対する簡潔な批評とは別に、子規の他の作品にはどこにもない、ドキッとさせるような数ページがあることが極めて興味深い。

律《りつ》ハ理窟《りくつ》ヅメノ女也《なり》　同感同情ノ無キ木石《ぼくせき》ノ如《ごと》キ女也　義務的ニ病人ヲ介抱スルコトハスレトモ同情的ニ病人ヲ慰ムルコトナシ　病人ノ命ズルコトハ何ニテモスレト《(ど)》モ婉曲《ゑんきよく》ニ諷《ふう》シタルコトナドハ少シモ分ラズ　例ヘバ「団子《だんご》ガ食ヒタイナ」ト病人ハ連呼スレト《(ど)》モ[27]彼ハソレヲ聞キナガラ何トモ感ゼヌ也　病人ガ食ヒタイトイヘバ若《も》シ同情ノアル者ナラバ直《すぐ》ニ買フテ来テ食ハシムベシ　律ニ限ツテソンナコトハ曾《かつ》テ無シ　故《ゆゑ》ニ若シ食ヒタイト思フトキハ「団子買フテ来イ」ト直接ニ命令セザルベカラズ　直接ニ命令スレバ彼ハ決シテ此《この》命令ニ違背《ゐはい》スルコトナカルベシ　其理窟ツポ

イコト言語《ごんご》同断《ママ》ナリ　彼ノ同情ナキハ誰ニ対シテモ同ジコトナレト《(ど)》モ只《ただ》カナリヤニ対シテノミハ真ノ同情アルガ如シ　彼ハカナリヤノ籠《かご》ノ前ニナラバ一時間ニテモ二時間ニテモ只何モセズニ眺メテ居ル也　併《しか》シ病人ノ側《そば》ニハ少シニテモ永ク留《とど》マルヲ厭《いと》フ也　時々同情トイフコトヲ説イテ聞カスレト《(ど)》モ同情ノ無イ者ニ同情ノ分ル筈《はず》モナケレバ何ノ役ニモ立タズ　不愉快ナレト《(ど)》モアキラメルヨリ外《ほか》ニ致方《いたしかた》モナキコト也(28)

(律は理詰めの女である。人に同感したり同情したりすることのない木か石のような女である。義務的に病人を介抱することはするけれども、同情をもって病人を慰めることはない。病人が命じることは何であってもするが、遠回しにほのめかしたことなどは少しも理解しない。たとえば「団子が食いたいな」と病人が繰り返し言っても、彼女はそれを聞きながら何とも感じないのだ。病人が食いたいと言ったら、もし同情心のある者ならばすぐに買ってきて食わせるだろう。律に限っては、そんなことはこれまで一度もない。だから、もし食いたいと思った時は、「団子を買ってこい」と直接命令しなければならない。直接命令すれば彼女は決してその命令に背くことはないだろう。その理屈っぽさは言語道断である。彼女の同情心の無さは誰に対しても同じことだが、ただカナリアに対してだけは本当に同情心があるように見える。彼女はカナリアの籠の前であれば、一時間でも二時間でもただ何もしないで眺めているのだ。しかし病人のそばには少しでも長くとどまるのは嫌がる。時々、同情ということについて話して聞かせるが、同情心の無い者に同情がわかるはずもないから、何の役にも立たない。不愉快ではあるが、諦《あきら》めるよりほかに方法がないのである）

次の日の日記では、律についてまったく別の考えを記している。

律ハ強情也《なり》　人間ニ向《むか》ツテ冷淡也　特ニ男ニ向ツテshy[29]也　彼ハ到底配偶者トシテ世ニ立ツ能《あた》ハザルナリ　シカモ其事《そのこと》ガ原因トナリテ彼ハ終《つひ》ニ兄ノ看病人トナリ了《をは》レリ　若《も》シ余《よ》ガ病後彼ナカリセバ余ハ今頃如何《いか》ニシテアルベキカ　看護婦ヲ長ク雇フガ如《ごと》キハ我能《よ》ク為《な》ス所ニ非《あら》ズ　ヨシ雇ヒ得タリトモ律ニ勝ル所ノ看護婦即《すなは》チ律ガ為スダケノ事ヲ為シ得ル看護婦アルベキニ非ズ　律ハ看護婦デアルト同時ニオ三《さん》ドンナリ　オ三ドンデアルト同時ニ一家ノ整理役ナリ　一家ノ整理役デアルト同時ニ余ノ秘書ナリ　書籍ノ出納《しゅつなふ》原稿ノ浄書《じゃうしょ》モ不完全ナガラ為シ居ルナリ　而《しか》シテ彼ハ看護婦ガ請求スルダケノ看護料ノ十分ノ一ダモ費《つひや》サヾル也　野菜ニテモ香《かう》ノ物《もの》ニテモ何ニテモ一品アラバ彼ノ食事ハ了ル也　肉ヤ肴《さかな》ヲ買フテ自己ノ食料トナサンナド、

ハ夢ニモ思ハザルガ如シ　若シ一日ニテモ彼ナクバ一家ノ車ハ其運転ヲトメルト同時ニ余ハ殆《ほとん》ド生キテ居ラレザル也　故《ゆゑ》ニ余ハ自分ノ病気ガ如何ヤウニ募ルトモ厭《いと》ハズ　只彼ニ病《やまひ》無キコトヲ祈レリ　彼在《あ》リ余ノ病ハ如何《いかん》トモスベシ　若シ彼病マンカ彼モ余モ一家モニッチモサッチモ行カヌコトトナル也　故ニ余ハ常ニ彼ニ病アランヨリハ余ニ死アランコトヲ望メリ　彼ガ再ビ嫁《か》シテ再ビ戻リ其配偶者トシテ世ニ立ツコト能ハザルヲ証明セシハ暗《あん》ニ兄ノ看病人トナルベキ運命ヲ持チシ為《ため》ニヤアラン(30)

（律は強情である。人間に対して冷淡である。特に男に対してはシャイ〔内気〕である。彼女はとうてい配偶者として世の中で務まらない。しかもそれが原因となって、彼女はついに兄の看病人となってしまった。私が病気になってのちは、もし彼女がいなかったら今頃どうしていただろう。看護婦を長く雇うようなことは自分にできるわけがない。仮に雇えたとしても、律に勝るような看護婦、つまり律と同じことができる看護婦などいるわけがない。律は看護婦であると同時に女中である。女中であると同時に一家の整理役である。一家の整理役であると同時に私の秘書である。書籍の出し入れ、原稿の清書も不完全ながらやっている。そして彼女は看護婦が請求するほどの看護料の十分の一も使うわけではない。野菜でも漬物でも、何か一品あれば彼女の食事は済んでしまう。肉や魚を買って自らの食料にしようなどとは夢にも思っていないようだ。もし一日でも彼女がいなければ、一家の車輪は回らなくなると同時に、私はほとんど生きていられない。だから私は自分の病気がどのように悪くなってもかまわない、ただ彼女が病気にならないことを祈っている。彼女がいれば私の病気はどうにでもなる。もし律が病気になれば彼女も私も一家も二進《にっち》も三進《さっち》も行かないことになる。だから私は常に、彼女が病気になるよりは自分が死ぬようにと望んでいる。彼女が二度嫁に行って二度戻ってきて、配偶者として世間ではやっていけないことが証明されたのは、暗に兄の看病人となるべき運命を持っていたからではないか)

律に対する二つの驚くほど異なる評価は、子規がいかに素早く考えを変えるかという例である。後者の一文のあとには俳句が幾つか続き、さらに次の不可解な一節が来る。

彼ハ癇癪持《かんしやくもち》ナリ　強情ナリ　気ガ利カヌナリ　人ニ物問《ものと》フコトガ嫌ヒナリ　指サキノ仕事ハ極メテ不器用ナリ　一度キマッタ事ヲ改良スルコトガ出来ヌナリ　彼ノ欠点ハ枚挙ニ遑《いとま》アラズ　余ハ時トシテ彼ヲ殺サント思フ程ニ腹立ツコトアリ　サレ

ド其実《そのじつ》彼ガ精神的不具者デアルダケ一層彼ヲ可愛《かはい》ク思フ情ニ堪《た》ヘズ　他日若シ彼ガ独リデ世ニ立タネバナラヌトキニ彼ノ欠点ガ如何ニ彼ヲ苦《くるし》ムルカヲ思フタメニ余ハ成ルベク彼ノ痼癖性ヲ改メサセント常ニ心ガケツヽアリ　彼ハ余ヲ失ヒシトキニ果シテ余ノ訓戒ヲ思ヒ出スヤ否《いな》ヤ[31]

（彼は痼癖持ちである。強情である。気が利かない人間である。他人に質問することが嫌いである。指先を使う仕事はとても不器用である。一度決まったことはさらに改良することができない。彼の欠点は数え上げたらきりがない。私はどうかすると彼を殺そうと思うほど腹の立つことがある。しかし実際には、彼が精神的に不備のある者だけに、より一層彼をかわいく思う気持ちを抑えられない。いつの日か、もし彼が世の中で独り立ちせざるを得なくなった時に、その欠点がいかに彼を苦しめるかを思って、私はできるだけ彼の痼癖を起こしやすい性質を改めさせようと常に心がけている。私を失った時に、果たして彼は私が与えた教訓を思い出すであろうか）

ここで子規が忠言を与えている「彼」は、前の一節と同じく妹の律を指すと思われるが、あるいは子規にとって最も大事な弟子である高浜虚子だったかもしれない。その口調からわかるのは、言及された人物は子規の身近にあって、絶えず子規が心配している相手だということである。いずれにせよ、この陰鬱な調子は長くは続かない。やがて子規は、お気に入りの話題である飲食物のことに話を戻し、その日に食べたり飲んだりしたもののすべてを書き出している。

　この作品には自身が作った俳句や他人の句がちりばめられているが、句についての意見はおおむね記されていない。こうした俳句や、新聞で読んだおもしろい記事の要点をまとめている一節が、この重苦しいほどに暗い日記に時たま明るい調子を添えている。しかし、より頻繁に子規が触れるのは自らを怒らせた出来事についてである。たとえば、「家人」が屋外にいて子規が大声で呼んでも応えなかったために自分が癇癪を起こしたことに言及している。やけになった子規は、牛乳や餅菓子を貪《むさぼ》り食《く》って、ついには消化不良を起こして苦しんだ。そして、自分には庭で話す低い声でさえ聞こえるのに、病床から呼ぶ大声が聞こえぬはずがない、「ソレガ聞エヌハ不注意ノ故ナリトテ家人ヲ叱ル」と書いている。[32]

　この挿話には、どこか気持ちのよくないものがある。解《げ》せないのは、自分の妹について触れるのに、その名前を、あるいは「妹」とすら書かずに、何の親しみもこもらない「家人」と書いていることだ。子規は妹の律を、呼べばすぐに応えるのが当たり前の召使いのように見做《みな》している印象を受けるが、その召使いが自分を呼ぶ声に気づかず子規に腹痛を起こさせる罪を犯したという話になっている。『仰臥漫録』の次の行は、「午後家庭団欒《だんらん》会ヲ開ク　隣家ヨリモラヒシオハギヲ食フ」、午後は一家団欒のひとときを楽しむ、隣りの家からもらったおはぎを食べる、となっている。たぶん子規は、自分が怒り狂ったことを午後には後悔していたのではないか。

子規の死後に行われた、記者による母親と妹へのインタビューでは、二人とも子規との生活が大変だったとはおくびにも出していない。子規の母は、夫の飲酒癖や無気力さを受け入れたのと同様に、おそらく子規が不機嫌な時も受け入れたに違いない。それが武士の妻であり母である者の在り方だと教えられていたからだ。子規の短気に対する律の唯一の防衛手段は、自分があたかも本当の木石であるかのごとく振舞うことだった。

『仰臥漫録』の明治三十四年十月二日の項は、いつものようにその日に食べたものすべてを詳細に書き記し、便通と包帯の取替えのことに短く触れ、最近の苦痛についてさらに長く記している。この日、子規は叔父の大原恒徳から便りをもらったことを書いている。その便りには、子規の外祖父《がいそふ》である大原観山が慶応三年（一八六七）十月八日に書いた子規の誕生を喜ぶ手紙（観山の妻宛て）が同封されていた。(33)「小児も丈夫に候得共《さうらへども》少しちゝ付《つけ》候よし」[34]、赤ん坊は丈夫ではあるが、少し乳《ち》付《つ》けをするようだ（肥立《ひだ》ちがよくないのか、他人の乳を飲ませるようだ）、と祖父は書き、それがよくなることを祈っている。誕生の時から自分の健康が関心を集めてきたことを祖父の手紙で知った子規だが、それについて日記で何も触れていない。

明治三十四年十月十三日、子規は『仰臥漫録』の中で最も注目すべきくだりを書いた。

　今日モ飯ハウマクナイ　昼飯モ過ギテ午後二時頃天気ハ少シ直リカケル　律ハ風《ふ》呂《ろ》ニ行クトテ出テシマウタ　母ハ黙ツテ枕元ニ坐《すわ》ツテ居《を》ラレル[35]

突然、子規は精神が変になってきた。子規は「サアタマランタマラン」「ドウシヤウ〳〵」と叫ぶ。ますます心が乱れてきて、「タマラン〳〵ドウシヤウ〳〵」と連呼すると、母は「シカタガナイ」と静かに応える。

子規は弟子の坂本《さかもと》四方太《しほうだ》（一八七三―一九一七）に電報を打つことにした。母が頼信《らいしん》紙《し》（電文を書く所定の用紙）と硯箱《すずりばこ》を持って来る。子規はすぐに「キテクレネギシ」、来てくれ根岸、と書いて母に渡し、母は羽織を着て外へ出た。子規は書く。

サア静カニナッタ　此家《このいへ》ニハ余一人トナッタノデアル　余ハ左向《ひだりむき》ニ寐《ね》タマヽ前ノ硯箱ヲ見ルト四五本ノ禿筆《ちびふで》一本ノ験温器ノ外《ほか》ニ二《に》寸許《すんばか》リノ鈍イ小刀ト二寸許リノ千枚通シノ錐《きり》トハシカモ筆ノ上ニアラハレテ居ル　サナクトモ時々起《おこ》ラウトスル自殺熱ハムラヽヽト起ツテ来タ　実ハ電信文ヲ書クトキニハヤチラトシテヰタノダ　併《しか》シ此鈍刀《どんたう》ヤ錐デハマサカニ死ネヌ　次ノ間《ま》ヘ行ケバ剃刀《かみそり》ガアルコトハ分ツテ居ル　ソノ剃刀サヘアレバ咽喉《のど》ヲ掻《か》ク位《くらゐ》ハワケハナイガ悲シイコトニハ今ハ匍匐《はらば》フコトモ出来ヌ　已《や》ムナクンバ此小刀デモノド笛ヲ切断出来ヌコトハアルマイ　錐デ心臓ニ穴ヲアケテモ死ヌルニ違ヒナイガ長ク苦シンデハ困ルカラ穴ヲ三ツカ四ツカアケタラ直《すぐ》ニ死ヌルデアラウカト色々ニ考ヘテ見ルガ実ハ恐ロシサガ勝ツノデソレト決心スルコトモ出来ヌ　死ハ恐ロシクハナイノデアルガ苦ガ恐ロシイノダ　病苦デサヘ堪ヘキレヌニ此上死ニソコナフテハト思フノガ恐ロシイ　ソレバカリデナイ　矢張《やはり》刃物ヲ見ルト底ノ方カラ恐ロシサガ湧《わ》イテ出ルヤウナ心持《こころもち》モスル[36]

（さあ静かになった。この家には私一人となったのである。私は左向きに寝たまま、目の前の硯箱を見ると、四、五本のちびた〔穂先のすり減った〕筆と、一本の体温計があり、ほかに六センチほどの切れ味の悪い小刀と、六センチほどの千枚通しの錐とがあり、しかもそれらは筆よりも長く頭を出している。そうでなくても時々起こりそうになる自殺衝動がむらむらと起こってきた。実は電信文を書く時に、早くもちらっとそれを感じていたのだ。しかしこのなまくら刀や千枚通しの錐では、まさか死ねないだろう。隣の部屋に行けば剃刀があることはわかっている。その剃刀さえあれば咽喉を掻《か》き切《き》るくらいは容易《たやす》いが、悲しいことに今は腹這《はらば》いで行くこともできない。ほかに方法がなければこの小刀でも咽喉笛《のどぶえ》を切断できないことはないだろう。千枚通しで心臓に穴を開けても死ぬに違いないが、長く苦しんでは困るから穴を三つか四つか開ければすぐに死ぬだろうかとか、いろいろ考えてみるが、実は恐ろしさが勝って、そうしようと決心することもできない。死そのものは恐ろしくないのだが、苦痛が恐ろしいのだ。病苦でさえ耐えきれないのに、さらに死に損なってはと思うと恐ろしくなる。それだけではない。やはり刃物を見ると、心の底の方から恐ろしさが湧いて出てくるようにも感じる）

結局、子規は小刀を手に取ることはできなかった。たとえ自殺はできなくとも、死はやがて訪れると考えて、自らを慰めたのである。その時が来るまでに最もやりたいのは、人生を楽しむことだった。子規は突然とんでもない御馳走《ごちそう》を食べてみたくなった。その費用を捻出《ねんしゅつ》するために書物でも売ろうかと子規は考えた。しかし本心では書物を手放したくないとわかっていた。このためらいが、いよいよ子規を逆上させた。子規の煩悶は母親の意外に早い帰宅によって収まった。

子規が自殺しなかったことにほっとせざるを得ないが、驚いたことに子規は、いずれにせよやがて死ぬのだと安心することで自殺から救われたのである。最期《さいご》に高価な御馳走を食べたくなる子規の陽気さは軽薄に思えるかもしれない。しかし、子規のように長い激痛の日々に生きたことのない者には、その言動について云々《うんぬん》する資格はない。

第十二章　辞世の句

——友人・弟子の証言、詩歌への功績

子規は、死の三日前まで新聞「日本」に『病牀六尺《びょうしょうろくしゃく》』の連載を書き続けた。新しく面白い話題を見つけるのは子規にとって難しいことだったが、毎朝、新聞に印刷された自分の記事を眼にすれば、子規の苦労は報われた。しかし執筆の負担は、日ごとに顕著になった。明治三十五年（一九〇二）八月二十日、子規は書いている。

病牀六尺が百に満ちた。一日に一つとすれば百日過ぎたわけで、百日の日月《じつげつ》は極めて短かいものに相違ないが、それが予《よ》にとつては十年も過ぎたやうな感じがするのである。(1)

眼に見えて衰弱している子規の病状を心配した友人たちは、一般に病気を治すと信じられている見舞いの品々や、子規の気を紛らわせるような贈物(たとえばガラスの玉に入った人形など)を持って病室を訪れた。しかし、こうした贈物に対する子規の関心はほどなく薄れた。

憔悴《しょうすい》しているにもかかわらず子規はあくまで書き続ける決意で、(過去に何度もあったように)苦痛をものともせずにやり通す自分の力を試していた。弟子たちに話していた子規の崇拝する人物は、逆境にありながら毅然《きぜん》としてあらゆる敵と戦い、ついには偉大な宗教的指導者としての自己を確立した日蓮上人《にちれんしょうにん》と、自分の主義のために一身を犠牲にし、自己を没却して功績は人に譲ったエイブラハム・リンカーンだった(3)。

こうした英雄たちに鼓舞されても、絶え間ない苦痛を克服するにはなお十分ではなかった。苦痛に堪えられなくなると、痛みを和らげるために子規は薬に助けを求めた。八月六日、「此《この》ごろはモルヒネを飲んでから写生をやるのが何よりの楽《たのし》みとなつて居る」と書いている(4)。

九月中旬までには、連載の一回分の長さが短くなっていた。次に引くのは九月十二日の項の全文である。


支那や朝鮮では今でも拷問《がうもん》をするさうだが、自分はきのふ以来昼夜の別なく、五

体すきなしといふ拷問を受けた。誠に話にならぬ苦しさである。(5)

五日後の九月十七日に書かれた連載の最後の回は、子規の崇拝者の一人から受け取った手紙と歌から成っている。九月十八日朝、子規は最後の俳句となった三句を作った。いつも絵を描くのに使っている唐紙《とうし》に、子規は走り書きのように句を書きつけた。妹の律が、唐紙を貼《は》り付《つ》けた画板《がばん》を支えた。子規は何も言わずに書き、痰《たん》でのどをつまらせた。誰も一語も発せず、病人の咳《せき》の音が時たま聞こえるだけだった。この時書いた三句の最初の一句は、子規の辞世として知られることになる。(6)

糸瓜《へちま》咲て痰のつまりし仏《ほとけ》かな(7)

この句で、子規は自分を仏（死者）に見立てている。ところが、厳粛な辞世であるにもかかわらず、この句は俳諧味《はいかいみ》を帯びている。のどをつまらせた仏という、似つかわしくないさまからくる諧謔《かいぎゃく》である。子規は、三行に分けた句の一行を書くごとに間をおき、書き終ると投げるように筆を捨てた。間をおいて次の句を書き、やはり投げ捨てるように筆を措《お》いた。そして最後の句を書き、いかにも疲れ切ったように筆を投げ捨てた。律は画板を障子にもたせかけ、皆に子規の三句が読めるようにした。

このあと子規は苦痛のうめき声を発するだけだった。モルヒネ一服は子規の苦しみを和らげなかった。遅れて到着した医者は、幾分ためらった後、さらにモルヒネを注射した。これが痛みを和らげ、子規は眠ることができたが、二回のモルヒネの使用は子規の死を早めたかもしれない。

明治三十五年（一九〇二）九月十九日未明、子規は死んだ。三十四歳だった（生れた月日を西暦に直した上での計算）。河東碧梧桐は、律と一緒に遺体を清め、包帯で巻いた。碧梧桐の回想は、病床に釘付《くぎづ》けになった六年半を経て、生きていたのは子規の上半身だけだったように見えたと、遺体の痛ましい状態を形容している。(8)

子規の死を看取《みと》った弟子たちのほとんどが、やがて随筆を発表し、その枕頭《ちんとう》で過ごした辛《つら》い一夜を回想している。(9)子規の死をめぐる弟子たちの悲しみには、感謝の気持が混在していた。長引く病気にもかかわらず、誰もが想像した以上に子規が長く生きたからだ。短歌における傑出した弟子、伊藤左千夫《いとうさちお》（一八六四—一九一三）は、同年十一月、短くも感動的なエッセイ「師《し》を失《うしな》ひたる吾々《われわれ》」を発表した。


正岡先生の御逝去《ごせいきょ》が吾々の為《た》めに悲哀の極みなることは申《まう》すまでもなく候《さうら》へども、

其実《そのじつ》先生の御命《おいのち》が明治三十五年の九月迄《まで》長延び候《さうらふ》は殆《ほとん》ど天の賜《たまもの》とも申すべき程にて、一年か一年半は全く人の予想よりも御長生《ごちやうせい》ありし事と存じ候[10]

(正岡先生のご逝去が我々にとって悲哀の極みであることは言うまでもありませんが、実際のところ、先生のお命が明治三十五年の九月まで長く保たれましたのは、ほとんど天の賜物《たまもの》と言ってもいいほどで、一年から一年半はまったく人の予想よりも長生きなさったと思います)

これより一カ月前に書いたエッセイの中で、伊藤は一般に受け入れられている子規の印象——普通の愛情に欠けた冷たい理性的な人間——を払拭《ふっしょく》しようと試みた。もとより伊藤はこうした見方に与《くみ》しなかったが、弟子の中には、子規を大いに崇拝しながらも、子規が自らのまわりに築いた人を寄せつけない壁を通り抜けるのに困難を感じた者がいることは認めざるを得なかった。こうした弟子たちはもっと親しく子規に近寄って友人として話したかったが、撥《は》ねつけられるだろうと思って敬遠したのだ[11]。

明治三十六年(一九〇三)十一月、子規の死の一年後、伊藤は同じテーマでかなり長いエッセイを書いた。その冒頭は次のように始まる。

先生が理性に勝《すぐ》れて居《を》つた事は何人《なんぴと》も承知してゐる所だが、又一方には非度《ひど》く涙もろくて情的な気の弱い所のあつた人である、それは長らく煩《わづら》つて寝てゐたせいでもあらふけれど、些細《ささい》な事にも非常に腹立《はらだ》つて、涙をこぼす果ては声を立てゝ泣く様な事が珍らしくない、其替《そのか》はりタハイもない事にも悦《よろこ》ぶこともある。(12)

その二年前、叔父の加藤恒忠（拓川）がベルギー公使として赴任する以前に子規を見舞った際、子規はおいおい泣きながら叔父を迎えた。いつもの冷静な子規からは考えられない振舞いに戸惑った加藤は、子規を叱《しか》った。その叱責《しっせき》は、止《と》め処《ど》もなく子規の涙をあふれさせた。伊藤は、ごく内輪の弟子の集まりでも子規が腹を立て、叱り、泣いたことを書き留めている。どれも一時の激情に過ぎず、そこには理屈もなにもなかったという。

弟子たちは、子規の涙もろさより、むしろ感情を率直に出さない子規の冷徹な拒絶について書いている。長年の弟子である五百木《いおき》飄亭《ひょうてい》は子規の死後、次のように書いた。

冷血、或《あるい》は事実であつたかも知れぬ、子規と意見合はず子規に容《い》れられざりし人

が、他の親しき人の如《ごと》く親しみ得なかつたのを、其の容れられざりし人より見れば冷血と感するであろう。(13)

子規の冷徹の別な側面である女性に対する関心の欠如は、かねてから弟子たちを戸惑わせたものだった。弟子たちは、子規の生涯に少なくとも一回はロマンスがあったに違いないと考えた。いつもは孤独の仮面の裏に隠されている子規の体験――弟子たちはそれを発見することを期待して、子規と関係があったと思われる女性を探すことにした。最初の試みが行われたのは、明治二十一年(一八八八)、子規が二十歳の時だった。友人の大谷是空《おおたにぜくう》の回想によれば、その年の夏、子規は向島の長命寺《ちょうめいじ》内にある桜餅屋の二階に下宿していた。誰かが、子規がその店の娘と恋愛関係にあるという噂《うわさ》を流した。この噂に大いに狼狽《ろうばい》した子規は、『七草集《ななくさしゅう》』を書いて潔白を示そうとした。(14) 子規の生涯の隠されたロマンス探しは、その後の同じ試みと同様に不成功に終った。人によっては、恋愛関係の欠如を子規の封建的な女性不信のせいにする者もいた。しかしある時、子規と伊藤が女郎《じょろう》買いについて話した時、子規は大いに笑って次のように言ったという。

　僕も書生時分には月に一回位は往《い》かねばならぬ様に往つたことがあるが、同じ奴《やつ》の所へ二度往つたことは無かつた、どうしてそうかと云《い》ふと僕はゆきなり《ママ》其奴《そいつ》を観察してしまうので、直《す》ぐに愛憎《あいそ》がつきてもう二度ゆく気になれぬ云々《うんぬん》(15)

　もしこれが本当なら、子規が女性と肉体関係を持った証拠とはなるが、恋愛を経験した証拠にはならない。この会話を記す前後で、伊藤は思いがけないことを明かしている。子規は実をいえば一人の歌人を深く愛していた。それは二十一歳の男で、二人の間に明らかに肉体関係はなかった――子規と長塚節《ながつかたかし》(一八七九―一九一五)が親密な友人となった時、すでに子規はまったく身体《からだ》が不自由で病床から動けなかったからだ。しかし伊藤によれば、短歌を詠《よ》むにあたっての知識のみならず、自分の哲学を長塚に伝えることは子規に大きな喜びを与え、長塚に対し子弟の関係を越えて親子の情愛を示したという。伊藤は書いている。「先生と長塚との間柄は親子としては余りに理想的で、師弟としては余りに情的である、故《ゆゑ》に予は之《これ》を理想的愛子《あいし》(弟子ではなく、愛する子供の意)と名附けた」(16)。この伊藤の文章は明治三十五年(一九〇二)十月に発表されたが、誰にも衝撃を与えなかったし、またこれで子規の感情の欠如についての噂に終止符が打たれたわけでもなかった。

子規に対する批判は、弟子たちの子規称賛の辞にまで出て来る。たとえば坂本四方太は、「一度信じた事は間違つてゐても容易に枉《ま》げない人であつた」と書いている。(17)これは、同じ話題について語る中村不折の指摘と著しく異なっている。かつて不折は「正岡の頑冥《ぐわんめい》には寧《むし》ろ腹の立つ事あり、然《しか》れと《(ど)》も彼のエラキは何程《どれほど》邪路に迷ひ入るも一旦豁然《いったんくわつぜん》として醒悟《せいご》し、従来固執せる繆見《びうけん》を打ち捨つる日、遅かれ早かれ必ずあるにあり」(18)、正岡の頑迷さにはむしろ腹の立つことがあるが、しかし彼が偉いのは、どれほど間違った道に踏み迷っても、ある朝、豁然《かつぜん》とその迷いから醒《さ》めて悟り、それまで固執してきた謬見《びゅうけん》を捨てる日が、遅かれ早かれ必ず来るところである、と語ったという。

四方太や不折のような友人による批判はむしろ友好的で、おそらく子規の些細な欠点まで知っているほど当人が子規と親しい関係にあったことを示す意図のもとに書かれた。より厳しい批判を浴びせたのは、一時的に子規の弟子だったことがある若尾瀾《わかおらん》水《すい》（一八七七—一九六一）だった。子規の死に際して書かれたエッセイの冒頭で、瀾水は自分が子規を深く崇拝する忠実な弟子でありつづけたと強調している（文中では子規を終始「先生」と呼んでいる）。瀾水は子規の文学活動の幅広さを称賛し、俳句や短歌だけでなく漢詩、新体詩、小説、批評などまで書いたと述べる。しかし瀾水は突如

「先生」に対する称賛を打ち切り、子規はこれらのジャンルのどれにも何ら重要な貢献をしなかったと断言する。

濁水は、子規の俳句は派生的なもので独自性に欠けていると性格づけた。また、子規が『万葉集』から借りた多くの古風な言葉は、子規の短歌を読みにくく退屈なものにしている。さらに子規の新体詩は引き伸ばされた俳句に過ぎず、子規の小説は西洋の作品の模倣である。実際の価値を遥《はる》かに越えて子規が得ることになった高い尊敬は、勘違いした二種類の人間のせいである、と濁水は述べている。

……一は駈《か》け出《だ》しのホヤ〳〵俳人にして先生に親炙《しんしゃ》したる事もなく従《したがっ》て先生の性格に何等《なんら》の智識《ちしき》なき愚俗なるが軽佻《けいてう》にも先生を賛美するを新派俳人の重要資格と心得《え》え、薄き唇を反らして稍《やや》もすれば先生の病状に心痛の体《てい》を装《よそほ》ひ、読まざるに先生の文章を切り抜きて保存し、先生の名をだに署《しよ》したるものならば、如何《いか》なる拙悪の句文といへど、勿体《もったい》げに首を撚《ひね》りて感心す。其馬《そのば》鹿《か》々《ば》々《か》しさ加減、猥褻《わいせつ》なる本願寺《ほんぐわんじ》法主《ほっす》の足下に跪拝《きはい》する無智の媼爺《あうや》の如し。（中略）一は先生が直門《じきもん》と自称する劣漢の一群にして、他に対して滑稽《こっけい》にも先達風《せんだつかぜ》を吹《ふか》すと同時に、先生に対しては、口に筆に阿諛諂佞《あゆたうねい》至らざるを恐るゝものゝ如《ごと》し。以為《おもへ》らく、アハよくば先生の『お声懸り』を得て、自己の虚名を高め得んと、更に甚しきに至《いたり》ては、先生の名を吹聴《ふいちやう》するによつて自己の身に箔《はく》を付け、并《ならび》に利を射るの方便とするものあり。(19)

（……一つは、駆け出しのホヤホヤの俳人で、親しく先生の感化を受けたこともなく、したがって先生の性格について何の知識もない愚かな俗人が、軽薄にも先生を賛美することを新派の俳人の重要な資格だと思い込み、よく、しゃべる薄い唇を反らしては何かにつけて先生の病状を心配するふりをし、読みもしないのに先生の文章を切り抜いて保存し、先生の名さえ書かれていれば、どんなに出来の悪い俳句でも、ものものしく首をひねって感心して見せる。その馬鹿馬鹿しさ加減は、猥褻な本願《ほんがん》寺《じ》の法主《ほっす》〔宗派の長〕の足下にひざまずいて拝む無知な婆《ばあ》さん爺《じい》さんのようである。〔中略〕一つは、先生の直弟子《じきでし》だと自称する品性の卑《いや》しい男の一群で、他者に対して滑稽にも先輩風を吹かすと同時に、先生に対しては口頭でも文章でも阿諛諂佞《てんねい》〔おもねりへつらうこと。おべっか〕が行き届かないのを恐れるような者たちである。思うに彼らは、うまくいけば先生の「お声がかり」をもらって自分の空名《くうめい》を高めようと考えているのだ。さらにひどいことに、先生の名を言いふらすことで自分自身を偉そうに見せ、同時に利益を得るための手段に使う者がいる瀾水によれば、中でも最も嘆かわしいのは子規の性格上の欠点だった。先の引用の前で瀾水は、「若《も》し予をして無遠慮に先生の肖像を描《ゑが》き出《いだ》さしめば、恐らくば《ママ》嫌悪《けんを》すべき一人格の現出を見んやも知るべからず」、もし自分に無遠慮に先生の肖像を描かせたとしたら、おそらくは非常に不快な性格の人間が出現するのを見ることになるかもしれない、と書いているが、さらにこれを次のように続ける。

　思ふに先生の凶徳中、予をして最も不快の念に耐えざらしめしは、其甚しく冷血なる事なり。高浜虚子の如き、屢々《しばしば》先生を崇拝して余念なきものなれども、尚《な》ほ之を認め、寒川鼠骨の如きも、屢々先生の冷血を予に語りき。先生が枕《まくら》を欹《そばだ》てゝ、時々きれ長き三白眼《さんぱくがん》(20)を以《もつ》て客の面上《めんじやう》を顧眄《こけい》しつゝ、最も満足げに説き出し来《きた》る話頭《わとう》は、多くば《ママ》厭《いと》ふべき人身攻撃、若しくば《ママ》他人の失策話、又は嘲笑《てうせう》すべき愚人の行為等なりき。先生は物に同情せんよりは、寧ろ冷評するに於《おい》て愉快を感し《(じ)》たるが如し。(中略)愘《かく》の如く情に冷なりしも、先生は自己に対して決して他人の冷淡なるを寛仮《くわんか》し得さ《(ざ)》りき、勿論《もちろん》先生の病苦は人間の口舌《こうぜつ》を以て尽すべからざる甚深甚激《じんしんじんげき》のものなりしならんも、先生の之を訴ふるや、慰藉《ゐしや》の詞《ことば》を発する能《あた》はざる迄《まで》、残酷に他の同情を搾《しぼ》り取り、尚ほ満足せざりしなり、先生の母氏《ぼし》令妹《れいまい》は日夜看護に怠りなきも先生

は尚ほ思ひやりなしとて苦々しく叱罵《しっぱ》せり。(21)

（考えてみると、先生の悪徳の中でも、私にとって最も強く不快の念を起こさせるものは、そのひどく冷血なところである。高浜虚子のようにひたすら先生を崇拝している者でさえ、やはりこれを認め、寒川鼠骨などもたびたび先生の冷血さを私に語った。先生が枕を高くして頭を上げ、時々切れ長の三白眼で客の顔を眺め回しながら、最も満足そうに説き始める話題の多くは、いやらしい人身攻撃、あるいは他人の失敗談、または嘲笑すべき愚か者の行為などだった。先生はものごとに同情するよりは、むしろ冷評することで愉快を感じたようである。〔中略〕このように心の冷たい先生だったが、自分に対して他人が冷淡であるのは決して大目に見ることができなかった。もちろん先生の病苦は人間の言葉では言い尽くせないほど非常に深く激しいものだったかもしれないが、先生が苦痛を訴える時には、慰めの言葉が言えなくなるまで残酷に他人の同情をしぼりとって、まだ満足しなかった。先生の母上と妹さんは日夜休むことなく看護していたのに、先生はそれでも思いやりがないと言って苦々しく叱り罵《ののし》った）

瀾水の非難をどのように解釈したらいいか、なかなか難しい。子規に対する瀾水の批判が単なる意地悪以外の何物でもなく、おそらく子規が瀾水より好んでいたらしい弟子たちに対する嫉妬《しっと》に発したものだということを示す何らかの方法があればいいと思う。いずれにせよ、子規の作品に浴びせた瀾水の悪口はほとんど考慮するに値しない。子規の俳句がすべて過去の偉大な俳人たちから派生したものだという断定には、なんら根拠が示されていない。子規は事実、俳句に革命を起こし、近代的な生活に対する詩人の反応を伝える有効な手段にしたのだ。子規の俳句が、芭蕉の系譜に連なると称する一派の模倣によって作られた俳句に似ていないのは間違いなく、もとより初期の語呂《ごろ》合わせを好む俳人たちの句にも似ていない。子規の短歌の中には、古風な言葉遣いで読者を苛々《いらいら》させそうなものがあることは事実だが、それらの言葉の多くは斬《ざん》新《しん》であり感動的でもある。瀾水は子規の漢詩と新体詩を冷笑して無視したが、そのどれも読んだという形跡がない。そして、瀾水が断言するように子規の小説が西洋の作品の模倣に過ぎないのであれば、どの作品を模倣したのか示してもらいたいものである。要するに、子規の作品に対する瀾水の攻撃は無責任で信頼できない。

子規の性格に対する瀾水の厳しい非難についてはどうだろうか。その批判の幾つかが、もっと忠実な弟子たちの批判に似ていることは認めざるを得ない。瀾水の敵意に満ちた指摘が、あるいは事実に一致しているかもしれないという思いを振り払うことは難しい。無能な詩人たちが健康を謳歌《おうか》している一方で、一生を寝たきりの病人として過ごさなければならない自分の運命を嘆いた子規は、おそらく彼らの作品を貶《けな》すことで報復した。あるいは苦痛と高熱のあまり、子規がもっと健康であれば考えなかっただろうやり方で他の詩人たちを罵った。子規の性格に対する瀾水の厳しい非難に最も公平な裁断を下したのは、五百木飄亭ではないか。子規が最も信頼した弟子の一人である飄亭は、瀾水の主張に次のような言葉で応酬した。

　此頃《このごろ》「木兎《づく》」といふ田舎《ゐなか》の俳諧雑誌で瀾水といふ男が、子規を評して一面其《そ》の長所を揚ぐると共に、一面に冷血、狭量《けふりやう》、嫉妬、同党異伐、尊大倨傲《きよがう》、衒学《げんがく》、猥《みだ》りに人を罵り独り高うすること、自買自鬻《じゐく》の痕《あと》著しきこと等を列挙して、是《こ》れ先生の兇徳なりと指示したが、（中略）

　瀾水といふ男は我輩《わがはい》も二三度は顔を見たやうに覚えて居るが、子規の生前屢ゝ《しばしば》根岸庵《ぎしあん》に出入《でいり》した人だから、丸《まる》で想像ばかりであんなことを書いたのではない、寧《むし》ろそれは正直に感じて居た所を有《あり》のまゝに書いて見たのであろうと察せらる、併《しか》し此《この》男はまだ若い人ではあり、且《か》つほんとうに子規を解釈し得るほどの間柄でもなかつたろうし、一つは子規に叱られたことや、同郷の中江兆民《なかえてうみん》や其他の先輩を子規が無遠慮に罵つたことや、他の諸門下の親しきもののほど優遇されなかつたことや種々の関係から実際彼に取りては欠点を見られたものが多かつたろうし、従て世間で爾《し》かく同情する子規に対し独り毅然として無遠慮に其短所を数へることが、彼《か》れの青春の好奇心をも煽動《せんどう》して、終《つひ》にあんな評をも下《くだ》したのであろう、然《しか》り一つは若い人の常として始めは左程《さほど》に思はぬことも、筆を進める内に何となく勢《いきほひ》に乗つて往々極端の文を作る風《ふう》があるものだが此瀾水の評抔《など》も幾分かそんな気味があるらしい。(22)

(近頃、「木兎《ずく》」〔木菟。ミミズク〕という田舎の俳諧雑誌で、若尾瀾水という男が子規を評して、一方ではその長所を褒め称《たた》えながら、一方ではその冷血さ、心の狭さ、嫉妬深さ、仲間に味方し他派は討つ性格〔党同伐異《とうどうばつい》〕、横柄《おうへい》で傲慢《ごうまん》な態度、学識をひけらかすこと、むやみに人を罵り自分だけが偉いとすること、自己宣伝の形跡が目立つことなどを列挙して、これは先生の悪徳であると指摘したが、〔中略〕

瀾水という男は、私も二、三度は顔を見たように記憶しているが、子規の生前にたびたび根岸庵に出入りしていた人だから、まったくの想像だけであんなことを書いたのではない。むしろ正直に感じていたことをありのままに書いてみたのだろうと推察する。しかしこの男はまだ年も若く、かつ子規について本当に理解できるほど親しい間柄でもなかっただろうし、一方では子規に叱られたことや、同郷の中江兆民《ちょうみん》〔高知県の自由民権思想家〕やその他の先輩を子規が無遠慮に罵ったことや、子規と親しい他の門人たちほどには自分が優遇されなかったことなど、いろいろな事情から、彼には実際に子規の欠点が多く見えただろうし、したがって世間があのように同情していた子規に対して、独り毅然として無遠慮にその短所を列挙することが、彼の青春の好奇心をも煽《あお》り立てて、ついにはあのような評価を下してしまったのだろう。もう一つの理由としては、若者の常として、初めはそれほどとは思わなかったことも、筆を進めるうちに何となく勢いに乗って、しばしば極端な文章を書いてしまう傾向があるものだが、この瀾水の批評などもいくらかそんな傾向があるようだ）

瀾水が列挙した欠点によっても子規は邪悪な性格の人物ということにはならないし、子規の詩歌の質の高さに何らかの影響を及ぼすわけでもない。子規が母と妹に対し、長年にわたって辛抱強く自分の病気の面倒を見てくれたことへの十分な謝意を示さなかったのは残念なことだ。しかしこうした欠点が、子規の作品に対する我々の評価を変えるわけではない。言うまでもないが、いかなる時代のいかなる国にも自惚《うぬぼ》れが強く貪欲《どんよく》で勝手次第でありながら偉大な人物というものはいた。子規の死後間もなく、弟子の桑村竹子《くわむらちくし》はエッセイ「平凡なる偉人」の中で次のように書いている。

世の所謂《いはゆる》偉人なる者を見るに、彼等は一方に於《おい》て非常に秀《ひい》でたると共に他方に於て甚だしき欠点を有せざるなし、而《しか》して此《この》欠点や軈《やが》て其《その》長所と照応して、愈々《いよいよ》其長《ちやう》を大《だい》にせり、其状猶《な》ほ聾者《ろうしや》が目に敏《さと》く、盲者が耳に聡《さと》きが如し、強《しい》て謂《い》へば此欠点は所謂偉人には無くて叶《かな》はぬ大要件なり、[23]

(世のいわゆる偉人とされる者を見ると、彼らは一方において非常に優秀であると同時に、他方において甚だしい欠点を持たない者はいない。しかもこの欠点は、やがてその長所と響き合って、ますます長所を大きなものとした。その様子は、耳の聞こえない者の目が鋭くなり、目の見えない者の耳が敏感であるようなものだ。強いて言えば、こうした欠点はいわゆる偉人に欠くことのできない大きな条件である)

欠点の有益な側面を挙げた桑村竹子は、「平凡なる偉人」と自分が呼ぶ子規の中に見た欠点を直截《ちょくせつ》に正当化するためにこれを書いたわけではない。桑村は子規の性格を分析し、子規の最も独自な資質はその俳句に見られるという以上のことは言っていない。

瀾水は、先のエッセイが発表されて間もなく、子規の弟子としての地位から追われた。(24) それと相前後して、瀾水は別の雑誌に二回続きでエッセイを発表した。こちらはまったく違う口調で、二年前に子規の家で開かれた俳人たちの集まりに出た時のことに触れている。瀾水は客たちの素晴らしい会話に魅了されたようで、子規の家に集《つど》った小グループに女性は一人もいなかったものの、まるでフランスのサロンのような感じに描写している。(25) 奇妙なことに、こうした陶酔するような経験もあったのに、瀾水は子規のあらゆる欠点を暴露しようと試みたのだった。

子規の死後に書かれた他のエッセイのほとんどは、多くの弟子たちがいかに子規を崇拝していたか、その事実を明らかにしている。子規の死にひどい衝撃を受けたのは、その死後に俳句界で後継者として頭角を現す高浜虚子や河東碧梧桐に限らず、子規のことを比較的短期間しか知らなかった詩人たちも同様だった。弟子たちは、ある者は幼少時代にさかのぼって子規と共有した幸福な出来事を思い出し、ある者は子規との最初の出会いを郷愁の思いを込めて語っている。多くの者は子規の顔立ちを詳細にわたって描写し、その眼や鼻や額がいかに子規の性格を示していたかを解説した。数多く撮られた子規の写真に不満な弟子たちは、自らの記憶に残っている姿で子規が記憶されるように望み、自分たちが言葉で描き出した肖像から子規の美しさが発見されるよう望んだのである。

子規は、東京田端《たばた》の大龍寺《だいりゅうじ》に葬《ほうむ》られた。子規は生前、松山ではなく東京近郊に埋葬されたいと弟子たちに話しており、弟子たちはその遺志に従った。子規に特に馴染《なじ》みのあった上野や向島の寺は、さらに遠い田端よりも子規の墓地としてふさわしかったが、上野や向島は桜で有名なため、花見の宴会の後で酔っ払いが自分の墓に酒臭い息を吐きかけたり、ステッキで突ついたりするのではないかと、子規は嫌っていた。そこで、別の場所がいいということになった(26)。

弟子たちは、静かな墓地について友人の漢詩人、釈清潭《しゃくせいたん》に相談した。釈は東京高田《たかだ》の禅宗《ぜんしゅう》の寺と、田端の真言律宗《しんごんりっしゅう》の寺の二つを推薦した。見分に出かけた弟子たちは禅寺《でら》には失望したが、真言律宗の大龍寺は静かで、掃除が行き届いて清潔だった。真言律宗は子規の一族とは何も関係がなかったが、正岡家の宗旨である禅宗に子規が特に関心を見せたことはなく、宗派は墓地を決める妨げとはならなかった(27)。子規の母は、真言律宗の寺に子規を葬るにあたって正岡家としての承諾を問われると、「どちらでも皆さんの御都合のよい様《やう》に」と静かに応《こた》えたという。

こうして子規は、大龍寺境内に埋葬されることになった。次は、墓石に刻む戒名《かいみょう》をどうするかが問題となった。(28) さまざまな提案が出されたものの、最終的に名前は変えず、子規が生前に使っていた「子規居士《しきこじ》」とすると決定した。のちに建てられた石碑には、子規が死の四年前に碧梧桐の兄、河東銓《せん》に宛《あ》てた手紙に自ら書いた墓誌が刻まれている。

子規の遺体を棺に納める儀式に参加した弟子の佐藤紅緑《こうろく》は、その日の模様を次のように回想している。

> 八時頃雨漸《やや》霽《は》れて雲洩《も》る月光静かに硝子戸《ガラスど》を斜めに照らす時、新らしき白き布《ふ》団《とん》の上に寝たままの翁《をう》を棺に斂《をさ》め其上《そのうへ》に又同《おな》しキレの布団をかけた、棺は長五尺に巾《はば》二尺三寸深さ一尺二寸である。
>
> 十時頃余《よ》は浄手三拝して薬を以《もつ》て其の鼻及《および》口を浄《きよ》めまゐらすべく棺を開いた、御顔にかけたる白布をとりのけると、嗚呼《ああ》窶《やつ》れたまひしかな、生前如何《いか》に瘠《や》せたまひしも猶《な》ほ稜々《りようりよう》の風骨《ふうこつ》とハキ〳〵とした活気は一点幾微《きび》の間に躍出して居《を》つたのであつたが、今は既に大寂莫《だいじやくまく》に帰してしまつたのである、頬《ほほ》の肉はいたくも落ちて鼻筋高く露《あら》はれ其れに元来広かりし額のみは其のまゝであるので御顔は寧《むし》ろ長く見へた方であつた、余は今《い》ま其の以上を記するに忍びぬ、大偉人の死後の御顔に接する

の大名誉を得た余は猶ほ筆を鼓《こ》して此《こ》の名誉ある記事を完《まつた》うせんと思へども余はどふしても此筆を進ます事が出来ぬのである

余はつく〲と御顔を拝した、此れは一世《ひとよ》の御名残《おなごり》である、然《しか》り余が死して冥界《めいかい》に再び教訓を受くるまでは以後再び拝する事が出来ぬのである、生前其の枕頭《ちんとう》に障子の響《ひびき》さへ忌《い》ませ給《たま》ひし翁の御顔に何とて余は一指《いつし》だも触《ふ》るゝ事が出来やうか、御《お》りつさんは薬を調合しながら皃《かほ》をそむけて居る、碧梧桐四方太は黯然《あんぜん》として棺の向ふ側に立つて居る義郎《ぎらう》左千夫は余が背後に立つて居る、此間一語もなく互ひの呼吸が聞《きこ》ゆる許《ばか》り静かで南下りの月は真直《まつすぐ》に棺側の畳を照らし線香の烟《けむ》りは細く〱立ちのぼつて上に行くまゝに拡《ひろ》がりつゝ余が眼にしむのである、

余は薬を握つた、御顔を浄めまゐらせた、此間一切無意識で全く夢路《ゆめぢ》を辿《たど》る如《ごと》くである、漸《やや》う漸う終ると背後に誰やらが涕啜《なみだすす》る音がする、ひたと胸潰《つぶ》れて余は蓋《ふた》をするや否《いな》や柩前《きうぜん》に拝伏したのである、(29)

(午後八時頃、雨はようやく上がって、雲間から漏れる月の光が静かにガラス戸を斜めに照らしている時に、新しい白い布団の上に寝たままの子規翁を棺の中に納め、その上にまた同じ布の布団をかけた。棺は長さ百五十二センチ、幅七十センチ、深さ三十六センチほどである。

午後十時頃、私は手を清めて三拝し、薬によってその鼻および口を清めてさしあげようと棺の蓋を開いた。お顔にかけた白布を取り除くと、ああ、おやつれになったものだ、生前はいかにお痩《や》せになっていても、なお鋭い風格とはきはきした活気が、どこからかわずかにほとばしっていたのだが、今はすでに大いなる静寂に帰してしまったのである。頰の肉はひどく落ちて鼻筋が高く現れ、そこに元から広かった額だけはそのままなので、お顔はむしろ長く見えた。私は今これ以上を書くことができない。大偉人の死後のお顔に接する大きな名誉を得た私は、それでも筆を励ましてこの名誉ある記事を完成させようと思うけれども、どうしてもこの筆を進めることができないのである。

私はつくづくお顔を拝見した。これはこの世のお別れである。そう、私が死んであの世に行き、再び子規翁の教えを受けるまでは、今後このお顔を拝することはできないのである。生前はその枕元で障子の開《あ》け閉《た》ての音を立てるのさえ遠慮させた子規翁のお顔に、どうして自分が指一本でも触れることができようか。お律さんは薬を調合しながら顔をそむけている。河東碧梧桐と坂本四方太は暗い顔をして棺の向こう側に立っている。森田義郎《もりたぎろう》〔子規門下の歌人〕と伊藤左千夫は私の背後に立っている。この間、一語もなく、互いの呼吸が聞こえるほどの静けさで、南天の月の光はまっすぐに棺の側《そば》の畳を照らし、線香の煙は細く細く立ちのぼると、そのまま広がって私の眼にしみるのである。

私は薬を握った。お顔を清めてさしあげた。この間、一切無意識で、全く夢を見ているかのようである。ようやく終えると、背後で誰かがすすり泣く声がする。はっと胸が締めつけられて、自分は柩《ひつぎ》に蓋をするとすぐ、その前にひれ伏し拝んだのである)

先生の死、とりわけ最愛の先生の死は常に悲しい出来事だが、子規の場合、弟子たちは自らの最も大事なものはすべて先生に負っていると信じていたため、その悲哀はさらに深まった。弟子たちは、のちに銘々独自の声で俳句を作るようになり、中にはまったく子規の作風と似ていない者もあったが、子規が詩人や批評家としての仕事を始める以前に流行していたつまらない俳句に戻る気遣いはまったくなかった。弟子たちは、一つの革命に参加したという興奮を感じていた。

短歌の場合、新しい声はすでに明治維新の以前から聞こえていた。しかし、橘曙覧《たちばなあけみ》のような歌人たちが魅力ある鮮烈な短歌を詠んでいたにもかかわらず、守旧派に対する彼らの批判はおおよそ無視された。短歌が死に瀕《ひん》しているという事実を歌人たちに気づかせるには、子規の挑戦が必要だった。それは同時に、歌人たちに短歌を救おうという機縁を与えたのだった。

子規が偉大なのは、著名な俳人が欠如し、また西洋の影響下にある新しい詩形式の人気によって俳句が消滅の危機に晒《さら》されていた時に、新しい俳句の様式を創造して同世代を刺激し、近代日本文学の重要な要素として俳句を守ったからである。もし子規が俳句を作らず、批評的エッセイを書かなかったならば、短歌と同じく俳句もまた、生きた詩歌の形式ではなくなった連歌のように、好古趣味の人たちの遊びに過ぎないものになっていたかもしれない。

子規は、雑誌「ホトトギス」と子規派の俳句が生き残ると確信していた。しかし、短歌の将来についてはそれほど楽天的ではなかったと思われるが、幸いにも石川啄木がその後を継ぐことになる。啄木は子規の弟子ではないが、疑いもなく子規の批評の影響を受けていた。啄木は、次のように書いている。

人は歌の形は小さくて不便だといふが、おれは小さいから却《かへ》つて便利だと思つてゐる。さうぢやないか。人は誰でも、その時が過ぎてしまへば間もなく忘れるやうな、乃至《ないし》は長く忘れずにゐるにしても、それを言ひ出すには余り接穂《つぎほ》がなくてとうとう一生言ひ出さずにしまふといふやうな、内からか外からかの数限りなき感じを、後《あと》から後からと常に経験してゐる。多くの人はそれを軽蔑《けいべつ》してゐる。軽蔑しないまでも殆《ほとん》ど無関心にエスケープしてゐる。（中略）一生に二度とは帰つて来ないいのちの一秒だ。おれはその一秒がいとしい。たゞ逃がしてやりたくない。それを現すには、形が小さくて、手間暇《てまひま》のいらない歌が一番便利なのだ。実際便利だからね。歌といふ詩形を持つてるといふことは、我々日本人の少ししか持たない幸福のうちの一つだよ。(30)

子規は、もし望めば、そして十分に長生きしていたなら、新体詩の大詩人になっていたかもしれないが、自分が言いたいことを言うには短い詩が最適だと感じていたようである。子規はまた、新体詩の漠然とした要件の下で可能となる自由を活用するよりは、むしろ長年にわたって確立されてきた規則（俳句や短歌の音節の数、「や」「かな」のような助辞の使用、等々）に従って詩を作ることを好んだようにも見える。

子規が俳句の詩人および批評家としての仕事を始めた当時、世間には俳句に対する関心の衰えだけがあり、しかも後世に残るような俳人は一人もいなかった。子規の重要性は、子規が仕事を始めてからのち、俳句が博し続けてきた絶大な人気によって評価できる。今や百万人以上の日本人が、専門家が指導するグループに入って日常的に俳句を作っている。また、それぞれのグループは会員の俳句から成る雑誌を発行している。新聞は毎週、権威ある俳人によって評価された素人《しろうと》たちの俳句に紙面を割いている。俳句への大いなる関心は、日本人だけに限られているわけではない。日本以外の国々で、何千という人々が自分の言語において可能な限りの規則を守りながら、その言語で俳句を作っている。俳句の作り方は、今や多くのアメリカの学校で教えられていて、子供たちはソネット（西欧の十四行詩）や他の西洋の詩形式で詩を作ることはできなくても、俳句で詩的本能を磨けるよう促されている。子規の俳句が翻訳されて目に触れるまでは、外国の日本学者たちは（仮に彼らが俳句に言及してくれたとしての話だが）俳句をただの警句もしくは短い風刺詩として片付けていた。しかし、彼らも俳句（そして短歌も）が詩でありうることを認識するに到《いた》った。(31)

子規の早い死は悲劇だった。しかし、子規は俳句と短歌の本質を変えたのである。古くから愛《め》でられてきた自然の美を子規は無視したけれども、それは基本的に日本人の美的嗜好《しこう》を変えはしなかった。梅の花のほのかな香りや霞《かすみ》がたなびくかのごとき桜の花は、平安時代と同様に今も日本人を喜ばせているし、何百万とは言えないまでも数多くの日本人が秋の紅葉《もみじ》狩《が》りのために遠出をする。しかし詩人たちは、もはやそうしたものに触れるよりも、むしろ自分が現代の世界に生きる経験を語るものとして俳句や短歌を作ることを好む。これが子規の成した功績である。

註

第一章　士族の子

（1）明治二十二年（一八八九）の松山市の人口は三万二九一六人であるから、おそらくその二十年前は二万五〇〇〇人ぐらいだったと思われる。子規《しき》の俳句《はいく》には「名月や伊予《いよ》の松山一万戸」とあるが、これは実際の数字というよりは詩的な数字である。和田《わだ》茂樹《しげき》編『子規と周辺の人々』一ページ参照。和田は松山藩の歴史に関して役に立つ数字を数多く挙げている。

（2）正岡《まさおか》家の俸禄《ほうろく》は十四石《こく》だった。しかし松井《まつい》利彦《としひこ》（『士魂《しこん》の文学　正岡子規』二六―二七ページ）によれば、版籍奉還《はんせきほうかん》後に上級職が家禄を十分の一に切り下げられたため、この石高は実収として上級職の百四十石取りの家格《かかく》とほぼ同水準の生活とあり、まずまずの暮しであったと思われる。

（3）講談社版『子規全集』第十巻一四八ページ。長谷川《はせがわ》櫂《かい》編『子規の青春』（『子規選集』第二巻）三七ページも参照。

（4）『子規全集』第十巻一五一ページ。長谷川編『子規の青春』（『子規選集』第二巻）四〇ページも参照。子規が引用していることわざ"Burnt boys fear fire"（やけどをした少年は火事を怖がる）は非常に古い。その変形は、すでに一五四六年に初版が出た *Proverbs of John Heywood* に見られ、そこでは"Burnt child fire dredth"となっている。なお、火事を見て提灯《ちょうちん》と思って喜んだという子規の回想は、母八重《やえ》の談話「子規居士《しきこじ》幼時《ようじ》」では、「私は悴《せがれ》をつれて帰りますと、途中は火消《ひけし》が出て提灯がたくさん行《いっ》て居るので、悴は我家が焼けて居るなどは知らずにその提灯を見て大嬉《よろこ》びで御坐《ござ》いました」となっている（『子規全集』別巻二、六〇二ページ）。しかし子規自身は、あくまで火事（＝提灯）のイメージを大事にしていたようで、明治三十一年の『吾《わが》幼時の美感』でも、「其時《そのとき》背に負はれたる吾《われ》は、風に吹き捲《ま》く燄《ほのほ》の偉大なる美に浮かれて、バイ〱（提灯のこと）バイ〱と躍り上りて喜びたり、と母は語りたまひき」と書いている（『子規全集』第十二巻二五五―二五六ページ）。

（5）これは日本式の「数え」に従った年齢。西洋式で言えばまだ満四歳だった。子規の『筆《ふで》まかせ』からのこの一節は、『子規全集』第十巻一四九―一五〇ページ。長谷川編『子規の青春』（『子規選集』第二巻）三八―三九ページも参照。

（6）「脂肪変化」は、症状から見て脂肪肝が肝硬変に移行したものではないかと思われる。
（7）祖父大原観山《おおはらかんざん》（一八一八―七五）は松山藩の儒者《じゅしゃ》で、子規にかなり大きな影響を与えた。
（8）中陰《ちゅういん》とは、死んだ人が次の生を得るまでの期間をいう仏教用語。日本では、ふつうは四十九日間とされている。
（9）天元術《てんげんじゅつ》は中国から日本に渡来した算法で、のちに優れた数学者関孝和《せきたかかず》（一六四〇？―一七〇八）がこれに改良を加えて点竄術《てんざんじゅつ》（演段術《えんだんじゅつ》）を創始し、和算《わさん》として広く使われるようになった。算木《さんぎ》とは和算の運算に使う角棒で、占いにも使われる。
（10）『子規全集』第十巻二五〇―二五一ページ。子規が幼少の頃に仮名《かな》で「いろ」と書いた筆跡をそのまま複写したものが転載されている。
（11）妹の名前は、律子《りつこ》とも律とも呼ばれている。律子の方が幾分か格式張った感じがある。
（12）河東碧梧桐《かわひがしへきごとう》『子規の回想』二五七ページ。
（13）正岡八重の談話は河東『子規の回想』二三七―二四一ページ。同じ談話は『子規全集』別巻二、一八一―一八五ページにも収録されている。

(14) 失敗に終った二つの結婚の詳細については、服部嘉香《はっとりよしか》「子規の母と妹」(『子規全集』第十一巻「月報」一二―一五ページ)参照。律が数えで十六歳の時の最初の結婚は、数カ月しか続かなかった。陸軍将校の夫にとって、律はあまりに自立していて気性が合わなかったかもしれない。二度目の結婚の相手は松山中学校の地理の教師で、五尺そこその小男だった。この結婚が長続きしなかったのは律が兄の面倒を見過ぎたためと長い間思われてきたが、小谷野敦《こやのあつし》「子規の家族・生活」(「Series 俳句世界」別冊2『子規解体新書』所収)は、離婚は子規が病床生活に入る前であったことを立証している。

(15) 正岡律子・河東碧梧桐「家庭より観《み》たる子規」(『子規全集』別巻三)二八四ページ。

(16) 同右二八九―二九六ページ。

(17) 五百木飄亭《いおきひょうてい》「正岡子規君」(『子規全集』別巻二)一五七―一五八ページ。

(18) 河東『子規の回想』六ページ。

(19) 和田編『子規と周辺の人々』一五一ページによれば、子規の身長は一六三センチぐらい、体重は四十八―五十二キロで当時の平均だった。

(20) 五百木「正岡子規君」(『子規全集』別巻二)一五八ページ。

(21) 河東『子規の回想』三一ページ。

(22)　同右六ページ。

(23)　子規の写真は和田茂樹編『正岡子規』(「新潮日本文学アルバム」21)に収録されている。三十枚以上の写真が残っていて、子規の同時代人である石川啄木《いしかわたくぼく》や樋口《ひぐち》一葉《いちよう》の写真がごくわずかしか残っていないのと対照的である。

(24)　五百木「正岡子規君」(『子規全集』別巻二)一五八ページ。

(25)　河東『子規の回想』二三八ページ、ないしは『子規全集』別巻二、一八二ページ。

(26)　天皇皇后の姿に似せた男女一対の人形で、三月三日の雛祭《ひなまつ》りに飾る雛人形の最上段に置かれる。

(27)　女子の魔除《まよ》けの「御伽婢子《おとぎぼうこ》」のことか。

(28)　七月七日の七夕祭《たなばたまつり》。牽牛《けんぎゅう》と織女《しょくじょ》の二星が天の川を渡って会う夜に備えて、葉竹《はだけ》を立て五色《ごしき》の短冊《たんざく》に歌や字を書いて飾りつける。

(29)　餅花《もちばな》は少量の餅を丸めて作る。柳の枝などに付けて正月の飾りとするが、米の豊作を願う意味もある。正岡家では餅花に餅を使う余裕はなかったろうから、布切れで作った手毬《てまり》で代用したものと思われる。

(30)　『吾幼時の美感』(『子規全集』第十二巻)二五六ページ。初出は明治三十一年「ホトトギス」。

(31)　『新年二十九度』(『子規全集』第十二巻)一五〇ページ。初出は明治二十九年

（32）「日本人」。

（33）柳原極堂《やなぎはらきょくどう》『友人子規』五四ページ。

（34）河東碧梧桐は、子規に親しく接した者たちは誰もが親しみを込めて「のぼさん」と呼んでいたと書いている。河東『子規の回想』二四二ページ。

（35）子規の初期の文章には、「常規《つねのり》」と署名したものもある。「子規」の署名を使うようになったのは最初に喀血《かっけつ》した後、明治二十二年（一八八九）以降である。

（36）『墨汁一滴《ぼくじゅういってき》』（『子規全集』第十一巻）一五九ページ。

（37）河東『子規の回想』二三八ページ、ないしは『子規全集』別巻二、一八二ページ。

（38）子規の母親による指摘の多くは、「アラレ」明治四十二年一月一日に掲載された訪問記者による談話「子規居士幼時」（『子規全集』別巻二、六〇〇―六〇八ページ）によるものである。また、「日本」明治三十五年十一月三日に掲載された河東碧梧桐の談話からも引用した。これは『子規全集』別巻二（一八一―一八五ページ）、および河東『子規の回想』（二三七―二四一ページ）に収録されている。

和田克司《わだかつし》編『子規の一生』（『子規選集』第十四巻）の年譜、明治五年八月三日の項に「法龍寺《ほうりゅうじ》内の小学校（第三校）に通う」とあるのは、正確には寺子屋《てらこや》であったと思われる。その寺子屋が小学校に昇格し、翌六年秋に改めて子規は同校に「入学」した。

（39）栗津則雄《あわづのりお》『正岡子規』一一ページ参照。また、松井『士魂の文学』二五ページも参照。

（40）夏目漱石《なつめそうせき》が子規に宛《あ》てた明治二十四年十一月七日付の手紙によれば、子規が漱石に「明治豪傑譚《めいじごうけつたん》」に添えて「気節論《きせつろん》」を送り、その中でこの論を展開したようである。栗津則雄『正岡子規』一二ページに同様の推測が述べられている。漱石の手紙の該当箇所は『子規全集』別巻一、四九三―四九四ページ。

（41）『子規全集』第八巻一六ページ。和田編『子規と周辺の人々』一一ページも参照。十一歳の最初の漢詩で、すでに喀血を思わせる鳴き方をする子規《ほととぎす》に言及していることは、不吉な前兆と言っていい。喀血してから十三年後の子規の死を暗示しているようである。

（42）三並良《みなみはじめ》「子規の少年時代」（『子規全集』別巻三）一六八ページ。

（43）二人が受けた教育については同右一六六―一八三ページ参照。

（44）同右一七四―一七五ページ。

（45）同行した三並良、太田正躬《おおたまさみ》、竹村鍛《たけむらきたう》（一八六六―一九〇一）と子規は、たとえば和田克司編『子規の一生』（『子規選集』第十四巻）七九ページの写真に登場する「五友」の中の四人として写っている。和田茂樹編『正岡子規』（「新潮日本文学アルバム」21）一五ページも参照。

（46）『水戸紀行《みときこう》』（『子規全集』第十三巻）三七九ページ。

第二章　哲学、詩歌、ベースボール

（1）三並良「子規の少年時代」（『子規全集』別巻三）一七六ページ。フランスの政治家・歴史家であるフランソワ・ギゾーの『欧羅巴《ヨーロッパ》文明史』は明治十年（一八七七）、永峰秀樹《ながみねひでき》が英訳版から重訳、ジョン・スチュワート・ミルの『代議政体』は明治十一年、同じく永峰が邦訳している。ジャン-ジャック・ルソーの『民約訳解《みんやくやくかい》』は明治十五年（一八八二）、中江兆民《なかえちょうみん》によって邦訳された（ここに掲げた邦題はいずれも初訳時のもの）。

（2）同右一七九ページ。

（3）『子規全集』第十八巻三二一ページ。

（4）この友人は勝田主計《しょうだかずえ》（一八六九―一九四八）。勝田主計「子規を憶《おも》ふ」（『子規全集』別巻三）三六一ページ。粟津則雄『正岡子規』二四ページも参照。しかし、柳原極堂が子規の「黒塊《こっかい》」演説について書いている文章によれば、用語は学術的であっても論旨は明快で、「徹頭徹尾政談であることは聴者の誰にも容易に肯《うなず》かれるところであつた」とある。柳原正之《まさゆき》（極堂）「子規の青年時代」（『子規全集』別巻三）一八五ページ参照。

（5）演説草稿は『子規全集』第九巻一一八―一二一ページ。子規は演説を始める前、まるで自分の話が（少なくとも表向きは）政治的なものであることを否定するかのように、黒板に「黒塊」という漢字を書いている。

（6）柳原極堂『友人子規』九八―九九ページ。柳原「子規の青年時代」（『子規全集』別巻三）一八五―一八六ページも参照。柳原は子規のように詩文に秀《ひい》でた人間が「黒塊」について演説したことに感銘を受けている。

（7）『子規全集』第九巻一一八ページ。

（8）加藤恒忠《かとうつねただ》は号の拓川《たくせん》でも知られ、大原観山の三男。フランスで法律を学び、外交官となり、明治三十五年（一九〇二）にベルギー特命全権公使の地位にまで昇る。外交畑を離れてから衆議院議員になった。最後の職は松山市長。

（9）松山藩主だった久松《ひさまつ》家の当主定謨《さだこと》は、東京に屋敷を構えていた。子規は、そこに儀礼訪問したようである。あるいはそこに荷物を置いて、柳原極堂を探しに出かけたのかもしれない。子規は久松家から奨学金を受けていて、下宿に移る前の約一カ月、久松邸に滞在した。

（10）『子規全集』第十巻一四ページ。長谷川櫂編『子規の青春』（『子規選集』第二巻）八―九ページも参照。『筆まかせ』のこの項が書かれたのは明治十七年（一八八四）。

（11）『子規全集』第十巻三九―四〇ページ。『筆まかせ』明治二十一年（一八八八）の項にある。長谷川編『子規の青春』（『子規選集』第二巻）一〇―一一ページも参照。

（12）この中学校は東京神田《かんだ》にあった。その後、何度か名称が変わり現在は開成《かいせい》中学・高等学校の名で知られている。

（13）『子規全集』第十巻四〇ページ。

（14）高橋是清《たかはしこれきよ》は若い頃の数年を外国で暮し、最初のアメリカでの一年は奴隷《どれい》の身分で始まった。大蔵大臣として軍事予算を削減したことから陸軍将校たちの怒りを買い、昭和十一年（一九三六）の二・二六事件で暗殺された。

（15）サミュエル・グリスウォルド・グッドリッチ（一七九三―一八六〇）の筆名であるピーター・パーレーは、子供向けの歴史や地理の本の作者として数え切れないほどの本を書いた。彼の本は八百万部も売れたと言われている。

（16）明治十八年（一八八五）、逍遥《しょうよう》は『当世書生気質《とうせいしょせいかたぎ》』と『小説神髄《しょうせつしんずい》』を書いた。

（17）『子規全集』第十一巻二一〇ページ。

（18）大学予備門は、明治十九年（一八八六）に第一高等中学校と改名された。

（19）『子規全集』第九巻三九〇―三九二ページに子規の英文が全文収録されている。

（20）マードックの添削は同右八一二―八一三ページ、その訳者三浦清宏《みうらきよひろ》による表題も含めた追加の添削が八一四―八一七ページにある。マードックは、明らかに子規のエッセイが気に入った。子規の英文はマードックの薦めで雑誌*The Museum*（明治二十三年七月九日号）に発表されている。マードックの英語のクラスで同じ課題について書いた夏目金之助《なつめきんのすけ》（漱石）の英文が同号で子規の前に掲載されていることから見て、子規は英語の実力で漱石の次に評価されていたことがわかる。渡部勝己《わたなべかつみ》「解題」（『子規全集』第九巻）八二九―八三〇ページ参照。また、子規は英語でスピーチもしていて、明治二十二年二月五日に行われた「英語会」のプログラムには子規が“Self-reliance”の題で、漱石が“The Death of My Brother”の題でスピーチしたことが記されている（『子規全集』第十巻四〇八―四〇九ページ）。

（21）子規の英文は、『子規全集』第四巻一六―二二ページ。子規が日本語をローマ字で表記している箇所は、当然ながら昭和二十一年（一九四六）以来の現代の仮名遣いとは異なり、当時の仮名遣いが基準となっている。そのため芭蕉《ばしょう》は「ばせお」（正しくは「ばせう」）、発句《ほっく》は「ほつく」となる。

（22）『子規全集』第十四巻五七八―五八二ページには、子規が持っていた洋書の蔵書一覧がまとめられている。

（23）三並「子規の少年時代」（『子規全集』別巻三）一八三ページ。

（24）曼珠沙華《まんじゅしゃげ》は初秋に咲く花の名前。より一般的には彼岸花《ひがんばな》の名で親しまれている。子規のこの小説が書かれたのは明治三十年（一八九七）。

（25）佐藤紅緑《さとうこうろく》「子規翁《しきおう》」（『子規全集』別巻二）三七〇―三七一ページ。

（26）『子規全集』第十三巻三七一―三七四ページに収録されている翻訳は、第一部第二章11節から原稿用紙（二十四字詰め十八行）にして五枚の草稿である。

（27）おそらく翻訳された時期は、『病牀手記《びょうしょうしゅき》』のこの項が書かれた明治三十年ではないかと思われる。

（28）『吾幼時の美感』（『子規全集』第十二巻）二五六ページ。子規が書いている光景は、*Godolphin* の結末には出てこないが、この本は子規の蔵書にあった。ブルワー゠リットンの小説数冊は、明治時代初期に翻訳されている（柳田泉《やなぎだいずみ》『明治初期の飜訳《ほんやく》文学』参照）。しかし、*Godolphin* はその中に入っていなかったようである。引用文にあるように、子規はこの光景が *Godolphin* に出てくる一節かどうか自信がなかった。ブルワー゠リットンの別の小説、あるいは別の作家の小説の一節だったかもしれないが、これが子規の作り話とは思えないし、また子規が *Godolphin* を理解できなかった結果とも思えない。

（29）子規は明治二十二年（一八八九）、ゾラと為永春水《ためながしゅんすい》における猥褻《わいせつ》を比較する短い随筆を書いている。『子規全集』第十巻八八ページ。子規は別のところ（同右五二―五三ページ）で、スコットと馬琴《ばきん》、ブルワー＝リットンと春水を比較している。

（30）『子規全集』第一巻五三一ページ（「真砂《まさご》の志良辺《しらべ》」第92号、明治二十年八月十二日発行）。和田茂樹編『子規と周辺の人々』一九ページも参照。

（31）ふつうは「しいか」と発音される詩歌という言葉は中国の書物にあり、そこでは詩（漢詩）のことを指している。日本の書物ではすでに十七世紀に、漢詩と和歌の意味で使われている例がある。しかし明治維新後に西洋の詩が入ってきた段階で、初めて詩や歌の総称である poetry の意味で使われるようになった。

（32）『子規全集』第十巻四一一―四一二ページ。

（33）『漱石全集』第二十五巻二七七ページ。『子規全集』別巻二、五八六ページも参照。子規は三並の助けを借りて、なんとかハルトマンの本を二、三ページ読んだ。

（34）大学予備門は、もともと学生に東京大学への入学を準備させる目的で設けられた。のちに第一高等中学校、さらに第一高等学校として知られた。

（35）現代の東京の話し言葉では、この二つの言葉は同じように発音される。しかし当時の発音では、法官（はふくわん）と幇間（はうかん）の違いがあったかもしれない。あるいは、そこにはイントネーションの違いがあったかもしれない。さもなければ、子規は自分の人生の記録の一コマにユーモアを添えるために、このな

（36）かなかありそうもない話を創作したのかもしれない。
（37）菊池謙二郎《きくちけんじろう》（一八六七―一九四五）は共立《きょうりゅう》学校の同級生。『水戸紀行』で、子規は菊池の父親を水戸に訪ねたことを書いている。
（38）『墨汁一滴』明治三十四年（一九〇一）六月十四日の項。『子規全集』第十一巻二〇九―二一〇ページ。
（39）『子規全集』第十巻三〇九―三一〇ページ。
（40）『子規全集』第十一巻二一〇ページ。『墨汁一滴』明治三十四年六月十四日の項。
人情本は恋愛沙汰《ざた》を扱った小説で、その多くは十九世紀前半（文政《ぶんせい》年間から明治初年まで）に書かれた。ほとんどが遊廓《ゆうかく》を舞台にしたもので、人情本で最も知られた作者は為永春水（一七九〇―一八四四）。
（41）河東碧梧桐『子規の回想』二七ページ。粟津則雄編『子規の思い出』（『子規選集』第十二巻）一一一―一一二ページも参照。「おろく」という女性に会って失望させられた友人の中に、子規の弟子の河東碧梧桐がいた。碧梧桐は「異性に対するローマンス」がほとんど絶無と言っていい子規の人生に、「砂漠中のオアシス」を見つけたかった。
「ホトトギス」明治三十二年（一八九九）五月に発表された随筆『赤《あか》』から。『子規全集』第十二巻二九五―二九六ページ。

(42) 哲学という用語は、文字通りの翻訳ではない。哲学は「賢者の智恵《ちえ》」だが、philosophyは「智恵を愛する」の意。明治初年、西周《にしあまね》が賢哲を希求するの意味で「希哲学《きてつがく》」と訳し、これがのちに「哲学」という訳語に定着した。英語のphilosophyからの日本語訳の初出は、井上哲次郎《いのうえてつじろう》編『哲学字彙《てつがくじい》』(明治十四年)とされていて、そのため井上は自分の「哲」の字を取って哲学という訳語を作ったのではないかという冗談まである。ヨコタ村上孝之《むらかみたかゆき》「哲学から文学へ」(「Series俳句世界」別冊2、『子規解体新書』)一〇四ページ参照。

(43) 『子規全集』第十一巻二一二ページ。『墨汁一滴』明治三十四年六月十五日の項。

(44) 蒟蒻版《こんにゃくばん》印刷のこと。謄写版《とうしゃばん》印刷の前身で、寒天版《かんてんばん》とも言った。寒天をグリセリンなどで固めた版に染料で書いた原稿を貼《は》り付けてインクを移し、はがした版を原版として複写する。元は蒟蒻を用いた。

(45) 『子規全集』第十一巻二一三ページ。

(46) 同右二一一―二一二ページ。『墨汁一滴』明治三十四年六月十四、十五日の項。

(47) スペンサーのどの著作を指しているかは明らかではない。一つの可能性として*First Principles*(『第一原理』)が考えられる。

(48) 『子規全集』第十巻三四九―三五〇ページ。

(49) 河東碧梧桐『子規の回想』一四―一五ページ。

(50) 子規の翻訳も含めてベースボールに関する詳しい説明は、『松蘿玉液《しょうらぎょくえき》』(『子規全集』第十一巻) 二九―三七ページを参照。ベースボールの現在の名称「野球」は、誤って子規の翻訳と伝えられている。それはユーモラスに「野球《のボール》」という解釈まででされていて、これは家族や友人たちによる子規の呼び名「升《のぼる》」をもじったものである。

(51) 高浜虚子《たかはまきょし》「子規居士追懐談」(『子規全集』別巻三) 一二―一三ページ。

(52) 『水戸紀行』(『子規全集』第十三巻) 三七九ページ。

(53) 同右四〇一―四〇二ページ。

第三章　畏友漱石との交わり

(1) 発句《ほっく》は、もともと連歌《れんが》の第一句のことだった。子規はこの用語を、それ自体で完結していて連歌の一部ではない句を指す時にも使った。やがて後者の意味の「発句」の代わりに子規は「俳句」を使うようになり、これが今や通称となっている。

(2) 『子規子《しきし》』(『子規全集』第九巻) 二九五―二九六ページ。

(3) 『子規全集』第十八巻一一四ページ。

(4) 東京・神戸間の鉄道は、わずか二日前の七月一日に開通したばかりだった。子規は途中、静岡、岐阜その他で一晩ずつ泊まっている。

(5) 子規は英語で書くときは常に"base-ball"と二語をハイフンでつなぐかたちで表記していて、これはおそらく当時のアメリカ英語の慣用にならったものと思われる。

(6) 『子規全集』第九巻二九〇―三〇六ページ。坪内祐三《つぼうちゆうぞう》編『正岡子規』(『明治の文学』第20巻)六―二二ページも参照。

(7) 『子規全集』第十一巻二〇〇ページ。『墨汁一滴』のこの項は明治三十四年(一九〇一)五月三十日付の新聞「日本《にほん》」に発表された。

(8) 『子規全集』別巻一、四六二ページ。

(9) 清水の死は『筆まかせ』(『子規全集』第十巻)二七四―二八二ページに感動的に描かれている。この項が書かれたのは明治二十三年(一八九〇)。

(10) 『七草集《ななくさしゅう》』は、『子規全集』第九巻一九四―二八八ページに収録されている。

(11) 清水房雄《しみずふさお》『子規漢詩の周辺』二七〇―三一三ページに『七草集』の研究がある。

(12) 『子規全集』第九巻二一七ページ。

(13) 向島長命寺《むこうじまちょうめいじ》の「桜の餅」は、水で溶いた小麦粉の生地を薄焼にした皮で餡《あん》をくるみ、桜の葉で巻かれている。

(14) 『子規全集』第九巻二一八ページ。「かくはしき」(=かぐはしき)の「く」に「う」の添削が入っているので、これは「かうばしき」と読ませたいのかもしれない。桜餅屋は子規の能《のう》作品にも登場する。「家《いへ》つと（家《いえ》づと）」は自宅へのみやげ。

(15) 同右二三九ページ。最後の「瓜《うり》の花」を、子規の友人の竹村鍛は「子瓜かな」と添削している。

(16) 同右二四一―二四八ページ。主人公は実在の人物で、桜餅屋「月香楼《げっこうろう》」の一人娘山本陸《やまもとろく》がモデル。子規が「月香楼」に下宿していた当時、陸は十五、六歳で子規の思慕の対象として噂《うわさ》の種となった。陸は二度結婚し、大正十五年（一九二六）に死去。『子規全集』第十八巻一七五ページ参照。

(17) 『子規全集』第九巻二六三―二八三ページ。

(18) 「色身情仏《しきしんじょうぶつ》」と署名された文章は、子規自身によるものである。

(19) 『子規全集』第九巻二七六ページ。

(20) 同右二七六ページ。

(21) 『子規全集』第九巻の編纂《へんさん》者（八二六ページ）は、「漱石」の号の最初の使用が五月二十五日であることに注意を向けている。「子規」の号が最初に使われたのは五月十日、「漱石」に先立つわずか二週間ほど前のことだった。

(22) 饗庭篁村《あえばこうそん》（一八五五―一九二二）は明治初期の小説家、劇評家。篁村の小説は自身の井原西鶴《いはらさいかく》礼賛を反映していたから、漱石は子規の初期の作品に見られる西鶴かぶれを指して言っているかもしれない。

(23) これは、当時盛んに書いていた『筆まかせ』のことを言っているようだが、子規が当時数多く作っていた漢詩をも指しているかもしれない。

(24) 『子規全集』別巻一、四六八―四六九ページ。

(25) 同右四七三ページ。粟津則雄『正岡子規』六三ページも参照。

(26) 『漱石全集』第二十五巻二七五ページ。『子規全集』別巻二、五八四ページも参照。「ホトトギス」第十一巻第十二号(明治四十一年)の「子規居士七回忌号」に発表された漱石の談話の一部。

(27) 『子規全集』別巻一、四七一ページ。漱石の「文章論」は、明治二十三年(一八九〇)一月の手紙に添えられたもので、英語と日本語が入り混じっている。

(28) 『子規全集』第十八巻一二三―一二五ページ。

(29) 手紙全文は、『筆まかせ』(『子規全集』第十巻)四八二―四八六ページにある。手紙には漱石の憂鬱《ゆううつ》を伝える英語の韻文《いんぶん》も入っていて、たとえばシェイクスピアの『テンペスト』からの次のような一節がある。"We are such stuff/ As dreams are made of; and our little life/ Is rounded by a sleep."(我々は夢と同じ材料でできていて、我々の小さな生涯は眠りに囲まれている)。手紙の最後の方で漱石は「わが白骨の鍬《くわ》の先に引きかかる時分には誰か夏目漱石の生時《せいじ》を知らんや」と書き、しかし結びは、「苦い顔せずと読み給《たま》へ」となっている。

（30）『筆まかせ』（『子規全集』第十巻）一一三ページ。

（31）三並良は「益友」、細井《ほそい》岩弥《いわや》は「愛友」となっている。

（32）『子規全集』第十巻九五ページ。『筆まかせ』に収録されている明治二十二年（一八八九）に書かれた「古池《ふるいけ》の吟《ぎん》」。

（33）同右六〇〇ページ。『筆まかせ』の「大原其戎先生《おおはらきじゅう》の手書《しゅしょ》写し」と題された随筆の一節に出てくる。同じ随筆（六〇六ページ）で子規は、其戎が唯一《ゆいいつ》の俳句の師であったことを述べている。しかし『獺祭書屋俳句帖抄《だっさいしょおくはいくちょうしょう》』（一九〇二）の序文にある文章の中で、其戎との出会いはそれほど重要でなく、この宗匠《そうしょう》には色々な用語の読み方や意味を教えてもらっただけで、ほかには何もなかったと書いている（『子規全集』第三巻五八三ページ）。粟津則雄（『正岡子規』一〇三ページ）は、この子規の言葉に疑問を投げかけ、其戎は子規に宛《あ》てた手紙の中で子規の三句を添削改作し、懇切な指導ぶりがうかがえると指摘している。

（34）子規が東京大学に入学したのは明治二十三年（一八九〇）の秋で、思うにそれ以前は大学の図書館を使えたはずがない。

（35）『子規全集』第五巻三八〇ページ。

（36）たぶん芭蕉と弟子たちの俳句を集めた七部集のことで、一般には『俳諧七部集《はいかいしちぶしゅう》』

として知られている。

(37) 子規は、旅をすることで芭蕉の魂に入っていけると感じていたようである。「三日の糧《かて》を裹《つつ》みて」とあるのは、『荘子《そうじ》』の「千里《せんり》に適《ゆ》く者は三月《さんげつ》糧を聚《あつ》む」という一節に基づいている。おそらく子規は『荘子』から直接取ったのではなく、芭蕉が『笈《おい》の小文《こぶみ》』の旅に出る時に引用した一節から取ったものと思われる。

(38) 『我が俳句』(『子規全集』第四巻)四八一ページ。粟津『正岡子規』八八ページも参照。

第四章　小説『銀世界』と『月の都』を物す

(1) 「小説」という言葉には、長さとは関係なくどんなフィクションの作品でも含まれる。

(2) 題名の文字通りの意味は「八頭の犬の伝記」。これは、姓に「犬塚《いぬづか》」などと「犬」の字が入っている八人の登場人物たちのことを指す。

(3) 馬琴《ばきん》が中国の小説『水滸伝《すいこでん》』を翻案した『新編水滸画伝』初編は、文化《ぶんか》二年(一八〇五)から四年にかけて発表された。舞台は宋《そう》の時代の中国となっている。

(4) 『筆まかせ』(『子規全集』第十巻)から「小説の嗜好《しこう》」八五ページ。

(5) 同右「春廼舎《はるのや》氏」八五ページ。

(6) 同右「春廼舎氏」八六ページ。おそらく明治二十二年(一八八九)に書かれた。
(7) 同右「日本の小説」一三一ページ。
(8) 『子規全集』第十三巻二五—六四ページ。
(9) 同右四四ページ。
(10) 同右五二—五三ページ。
(11) 明治二十三年(一八九〇)十一月に書かれた藤野古白《ふじのこはく》宛の手紙。『子規全集』第十八巻一八〇ページ。
(12) この話は、晩年の未完に終った随筆『天王寺畔《てんのうじはん》の蝸牛廬《かぎゅうろ》』(『子規全集』第十二巻)五六二—五六九ページに出てくる。この随筆は、子規死去の直後である明治三十五年(一九〇二)九月に初めて活字になった。未完のままで、子規の校閲の手は入っていない。子規は子供の頃に読んだ本の話から説き起こし、そこには中国の古典、馬琴、人情本、明治初期の政治小説、坪内逍遙や最新の尾崎紅葉《おざきこうよう》、饗庭篁村《あえばこうそん》の作品などが登場する。『風流仏《ふうりゅうぶつ》』を夜店で偶然に見つけた話は、『天王寺畔の蝸牛廬』五六七ページ。『風流仏』は小説(novel)と呼ばれているが、どの版でもだいたい三十ページ余の作品である。
(13) 同右五六八ページ。
(14) 同右五六八—五六九ページ。

(15) 同右五六七―五六八ページ。子規には幾分上品ぶったところがあった。明治三十年(一八九七)、子規は雑誌「新著月刊」が裸体画の写真を発表することに反対している(後藤宙外《ごとうちゅうがい》『明治文壇回顧録』一五〇―一五一ページ参照)。したがって、露伴《ろはん》の小説の描写に対して猥褻であるという非難を浴びせなかったことには特別な興味を感じる。

(16) 『筆まかせ』(『子規全集』第十巻)から「言文一致の利害」一四三―一四四ページ。明治二十二年(一八八九)。

(17) 『子規全集』第十八巻一八六ページ。

(18) 『子規全集』別巻一、一〇五―一〇六ページ。「ヒポコンデリア」は「ヒポコンドリー(心気症《しんきしょう》)」とも言う。

(19) 『子規全集』第十八巻一九一ページ。

(20) 陸羯南《くがかつなん》「子規言行録序」(『子規全集』別巻二)一九三ページ。松田宏一郎《まつだこういちろう》『陸羯南』一九八ページも参照。

(21) 陸「子規言行録序」(『子規全集』別巻二)一九四ページ。粟津則雄『正岡子規』九〇ページ、また『新聞「日本」と子規』(編集・発行　坂の上の雲ミュージアム)三〇ページも参照。

(22) 子規は、新しい住所からの最初の手紙の日付である十二月十一日以前に、駒込《こまごめ》に引っ越した。『子規全集』第十八巻二三三ページ参照。明治二十五年（一八九二）二月末までそこに住んだ子規は、玄関に「来客ヲ謝絶ス」という貼り札を出し、また足の踏み場もないほど、ありったけの本を床一杯に拡《ひろ》げていた。『子規全集』第十二巻一五一ページ。

(23)『子規全集』第十八巻二二七ページ。
(24) 同右二二八ページ。
(25) 同右二三四ページ。
(26) 同右二四二ページにある一月二十一日の手紙。
(27) 明治二十五年（一八九二）三月一日付の河東碧梧桐宛の手紙で子規は、自分の小説の趣向は露伴から盗んだものであると明かしているが、露伴の承諾を得たと述べている。同右二七七ページ参照。
(28)「ててら」は短い肌着、襦袢《じゅばん》。「二布《ふたの》」は腰巻で、女性が身につけるペチコートのようなもの。この言葉は西鶴の『好色一代男《こうしょくいちだいおとこ》』に出てくる。
(29)『月《つき》の都《みやこ》』（『子規全集』第十三巻）一二六ページ。
(30) 主人公の男は僧侶《そうりょ》となって「白風《はくふう》」と名を変える。能の『羽衣《はごろも》』でこの人物に該当するのは「白竜《はくりょう》」。
(31) 馬琴のみならず、能作品に典型的な七音と五音が交互に使われることを自ら批判したにもかかわらず、子規のこの作品には、たとえば「浮き立つ雲の。河風《かはかぜ》に。散ればぞ浪《なみ》も桜川《さくらがは》」といったような一節が随所に見られる。

（32）この話は、明治二十五年（一八九二）三月一日付の河東碧梧桐宛の手紙の中にある。『子規全集』第十八巻二七七ページ参照。また、子規と露伴の会見の全貌《ぜんぼう》については河東碧梧桐『子規の回想』八八—九二ページ「痛切な体験」参照。また、粟津則雄編『子規の思い出』（『子規選集』第十二巻）一二八—一三二ページも参照。

（33）『子規全集』第十八巻三〇三ページ。

第五章　従軍記者として清へ渡る

（1）五百木良三（飄亭）に宛てた三月一日付の手紙。『子規全集』第十八巻二七四—二七五ページ。

（2）この俳句は、新居へのやっかいな引っ越しの顚末《てんまつ》を綴《つづ》った五百木飄亭宛の手紙に書かれている。同右二七五ページ参照。うぐいすの鳴き声に触れているのは、そのあたりの地名が鶯谷《うぐいすだに》であることに掛けているのだろう。ちなみに、上根岸町《かみねぎしまち》八十八番地には鶯横町《うぐいすよこちょう》の別称があった（同右二七六ページ参照）。

（3）同右二七六—二七七ページ。

（4）新聞「日本」は、羯南が病気で引退を決意した明治三十九年（一九〇六）に伊藤《いとう》欽亮《きんりょう》に譲渡され、大正三年（一九一四）に廃刊。

（5）古島一念《こじまいちねん》（一雄《かずお》）「日本新聞に於《お》ける正岡子規君」（河東碧梧桐編『子規言行録』九七—九九ページ）。出典は明示していないが、松田宏一郎『陸羯南』一九九ページも参照。ほかにも古島の子規回顧は同じ『子規言行録』に収録されており（「『日本新聞』時代余録」一一七—一二五ページ）、また『子規全集』別巻三、三九七—四〇六ページの高浜虚子らとの座談「古島一雄翁《おう》の子規談」がある。座談で古島は、東京の遊廓での遊びを子規に教えてやったという話を詳細に語っている。

（6）子規が自分の部屋を「獺祭書屋《だっさいしょおく》」と風変わりな名前で呼んだのは、獺《かわうそ》が自分の捕まえた魚を食べる前に並べて置くのを、魚を祭っていると見立てた俗説から来ている。転じて、詩文を作るときに、参考にする多くの書物を拡げ散らかすことを言う。

（7）叔父大原恒徳《おおはらつねのり》に宛てた明治二十五年（一八九二）十一月二十二日の手紙。『子規全集』第十八巻三八八—三八九ページ。

（8）これは、大原恒徳に宛てた明治二十五年十一月十九日付の手紙の一節。羯南は翌年には五円か十円昇給できるようにしたいと約束したが、もし大部数の新聞である「朝日」や「国会」で働けば俸給も三十円から五十円になるかもしれないと子規に勧めている。『子規全集』第十八巻三八六―三八七ページ参照。

(9) 寒川鼠骨《さむかわそこつ》「子規居士との座談」(『子規全集』別巻三)三六八―三七二ページ参照。新聞「日本」から受け取る俸給が不十分だったので、鼠骨は最終的にジャーナリズムを断念し、もっと収入のいい仕事を選ぼうとした。しかし子規は、自分に合った仕事をやめるよりは窮乏に耐えるよう勧めた。鼠骨は子規の忠告を受け入れ、予定していた北海道の鉱山行きを取り止《や》めた。

(10) 『陸羯南《くがかつなん》全集』第二巻三ページ。粟津則雄『正岡子規』一三八―一三九ページも参照。

(11) 『陸羯南全集』第一巻三九八ページ。松田『陸羯南』九八ページも参照。

(12) 『子規全集』第九巻一四―一五ページ。

(13) 『子規全集』第十一巻二〇八―二〇九ページ。この一節は、『墨汁一滴』の明治三十四年(一九〇一)六月十三日の項に出てくる。

(14) 『病牀六尺《びょうしょうろくしゃく》』の明治三十五年(一九〇二)五月二十六日の項。『子規全集』第十一巻二五二―二五三ページ。当時の女学生は一般に、着物に海老茶袴《えびちゃばかま》を穿《は》いていた。そうした恰好《かっこう》で行われる運動会は、見るに値したかもしれない。

(15) この旅の紀行文は『はて知らずの記』と題され、明治二十六年(一八九三)の新聞「日本」に発表された。子規の紀行には、芭蕉の紀行に見られる美しさが欠けている。しかし特に同じ場所について書いた芭蕉の記述と比較すると、かなり興味深い。

(16) 明治四十二年(一九〇九)、石川啄木は創刊されたばかりの文芸雑誌「スバル」の編集発行人になった。その時、啄木は満二十二歳だった。

(17) 子規の小説『月の都』の初出は新聞「小日本《しょうにほん》」だった。

(18) 粟津『正岡子規』一六一―一六二ページ参照。

(19) 『子規全集』第十三巻三四八―三四九ページ。

(20) 子規の手紙と碧梧桐の解説は、河東『子規の回想』二〇九―二一〇ページ参照。

(21) この刀は、元松山藩の久松定謨伯爵《さだことはくしゃく》からの贈物だった。

(22) 『子規全集』第十八巻五四三ページ。

(23) 『子規全集』第十二巻七七ページ。雛祭りは桃の節句とも呼ばれ、そこから「桃の酒」という言い回しがある。

(24) 同右八二ページ。

(25) 同右八二ページ。「吾等《われら》」とあるのは、他の新聞記者も指している。

(26) 同右八三ページ。

(27) 同右八三ページ。

（28）同右八五ページ。
（29）同右九二ページ。
（30）同右九一ページ。「昔」と「男」の組み合せは、『伊勢物語《いせものがたり》』の在原業平《ありわらのなりひら》を思わせる。
（31）同右一五四―一七一ページ。
（32）同右一五五ページ。
（33）同右三五二―三五三ページ。
（34）同右三五三―三五五ページ。
（35）病院での子規を直接に描写した文章は、高浜虚子「子規居士と余《よ》」（『正岡子規』）二六八―二七二ページ。また『回想　子規・漱石』四四―四八ページも参照。

第六章　「写生」の発見

（1）高浜虚子「子規居士と余」（『正岡子規』）二七三ページ。また『回想　子規・漱石』五〇―五一ページ参照。続けて子規は、碧梧桐と一緒になると虚子はだめになってしまうので、これからは断じて別居をして静かに学問する工夫をするように虚子に勧めている。
（2）「子規居士と余」（『正岡子規』）二七四ページ。また『回想　子規・漱石』五一ページ参照。

(3)『子規全集』第四巻三四二ページ。

(4)『芭蕉文集《ばしょうぶんしゅう》』(岩波『日本古典文学大系46』)五二ページ。

(5)この作品は全体に教訓的で長く退屈だが、優れた観察に満ちている。

(6)この随筆は『根岸庵小集の記《ねぎしあんしょうしゅう》』と題されている。参加者の中には内藤鳴雪《ないとうめいせつ》(一八四七—一九二六)と伊藤松宇《いとうしょうう》(一八五九—一九四三)がいた。『子規全集』第四巻三六—三九ページ。子規が自分の句を引用しているのは珍しい。

(7)大幅に増補された『獺祭書屋俳話』が明治二十八年(一八九五)九月五日に出版された。題名には、頭に「増補再版」の文字が入っている。

(8)フォンタネージは、二年間だけ東京で教えていた。しかし明治時代の日本に滞在したヨーロッパのどの芸術家よりも、日本の画家たちに大きな影響を与えた。

(9)不折《ふせつ》はパリに約四年いた。特にヌードの描写に優れた外光派の提唱者、ラファエル・コランの下で勉強した。

(10)おそらく不折は、これらの絵を新聞に掲載されやすい大きさに描いた。

(11)『墨汁一滴』(『子規全集』第十一巻)二一七—二一八ページ。

(12)「画《え》」(『子規全集』第十二巻)四三五ページ参照。

(13)同右四三五ページ。

（14）同右四三六ページ。

（15）不折の一番有名な絵は「建国剏業《そうぎょう》」と題され、天照大神《あまてらすおおみかみ》を始めとする神々が登場し、いずれも裸体で描かれている。明治四十年（一九〇七）の東京府勧業博覧会の展示会で第一等を獲得した。それが裸体画であったことが物議を醸《かも》し、不折は賞を辞退した。思うに裸体画は、不折がパリでついた師匠ラファエル・コランの外光派の影響を反映している。

（16）『古池の句の弁』（『子規全集』第五巻）九四―九五ページ。原文では「終《つひ》に臆説《おくせつ》百出」以下に傍点が付されている。

（17）阿部正美《あべまさみ》『芭蕉伝記考説』一一四ページに引用されている。

（18）小学館刊『日本国語大辞典』は、より早い出典として『出観集《しゅつかんしゅう》』を挙げている。「古池の水もあまらぬつゝみより菊はかりこそ咲こほれたれ」（『群書類従《ぐんしょるいじゅう》・第十五輯《しゅう》和歌部』三三七ページ）のことだと思われるが、その古池（＝恒久的なもの）の静寂を蛙《かえる》の跳躍（＝瞬間的なもの）によって破らせたのは芭蕉の発明だった。

（19）副詞の「のたり」は、ゆるやかに動くさま、のんびりしているさまを表している。

（20）これは高浜虚子の意見。虚子「子規居士と余」（『正岡子規』）二七六ページ、また『回想　子規・漱石』五四ページ参照。

(21)「子規居士と余」(『正岡子規』)二七八ページ、また『回想　子規・漱石』五六ページ参照。
(22)同右二七八ページ、また『回想　子規・漱石』五七ページ参照。
(23)明治二十八年(一八九五)十二月十日頃の手紙。『子規全集』第十八巻六三九ページ。
(24)同右六四〇ページ。
(25)同右六四一ページ。
(26)『子規全集』第三巻二五一ページ。
(27)ジャニーン・バイチマン *Masaoka Shiki* 六九ページ。
(28)松井利彦解説・注釈『正岡子規集』(『日本近代文学大系16』)五二一ページ。
(29)『子規全集』第二巻三九七ページ。
(30)これは『明治二十九年の俳句界』と題されている。
(31)『子規全集』第四巻四九八ページ。
(32)同右四九九ページ。もちろん、新聞「日本」はこの時より以前から俳句を掲載していた。
(33)碧梧桐によって俳句にもたらされた新しい特徴(印象の明瞭《めいりょう》)は、同右五〇三—五〇五ページで論じられている。虚子がもたらした新しい特徴(時間の意識)は五一八―五二一ページ。五七五の拒否は、五二七―五二八ページで論じられている。

(34)『子規全集』第四巻五〇五ページ。

(35)同右五〇五ページ。

(36)「ほとゝぎす」創刊の経緯は、『ホトトギス第四巻第一号のはじめに』(『子規全集』第五巻)四三二―四三三ページに詳しい。

第七章　俳句の革新

(1)『子規全集』第四巻五七四―五七五ページ。伊予は現在の愛媛県で、松山は県庁所在地。

(2)同右五七四―五七五ページ。題名は『ほとゝぎすの発刊を祝す』。

(3)内藤鳴雪は年輩の松山藩の元武士で、最初に俳句に興味を抱いたのは四十五歳の時だった。鳴雪は子規と親しい関係にあった。

(4)『子規全集』第十九巻一〇八―一一二ページ。

(5)久松粛山《ひさまつしゅくざん》(一六五二―一七〇六)は松山藩の家老で、芭蕉の高弟・宝井其角《たからいきかく》の流れを汲《く》む俳句を作った。粟津則雄『正岡子規』一〇一ページ参照。

(6)『子規全集』第十九巻一〇八―一一二ページ。明らかに子規は『俳諧反故籠《はいかいほごかご》』の

（7）連載を続けることを約束していた。
（8）子規は、この連載に「獺祭書屋主人」と署名している。
（9）『子規全集』第四巻五七六ページ。
（10）同右五七七ページ。
（11）同右五七七ページ。
（12）同右五八〇ページ。
（13）山本健吉《やまもとけんきち》『現代俳句』二七ページ。
（14）同右二六ページ。山本の評論の翻訳とその翻訳者自身による当該俳句の分析は、ジャニーン・バイチマン *Masaoka Shiki* 六四―六五ページ参照。
（15）小西甚一《こにしじんいち》『俳句の世界』二六六ページ。
（16）『子規全集』第四巻六九五ページ。
（17）『子規全集』第五巻七一―七二ページ。
（18）これはカタカナだけで記されている。『子規全集』第十九巻一二七ページ参照。外国語のようであるが、「流注《るちゅう》」と書く日本の医学用語である。子規の症状は、結核菌に背骨の内部を冒されて化膿《かのう》し、あふれ出た膿《うみ》が骨の外に流れ出して腰などに溜《た》まる「流注膿瘍《るちゅうのうよう》」らしいと診断されたのである。
（19）手術に関する碧梧桐の話は、『子規の回想』三〇六―三一〇ページ。碧梧桐が語る手術の詳細は、佐藤博士がひどく無能だったことを明らかにしている。麻酔薬は使われなかった。子規が経験した痛みは大変なものだったに違いない。

（19）『子規全集』第十九巻一四八ページ。明治二十九年（一八九六）四月十五日の叔父大原恒徳宛の手紙に「母様の御すゝめにより車にて上野を一周いたし候《さうらふ》」とある（同右二六ページ）。また、随筆『車上の春光』（『子規全集』第十二巻四四七―四五二ページ）では、四月二十九日の人力車での外出について触れている。何年のことかが記されていないこの随筆が最初に発表されたのは「ほとゝぎす」明治三十三年（一九〇〇）七月号だが、すでに子規は家から出ることができなかったので、その当時に書かれたはずはない。

（20）『花屋《はなや》日記《にっき》』は天保《てんぽう》年間の改題。原題は『芭蕉翁反古文《ばしょうおうほごぶみ》』で、文暁《ぶんぎょう》編の偽書とされる。芭蕉が死んだのは元禄《げんろく》七年（一六九四）、大坂の花屋仁左衛門《はなやにざえもん》宅の二階だった。

（21）『子規全集』第十九巻一五〇ページ。

（22）粟津『正岡子規』一三四―一三五ページ。

（23）『子規全集』第十九巻一五〇ページ。

（24）『子規全集』別巻一、四〇五―四〇六ページ。粟津『正岡子規』一三五―一三六ページも参照。

(25)『子規全集』第十九巻一六二ページ。
(26)和田克司編『子規の一生』(『子規選集』第十四巻)四三一ページ参照。
(27)『子規全集』第十九巻一六八ページ。
(28)同右一六九ページ。
(29)粟津『正岡子規』二三八ページ。

第八章 新体詩と漢詩

(1)『古池の句の弁』(『子規全集』第五巻)九五ページ。
(2)松井利彦『近代俳論史』三二、三七ページ。
(3)『子規全集』第四巻二三〇ページ。
(4)同右二五八ページ。
(5)俳句《はいく》、発句《ほっく》、俳諧《はいかい》という用語は、はっきり区別されていなかった。「発句」は連《れん》歌《が》の冒頭に来る第一句だった。それは連歌全体で最も注目すべき一句であるため、後に続く句とは無関係に別の機会に単独で引用されることが多かった。子規は、旧派の月並《つきなみ》俳諧の「発句」に抗する意図で、もとは連句の各句をも指した「俳句」という言葉を使い、それが一般化し定着した。用語の中では一番古い「俳諧」は、最初は滑稽《こっけい》な含みのある句、特に俳諧連歌を指すのに用いられたが、後には山崎宗鑑《やまざきそうかん》が十六世紀に確立した伝統に属するものを指して用いられるようになった。

（6）明治三十一年（一八九八）の『古池の句の弁』で子規は、「連歌の発句は到底陳腐と平凡とを免れず」と書いた（『子規全集』第五巻九六ページ）。子規は連歌の大宗匠たちの陳腐平凡な発句の例を延々と挙げている（同右九六―一〇二ページ）。今日も少数の学者と詩人が、詩歌というよりは遊びとしての連歌の伝統を受け継ごうとしている。

（7）日本の狩人《かりうど》は、鹿《しか》の声のような音を出す笛を吹くことで鹿をおびき寄せられると考えていた。

（8）高桑闌更《たかくわらんこう》（一七二六―九八）は、蕪村《ぶそん》とほぼ同時代の俳人。

（9）『子規全集』第八巻三七一ページ。

（10）規則を喜んで受け容《い》れたヨーロッパの詩人たちもいる。ウィリアム・ワーズワースは、ソネットを「牢獄《ろうごく》」になぞらえつつも、次のように詩に書いている。“In truth the prison, unto which we doom/ Ourselves, no prison is; and hence for me,/ In sundry moods, ’twas pastime to be bound/ Within the Sonnet’s scanty plot of ground.”（実のところ、自ら好んで入る牢獄は、牢獄ではない。だから私にとっては憂鬱《ゆううつ》であれ喜びであれ、あらゆる気分の時にソネットの狭い小さな空間に束縛されることが気晴らしだった)。

(11) 『文界八《ぶんかいや》つあたり』(『子規全集』第十四巻)二九ページ。

(12) 同右三〇ページ。

(13) 『子規全集』第四巻一六六ページ。これは長篇批評『獺祭書屋俳話』の「俳句の前途」の一節。子規が「錯列法《さくれつ》」(同右一六五ページ)すなわちpermutation(順列)の原理に魅せられているところから、自ら回想記の中で述べている以上に数学がよくできたことがわかる。

(14) 矢田部良吉《やたべりょうきち》は、『新体詩抄』所収の自分の翻訳「グレー氏墳上感懐の詩」の前文で、こう指摘している。

(15) 『子規全集』第八巻三六三―三六四ページ。子規が訳したという原詩を、私(キーン)は特定できなかった。もちろん、本当にそうした原詩があったとしての話ではあるが……。

(16) 同右三六六ページ。

(17) これは子規が新体詩や短歌を書く時によく使った雅号。「松《まつ》の山人《やまびと》」は「松山の人」すなわち子規自身であり、「山人」は「里人《さとびと》」と対《つい》をなしている。

(18) 『子規全集』第八巻三七八ページ。

(19) 長歌《ちょうか》の各行は十二音から成っていて、七音の後に句切りが来る。『万葉集《まんようしゅう》』の長歌には日本の最も優れた詩の幾つかが入っているが、この形式はやがて好まれなくなった。『万葉集』以後の一部の歌人が三十一文字を越える長さの詩を書き続け、十八世紀に長歌の復活のようなことがあった。

(20) これは、偉大な歌人斎藤茂吉《さいとうもきち》の意見。和田茂樹編『子規と周辺の人々』一〇六ページ。

(21) 『子規全集』第八巻三七九ページ。

(22) こうしたたとえば斎藤茂吉の意見は、長谷川孝士《はせがわたかし》「解題　新体詩」（『子規全集』第八巻）七二〇ページに引用されている。

(23) 「父の墓」などの詩で子規は句読点を使った。子規は、句読点を使うことで可能になる詩の視覚的な効果の実験を始めていた。

(24) 『子規全集』第十九巻一二三―一二四ページ。子規は『新体詩抄』に発表された外山ゝ山《とやまちゅざん》（正一《まさかず》）の「社会学の原理に題す」のような詩を念頭に置いていたかもしれない。

(25) 『子規全集』第六巻三〇九ページ。

(26) 『子規全集』第七巻五〇ページ。

(27) 『子規全集』第八巻四八五ページ。

(28) 同じ老女のことを詠《よ》んだ俳句については第三章参照。

（29）『子規全集』第八巻四八五―四八六ページ。
（30）同右四九一―四九七ページ。
（31）同右三七、二四〇ページ。この連想が、蟹《かに》の横歩きは、日本語の縦書きとは異なる西洋の横書きの表記法を思わせる。蟹を食べる楽しみを幾分か殺《そ》ぐような働きをしている。あるいは、この詩は英語の試験の後に書いたものかもしれない。
（32）『子規全集』第八巻九〇、二七二ページ。
（33）富士川英郎《ふじかわひでお》「子規の漢詩と新体詩」（『子規全集』第八巻）七四二ページ。
（34）『子規全集』第八巻一九五、三四一ページ。バートン・ワトソン訳 *Masaoka Shiki* 一一四ページも参照。
（35）同右二一一―二一二、三五〇ページ。ワトソン訳 *Masaoka Shiki* 一一六―一一七ページも参照。
（36）同右一九五、三四一ページ。歴史書の意味の「青史《せいし》」は、まだ紙が発明される以前の古代に、青竹の札すなわち竹簡《ちくかん》をあぶって青みを除き、それに歴史の重要な事件を記録したことから、その名がある。
（37）子規が漢詩を作る規則を最初に学んだ時のことは、『筆まかせ』（『子規全集』第十巻）四〇―四一ページ参照。
（38）同右七九―八一ページ。

（39）『病牀六尺』明治三十五年（一九〇二）六月十八日の項。『子規全集』第十一巻二八一―二八二ページ。天保時代は一八三〇年から四四年。

第九章　短歌の改革者となる

（1）『万葉集』などに見られる六句三十八音（五七七五七七）の旋頭歌《せどうか》は、その後はめったに見られなくなった。
（2）この随筆は『我邦《わがくに》に短篇韻文《いんぶん》の起《おこ》りし所以《ゆえん》を論ず』（『子規全集』第十四巻九―一六ページ）と題されている。
（3）同右一三ページ。
（4）同右九―一〇ページ。
（5）同右一二ページ。
（6）これは俳句にはさらによくあてはまり、子規は『松蘿玉液《しょうらぎょくえき》』で、まったく違う俳人によって詠まれたにもかかわらず主題も情景もほとんど同じである数多くの俳句を例に挙げている。『子規全集』第十一巻六五―七三ページ参照。
（7）『子規全集』第七巻四二ページ。実朝《さねとも》の家集《かしゅう》『金槐和歌集《きんかいわかしゅう》』の歌。
（8）『子規全集』第十四巻一四―一五ページ。
（9）『文学雑談』（『子規全集』第十四巻）一七ページ。これは西洋の詩すべてに対する子規の反応ではなかった。子規がトマス・グレイの「春の歌」の一部を美しく翻訳しているのは、西洋の自然詩の幾つかを理解していた証拠である。『春色秋光』（『子規全集』第十四巻）七一ページ参照。

(10) 同右一八一一九ページ。

(11) 同右一一九ページ。

(12) 子規と愚庵《ぐあん》との句歌のやりとりは、粟津則雄『正岡子規』二四〇―二四五ページ参照。子規が「御仏《みほとけ》に供へ」と詠《うた》ったのは、愚庵が僧侶でいつも仏前に供えていたからである。

(13) 河東碧梧桐『子規の回想』三四二ページ。

(14) 子規が短歌を作ったのは、事実上、明治十五年（一八八二）にまでさかのぼる。短歌の数は、その年によってかなり差があった。明治二十八年（一八九五）の短い中国滞在ではかなり多くの短歌を作ったが、明治三十一年（一八九八）二月の百首は新たな出発のようなものであったかもしれない。

(15) 『子規全集』第六巻一七八―一七九ページ。

(16) 『子規全集』第七巻二〇ページ。

(17) 『古今集《こきんしゅう》』に対する子規の幻滅は、明治二十六年（一八九三）夏、仙台青葉城《あおばじょう》近くの南山閣《なんざんかく》に歌人の鮎貝槐園《あゆかいかいえん》を訪ね、歌談俳談に興じた時（『子規全集』第十三巻五五〇ページ参照）にさかのぼるとされている。しかし、子規は二人が『古今集』を批判したことには触れていない。

（18）『子規全集』第七巻三〇ページ。

（19）同右三三ページ。ピーター・マクミランの翻訳 *One Hundred Poets, One Poem Each* 三一ページも参照。

（20）同右三三ページ。マクミランの *One Hundred Poets, One Poem Each* 三二ページも参照。

（21）『子規全集』第七巻五〇ページ。

（22）『子規全集』第六巻四〇八―四〇九ページ。藤《ふじ》の花を詠んだ短歌十首は、バートン・ワトソン訳 *Masaoka Shiki* 一〇六―一一〇ページに名訳されている。ロバート・ブラウワー（*Masaoka Shiki and Tanka Reform* 四〇三―四〇八ページ）は、藤の花の短歌を論じて、それ自体は「非常に退屈で散文的」だが、作られた時期を考慮に入れると、より深みを帯びてくると言っている。

（23）明治三十三年（一九〇〇）二月十二日の夏目漱石宛の手紙で、子規は俳句よりも短歌に関心が強いことに触れている。

（24）『文学漫言』（『子規全集』十四巻）九八ページ。

（25）その書籍、『諷歌《ふうか》新聞《しんぶん》』巻一が発表されたのは慶応四年（一八六八）。内容については小泉苳三《こいずみとうぞう》編『現代短歌大系』第一巻四—七ページ参照。

(26) 江戸中期の『万葉集』研究の最高権威だった賀茂真淵《かものまぶち》は、『万葉集』の様式で歌を作った。香川景樹《かがわかげき》(一七六八—一八四三)は、江戸後期の最も優れた歌人だった。

(27) 『子規全集』第七巻一三五ページ。

(28) 『子規全集』第六巻一九六ページ。ワトソン訳 *Masaoka Shiki* 九八ページも参照。

(29) 『子規全集』第七巻一四一ページ。

(30) 平成六年(一九九四)、訪米した天皇皇后両陛下を迎えての歓迎式典で、ビル・クリントン大統領が橘曙覧《たちばなあけみ》の歌(「たのしみは朝おきいでて昨日まで無かりし花の咲ける見る時」)を英訳で読み上げた時、日本の新聞記者たちは、曙覧が誰であるか、うまく読者に説明できなかった。

第十章 途方もない意志力で書き続けた奇跡

(1) 『筆まかせ』からの数節は、これまでの章でも引用してきた。

(2) 竹村鍛《きたう》の漢詩号。河東碧梧桐の兄で、竹村家に養子に入った。本書「第一章」参照。また『墨汁一滴』(『子規全集』第十一巻)一〇四ページも参照。

(3) 『随筆の文章』(『子規全集』第十巻)八七ページ。

（4）『筆まかせ』（『子規全集』第十巻）一七ページ。
（5）同右四四ページ。
（6）これは若尾瀾水《わかおらんすい》「子規子の死」の中にある中村不折の意見。『子規全集』別巻二、一四三ページ参照。
（7）不完全な原稿は大正十三年（一九二四）に出版されたが、『筆まかせ』の完全な原稿が発表されたのは昭和五十年（一九七五）になってからだった。
（8）『子規全集』第十巻三七七―三九一ページ。
（9）この題名についての説明が、決して明確ではないが作品の最後の項である「松蘿《しょうら》玉液子《ぎょくえきし》を祭る」にある。『子規全集』第十一巻八八―八九ページ参照。これは子規が作品を書く時に使った愛用の中国の墨の銘を、おどけて擬人化したもので、二つの熟語の組み合わせを文字通りに解釈すれば、「垂《た》れ下《さ》がる苔《こけ》から滴《したた》り落ちる貴重な一滴」とでもなるだろうか。似ているけれどもよりわかりやすい題名が、続く随筆『墨汁一滴』である。松蘿は地衣《ちい》類のサルオガセの漢名で、樹木にからんで垂れ下がる。
（10）『松蘿玉液』（『子規全集』第十一巻）七ページ。
（11）同右一五ページ。
（12）同右一六ページ。

(13) この項が書かれたのは明治二十九年(一八九六)五月で、この頃罹《かか》っていた病気が原因となり、一葉《いちよう》は同年十一月に死ぬ。
(14) 『子規全集』第十一巻二五ページ。
(15) 同右五四ページ。
(16) 同右五六ページ。
(17) 同右五六—五七ページ。
(18) 同右五九ページ。
(19) 同右六〇—六一ページ。
(20) 同右六一ページ。
(21) 同右八六ページ。
(22) 同右七七—七八ページ。
(23) 『子規全集』第十九巻六〇四—六〇五ページ。
(24) 『墨汁一滴』(『子規全集』第十一巻)九三ページ。この地球儀は、二十世紀になったお年玉として弟子の寒川鼠骨が贈ってくれたものだった。
(25) 同右九三ページ。
(26) 同右九九ページ。
(27) 同右一〇〇—一〇一ページ。

(28) 子規は「家人《かじん》」と書いていて、これはつまり子規の母と妹を指す。同右一二四ページ参照。

(29) 同右一〇八—一一一ページ。

(30) 同右一二〇ページ。井手《いで》曙覧《あけみ》は一般には橘《たちばな》曙覧として知られている。第九章参照。

(31) 同右一一六ページ。

(32) 斎藤茂吉『近世歌人評伝』一一一ページ。

(33) 不折を称揚する文章は、この随筆集のまさに最後の部分に出て来る。『墨汁一滴』(『子規全集』第十一巻)二一七—二二六ページ参照。

(34) 同右二二〇ページ。

(35) 同右二一七ページ。ここで挙げられた二人は、いずれも明治時代の傑出した政治家だった。板垣退助《いたがきたいすけ》(一八三七—一九一九)は、明治十五年(一八八二)、暴漢に襲われた。傷口から血を流しながら、「板垣死すとも自由は死せず」と叫んだ。少々決まりが悪いことに、板垣は回復した。星亨《ほしとおる》(一八五〇—一九〇一)は、刺されて一語も発することなく死んだ。

第十一章　随筆『病牀六尺』と日記『仰臥漫録』

(1)『子規全集』第十一巻二三一ページ。

(2) 石井祐治《いしいゆうじ》に宛てた七月二十七日の手紙。『子規全集』第十九巻六二一ページ。

(3) 同右六三七ページ。

(4) 同右六一九ページ。「御祖母様《おばあさま》」とあるのは、血のつながりはなかったが子供の頃に子規を特別に可愛《かわい》がってくれた養祖母（曾祖父《そうそふ》の後妻）のことだと思われるが、すでに明治二十一年（一八八八）五月に他界している。

(5) 同右六二六ページ。

(6)『子規全集』第十一巻二三九ページ。『墨汁一滴』明治三十四年（一九〇一）三月十五日の項。

(7) 同右二三八ページ。張飛《ちょうひ》は、中国の三国時代（二二〇—二八〇）の勇猛な武将。日本で『三国志《さんごくし》』として知られる中国の人気小説に出て来るので、子規は張飛のことを知っていた。子規が読んだ『三国志』には、蛇矛《だぼう》で武装した張飛の挿絵《さしえ》が入っていたのだろう。

(8) 同右二三九ページ。

(9) 同右二四〇ページ。

(10) 子規の書画の白黒写真が山上次郎《やまがみじろう》『子規の書画』に数多く収載されている。

(11)『子規全集』第十一巻二三八—二三九ページ。
(12)『子規全集』第十二巻二九五—二九六ページ。この随筆は明治三十二年(一八九九)に発表された。
(13)『子規全集』第十一巻一五八ページ。『墨汁一滴』明治三十四年四月五日の項。この笑歌とは、オベールのオペラ『マノン・レスコー』の有名な歌かもしれない。
(14)同右三七一—三七二ページ。
(15)『子規全集』第十九巻六四六—六四七ページ。
(16)古島一念(一雄)「『日本新聞』時代余録」(河東碧梧桐編『子規言行録』)一二四ページ。
(17)『子規全集』第十一巻三一四ページ。
(18)同右三一六ページ。
(19)同右三一八ページ。
(20)同右四三二ページ。
(21)同右三三五ページ。
(22)最初の項の日付は明治三十四年九月二日。最後の極めて短い項は明治三十五年七月二十九日。子規の生前、この日記の存在を知っている者は弟子の中でもごくわずかしかいなかった。最初に発表されたのは明治三十八年(一九〇五)一月の

「ホトトギス」の付録としてだった。この版では、家族について書かれた部分は一部その感情を配慮して省かれた。完全な版が出たのは大正七年（一九一八）になってからである。『子規全集』第十一巻五七四ページ参照。

（23）同右三九〇ページ。

（24）同右四二二ページ。明治三十四年九月十八日の項。

（25）『石川啄木全集』第六巻五四ページ、一二〇―一二一ページ。

（26）部分的に弟子や妹の律に口述筆記させた『墨汁一滴』や『病牀六尺』と違って、『仰臥漫録《ぎょうがまんろく》』のすべての原稿は子規自身の手元にあった。『子規全集』第十一巻五七〇ページ参照。

（27）「彼」という言葉は、今日では男のことを指すが、子規はこれを「彼女」の意味でも使っている。

（28）『子規全集』第十一巻四二八ページ。明治三十四年九月二十日の項。同じように律に悪い印象を与える描写が、叔父の大原恒徳に宛てた明治三十四年六月一日付の子規の手紙にある。子規は次のように書いている。「昼夜苦《くるし》み候ため癇癪《かんしゃく》ハ常ニ起り候に内の者の気のきかぬにハ閉口致候　律などハ丸で木石《ぼくせき》見たやうなものにて役に立たぬのミか常ニ病人を怒らす様なことばかり致居《いたしをり》候　体の弱り候一例を申候へバ股《また》の垢《あか》を少しアルコールにて拭《ふ》き候ひしに四十度の熱起り頭の髪を刈り髯《ひげ》を剃《そ》り候へバ三十九度の熱起り候」（昼夜、苦しんでいるため、癇癪は常に起こるのですが、家の者が気の利《き》かないのには閉口しております。律などは、まるで木石のようなもので、役に立たないのみか常に病人を怒らすようなことばかりしております。体の弱ってきた一例を申しますと、股の垢を少しアルコールで拭きましたら四十度の熱が出て、頭の髪を刈り髯を剃りましたら三十九度の熱が出ました）。『子規全集』第十九巻六一九ページ。

（29）子規は英語で"shy"と書いているが、たぶん子規が言いたかったのは"aloof"（打ち解けない）ということだろう。

（30）『子規全集』第十一巻四三〇―四三一ページ。

（31）同右四三一―四三二ページ。

（32）同右四四二ページ。

（33）子規が生れたのは陰暦九月十七日、陽暦で言えば十月十四日。

（34）『子規全集』第十一巻四五六ページ。「ちゝ付」（乳付《ちつ》け）は、本来は生れた子供に初めて乳を飲ませることである。

（35）同右四六五ページ。

（36）同右四六六ページ。

第十二章　辞世の句

（1）『病牀六尺』（『子規全集』第十一巻）三五四ページ。

（2）内藤鳴雪は、柴又《しばまた》の帝釈天《たいしゃくてん》の掛図《かけず》を子規に贈った。病中の日蓮《にちれん》の枕元《まくらもと》に現れたという帝釈天の姿を写したもので、子規の病気の快癒を願ったものだった。鳴雪は子規が日蓮を尊敬していることを知っていたのだろう。『病牀六尺』（『子規全集』第十一巻）三四〇ページ参照。

（3）五百木飄亭「正岡子規君」（『子規全集』別巻二）一七九―一八〇ページ参照。リンカーンの人格評価は子規によるものである。

（4）『病牀六尺』（『子規全集』第十一巻）三四三ページ。

（5）同右三七九ページ。

（6）ひとかどの人物は、死期が迫ると辞世を詠むのが習慣だった。

（7）糸瓜《へちま》はスポンジとして使われるほか、若い実は食用にもなり、茎から採る水液は化粧水に用いられる。特に満月の夜に糸瓜から取った水は、痰《たん》を切るのに効くと信じられていた。佐藤紅緑《こうろく》「子規翁終焉《しゅうえん》後記」（『子規全集』別巻二）二九六ページ参照。糸瓜はすでに生《な》っていたが、子規を窒息から救うためにその水を使うには遅すぎた。この俳句は子規の辞世で、他の二句（「痰一斗糸瓜の水も間にあはず」「をととひのへちまの水も取らざりき」）は絶筆とされている。河東碧梧桐

（8）「君が絶筆」（『子規全集』別巻二）一九六―一九八ページ参照。

（9）河東碧梧桐『子規の回想』四七八ページ。碧梧桐は、子規の遺体を清める際に、足から蛆《うじ》が這《は》い出したことに触れている。

（10）たとえば河東『子規の回想』四七一―四八二ページ、高浜虚子「終焉」（河東碧梧桐編『子規言行録』）七一九―七二三ページ、高浜虚子「子規居士追懐談」（『子規全集』別巻三）八三一―八七ページ。また、佐藤紅緑「子規翁終焉後記」（『子規全集』別巻二）二九一―三〇三ページも参照。

（11）伊藤左千夫《いとうさちお》「師を失ひたる吾々」（『子規全集』別巻二）二四九ページ。初出は明治三十五年十一月一日。

（12）伊藤左千夫「正岡子規君」（『子規全集』別巻二）一〇〇―一〇一ページ。

（13）伊藤左千夫「竹乃里人」（『子規全集』別巻二）四四七ページ。

（14）五百木「正岡子規君」（『子規全集』別巻二）一七五ページ。

（15）大谷是空《おおたにぜくう》「正岡子規君」（『子規全集』別巻二）九二―九三ページ。桜餅屋の娘にまつわる能作品については本書第三章を参照。なぜ是空が、この作品によって子規が娘と関係があったという疑惑を晴らしたと考えたかは明らかでない。

（16）伊藤「正岡子規君」（『子規全集』別巻二）一〇一ページ。

（16）同右一〇〇―一〇四ページ参照。長塚節《ながつかたかし》は優れた歌人で、明治三十三年、二十一歳の時に初めて子規を訪ねた。また明治四十三年には農民文学の傑作『土《つち》』を書いた。結核により三十五歳で死去。

(17) 坂本四方太《さかもとしほうだ》「思ひ出《い》づるまゝ」(『子規全集』別巻二)三四一ページ。

(18) 若尾瀾水《わかおらんすい》「子規子の死」(『子規全集』別巻二)一四三ページ参照。

(19) 同右一四五—一四六ページ。

(20) 黒目が上に寄り、左右と下の三方が白くなった目をこう呼ぶ。一般によくない目つきとされている。

(21) 若尾「子規子の死」(『子規全集』別巻二)一四六ページ。

(22) 五百木「正岡子規君」(『子規全集』別巻二)一七四ページ。

(23) 桑村竹子《くわむらちくし》「平凡なる偉人(子規子を過《あやま》る勿《なか》れ)」(『子規全集』別巻二)二三四ページ。

(24) 瀾水は大正十年(一九二一)、俳句雑誌「海月《くらげ》」を創刊して俳壇に復帰し、他の俳句雑誌にも盛んに俳論俳話を発表した。『子規全集』別巻二、一五四ページ参照。

(25) この「三年前の根岸庵」と題されたエッセイは、『子規全集』別巻二、二三六—二四八ページ参照。

(26) 佐藤「子規翁終焉後記」(『子規全集』別巻二)二九三ページ参照。

（27）子規が珍しく禅宗に言及している文章の一つは、『病牀六尺』の明治三十五年六月二日の項。「余《よ》は今迄《いままで》禅宗の所謂《いはゆる》悟りといふ事を誤解して居た。悟りといふ事は如何《いか》なる場合にも平気で死ぬる事かと思つて居たのは間違ひで、悟りといふ事は如何なる場合にも平気で生きて居る事であつた」（『子規全集』第十一巻二六一ページ）。

（28）仏教徒は、死後に新たに戒名《かいみょう》（法名《ほうみょう》）をつけるのが普通。男の場合は、その末尾に「居士《こじ》」などをつける。

（29）佐藤「子規翁終焉後記」（『子規全集』別巻二）二九七—二九八ページ。

（30）石川啄木『一利己主義者と友人との対話』（『石川啄木全集』第四巻）二八八—二八九ページ。

（31）優れた詩人ウィリアム・マーヴィンは、二〇一三年、蕪村の全句集の翻訳 *Collected Haiku of Yosa Buson* を刊行した。

参考文献

秋尾敏『子規の近代　滑稽・メディア・日本語』新曜社、一九九九年
阿部正美『芭蕉伝記考説』明治書院、一九六一年
粟津則雄『正岡子規』（朝日評伝選25）朝日新聞社、一九八二年
粟津則雄編『子規と絵画』（『子規選集』第八巻）増進会出版社、二〇〇二年
粟津則雄編『子規の思い出』（『子規選集』第十二巻）増進会出版社、二〇〇二年
粟津則雄・夏石番矢《なついしばんや》・復本一郎編「子規解体新書」（「Series 俳句世界」別冊２）雄山閣出版、一九九八年
飯田利行『子規漢詩と漱石　海棠花』柏美術出版、一九九三年
『石川啄木全集』第四巻、第六巻、筑摩書房、一九八〇、七八年
桶谷秀昭『正岡子規』小澤書店、一九八三年
梶木剛『写生の文学』短歌新聞社、二〇〇一年

亀井俊介編『近代日本の翻訳文化』中央公論社、一九九四年
河東碧梧桐『子規の回想』昭南書房、一九四四年
河東碧梧桐編『子規言行録』（長谷川泉監修「近代作家研究叢書１３３」）一九九三年
神田順治『子規とベースボール』ベースボール・マガジン社、一九九二年
城井睦夫《きいむつお》『正岡子規　ベースボールに賭けたその生涯』紅書房、一九九六年
『仰臥漫録』虚子記念文学館（芦屋）、二〇〇二年
『陸羯南全集』第一巻、第二巻、みすず書房、一九六八、六九年
小泉苳三編『現代短歌大系』第一巻、河出書房、一九五二年
後藤宙外『明治文壇回顧録』岡倉書房、一九三六年
小西甚一『俳句の世界』講談社学術文庫、一九九五年
斎藤茂吉『近世歌人評伝』要書房、一九四九年
『佐幕派の子弟たち』松山市立子規記念博物館、一九九六年
『子規が熱中したベースボールと台東区俳句人連盟記念俳句作品集』台東区立中央図書館、二〇〇六年
『子規から虚子へ』虚子記念文学館（芦屋）、二〇〇九年
『子規全集』全二十二巻、別巻三巻、講談社、一九七五―七八年
『子規と紅葉』松山市立子規記念博物館、二〇〇九年

清水房雄『子規漢詩の周辺』明治書院、一九九六年
『新聞「日本」と子規』坂の上の雲ミュージアム（松山）、二〇一〇年
『漱石全集』第二十五巻、岩波書店、一九九六年
『鼠骨と「子規」』松山市立子規記念博物館、一九九四年
高木きよ子「正岡子規にみる宗教的境地」（「お茶の水女子大学人文科学紀要」）、一九七一年三月十日号
高浜虚子『正岡子規』甲鳥書林、一九四三年
高浜虚子『回想　子規・漱石』岩波文庫、二〇〇二年
『近松浄瑠璃集　上』（「新日本古典文学大系91」）岩波書店、一九九三年
坪内稔典『正岡子規』岩波新書、二〇一〇年
坪内祐三編『正岡子規』（「明治の文学」第二十巻）筑摩書房、二〇〇一年
中原光『中村不折　その人と芸蹟』講談社、一九七三年
『芭蕉文集』（「日本古典文学大系46」）岩波書店、一九五九年
長谷川櫂編『子規の青春』（『子規選集』第三巻）増進会出版社、二〇〇一年
長谷川孝士『表現に生きる正岡子規』新樹社、二〇〇七年
復本一郎『余は、交際を好む者なり』岩波書店、二〇〇九年
『正岡子規と大谷是空』津山郷土博物館、一九九六年

松井利彦『近代俳論史』桜楓社、一九六五年
松井利彦『正岡子規』桜楓社、一九六七年
松井利彦解説・注釈『正岡子規集』(「日本近代文学大系」16)角川書店、一九七二年
松井利彦『子規と漱石』花神社、一九八六年
松井利彦『士魂の文学　正岡子規』新典社、一九八六年
松井利彦編・解説『正岡子規』(「作家の自伝」21)日本図書センター、一九九五年
松田宏一郎『陸羯南　自由に公論を代表す』(ミネルヴァ日本評伝選)ミネルヴァ書房、二〇〇八年
満谷マーガレット「善と悪、そして旅」(亀井俊介編『近代日本の翻訳文化』)中央公論社、一九九四年
宮坂静生『子規秀句考』明治書院、一九九六年
柳原極堂『友人子規』前田出版社、一九四三年
矢野峰人編『明治詩人集一、二』(「明治文学全集」60、61)筑摩書房、一九七二、七五年
山上次郎『子規の書画』(新訂増補版)二玄社、二〇一〇年
山本健吉『現代俳句』角川書店、一九六二年
和田克司編『子規の一生』(『子規選集』第十四巻)増進会出版社、二〇〇三年

和田茂樹編『子規と周辺の人々』愛媛文化双書刊行会、一九八三年
和田茂樹編『正岡子規』（「新潮日本文学アルバム」21）新潮社、一九八六年
Beichman, Janine. *Masaoka Shiki*. Boston: Twayne, 1982.
Isaacson, Harold J. *Peonies Kana: Haiku by the Upasaka Shiki*. New York: Theatre Arts Books, 1976.
Keene, Donald. *Landscapes and Portraits*. Tokyo: Kodansha International, 1971.
Keene, Donald. *Some Japanese Portraits*. Tokyo: Kodansha International, 1978.
Keene, Donald. *Dawn to the West*, Vol. 2. New York: Holt, Rinehart & Winston, 1984.
Keene, Donald. *Modern Japanese Diaries*. New York: Holt, 1995.
Lytton, Edward Bulwer (Lord Lytton). *Godolphin*. London: Routledge, 1896.
Sato Hiroaki and Burton Watson. *From the Country of Eight Islands*. New York: Columbia University Press, 1986.

本巻に登場する人物の年齢は、原則として「満年齢」としました。

本文とは別立てとなっている引用文に付された傍点「○○○○○○」「、、、、、、」などは、引用原典である『子規全集』などにおいて付されているものです。ただし、ほぼすべての語に付されているような場合は省略しました。

本書の引用・解釈・記述の一部には、今日の観点から、差別的とみなされる語句や表現があります。しかし、作品の文学性、歴史性、資料性に鑑み、原文通りの表記としました。引用・記述した著者の意図も、もとよりそうした差別を助長しようとするものではありません。

この作品は二〇一二年八月新潮社より刊行された。なお、底本は
『ドナルド・キーン著作集第十五巻　正岡子規　石川啄木』とした。

川端康成著

少　年

彼の指を、腕を、胸を、唇を愛着していた……。旧制中学の寄宿舎での「少年愛」を描き、川端文学の核に触れる知られざる名編。

川端康成著

女であること

家出娘のさかえ、弁護士夫人の市子、殺人犯の娘妙子。三人の女性を中心に、女であることの幸せと哀しさ、美しさを描く至高の長篇。

川端康成著

虹いくたび

建築家水原の三人の娘はそれぞれ母が違う。みやびやかな京風俗を背景に、琵琶湖の水面に浮ぶはかない虹のような三姉妹の愛を描く。

川端康成著

みずうみ

教師の銀平は、教え子の久子と密かに愛し合うようになるが……。「日本小説の最も注目すべき見事な達成」と評された衝撃的問題作。

川端康成著

名　人

悟達の本因坊秀哉名人に、勝負の鬼大竹七段が挑む……本因坊引退碁を実際に観戦した著者が、その緊迫したドラマを克明に写し出す。

川端康成著

眠れる美女

毎日出版文化賞受賞

前後不覚に眠る裸形の美女を横たえ、周囲に真紅のビロードをめぐらす一室は、老人たちの秘密の逸楽の館であった——表題作等3編。

三島由紀夫著
手長姫　英霊の声
—1938-1966—

一九三八年の初の小説から一九六六年の「英霊の声」まで、多彩な短篇が映しだす時代の翳、日本人の顔。新潮文庫初収録の九篇。

三島由紀夫著
仮面の告白

女を愛することのできない青年が、幼年時代からの自己の宿命を凝視しつつ述べる告白体小説。三島文学の出発点をなす代表的名作。

三島由紀夫著
花ざかりの森・憂国

十六歳の時の処女作「花ざかりの森」以来、巧みな手法と完成されたスタイルを駆使して、確固たる世界を築いてきた著者の自選短編集。

三島由紀夫著
愛の渇き

郊外の隔絶された屋敷に舅と同居する未亡人悦子。夜ごと舅の愛撫を受けながらも、園丁の若い男に惹かれる彼女が求める幸福とは？

三島由紀夫著
禁色

女を愛することの出来ない同性愛者の美青年を操ることによって、かつて自分を拒んだ女達に復讐を試みる老作家の悲惨な最期。

三島由紀夫著
潮（しおさい）騒
新潮社文学賞受賞

明るい太陽と磯の香りに満ちた小島を舞台に海神の恩寵あつい若くたくましい漁夫と、美しい乙女が奏でる清純で官能的な恋の牧歌。

安部公房著　箱男

ダンボール箱を頭からかぶり都市をさ迷うことで、自ら存在証明を放棄する箱男は、何を夢見るのか。謎とスリルにみちた長編。

安部公房著　密会

夏の朝、突然救急車が妻を連れ去った。妻を求めて辿り着いた病院の盗聴マイクが明かす絶望的な愛と快楽。現代の地獄を描く長編。

安部公房著　笑う月

思考の飛躍は、夢の周辺で行われる。快くも恐怖に満ちた夢を生け捕りにし、安部文学成立の秘密を垣間見せる夢のスナップ17編。

安部公房著　友達・棒になった男

平凡な男の部屋に闖入した奇妙な9人家族。どす黒い笑いの中から〝他者〟との関係を暴き出す「友達」など、代表的戯曲3編を収める。

安部公房著　方舟さくら丸

地下採石場跡の洞窟に、核シェルターの設備を造り上げた〈ぼく〉。核時代の方舟に乗れる者は、誰と誰なのか？　現代文学の金字塔。

安部公房著　カンガルー・ノート

突然〈かいわれ大根〉が脛に生えてきた男を載せて、自走ベッドが辿り着く先はいかなる場所か——。現代文学の巨星、最後の長編。

谷崎潤一郎著

痴人の愛

主人公が見出し育てた美少女ナオミは、成熟するにつれて妖艶さを増し、ついに彼はその愛欲の虜となって、生活も荒廃していく……。

谷崎潤一郎著

刺《し》青《せい》・秘密

肌を刺されてもだえる人の姿に、いいしれぬ愉悦を感じる刺青師清吉が、宿願であった光輝く美女の背に蜘蛛を彫りおえたとき……。

谷崎潤一郎著

春琴抄

盲目の三味線師匠春琴に仕える佐助は、春琴と同じ暗闇の世界に入り同じ芸の道にいそしむことを願って、針で自分の両眼を突く……。

谷崎潤一郎著

猫と庄造と二人のおんな

一匹の猫を溺愛する一人の男と、二人の若い女がくりひろげる痴態を通して、猫のために破滅していく人間の姿を諷刺をこめて描く。

谷崎潤一郎著

吉野《よしの》葛《くず》・盲目物語

大和の吉野を旅する男の言葉に、失われた古きものへの愛惜と、永遠の女性たる母への思慕を謳う「吉野葛」など、中期の代表作2編。

谷崎潤一郎著

蓼《たで》喰《く》う虫

性的不調和が原因で、互いの了解のもとに妻は新しい恋人と交際し、夫は売笑婦のもとに通う一組の夫婦の、奇妙な諦観を描き出す。

正《まさ》岡《おか》子《し》規《き》

新潮文庫　き－30－7

令和四年六月一日発行

著者　ドナルド・キーン

訳者　角《かく》地《ち》幸《ゆき》男《お》

発行者　佐藤隆信

発行所　株式会社 新潮社

郵便番号　一六二―八七一一
東京都新宿区矢来町七一
電話 編集部(〇三)三二六六―五四四〇
読者係(〇三)三二六六―五一一一
https://www.shinchosha.co.jp

価格はカバーに表示してあります。

乱丁・落丁本は、ご面倒ですが小社読者係宛ご送付ください。送料小社負担にてお取替えいたします。

印刷・大日本印刷株式会社　製本・加藤製本株式会社

ISBN978-4-10-131357-3 C0195